大地与尘埃

王新程 著

重庆出版集团 重庆出版社

图书在版编目（CIP）数据

大地与尘埃 / 王新程著. -- 重庆：重庆出版社，2025.5. -- ISBN 978-7-229-20064-0

Ⅰ.I267

中国国家版本馆CIP数据核字第2025WN5194号

大地与尘埃
DADI YU CHEN'AI
王新程 著

出　　品：华章同人
出版监制：徐宪江　连　果
责任编辑：徐宪江　彭圆琦
营销编辑：史青苗　刘晓艳
责任校对：王昌凤
责任印制：梁善池
书籍设计：观止堂_未氓

重庆出版集团
重庆出版社　出版

（重庆市南岸区南滨路162号1幢）
北京博海升彩色印刷有限公司　印刷
重庆出版集团图书发行有限公司　发行
邮购电话：010-85869375
全国新华书店经销
开本：787mm×1092mm　1/32　印张：12　字数：198千
2025年5月第1版　2025年5月第1次印刷
定价：49.80元
如有印装质量问题，请致电023-61520678
版权所有，侵权必究

在一切流逝中留下来的,
必定经历了千辛万苦。

今年春节，家人团聚，朋友过从，酒菜充足。这一来，读书的日课就放松了许多。这情形，节前便有预料，就只备了苏东坡诗文若干在案前枕上。东坡旷达人也，青云直上时有田园之思，偃蹇跌宕时托意清风明月。那些诗文，随便翻一篇读来，是醒酒汤，是化食丹，能浇散块垒，也能把一时的宴饮之乐看淡一些。

"人生如逆旅，我亦是行人。"

东坡诗文之所以有这样的力量，全在于他对生活的诚恳，对人的热爱。正由于此，他功成名就时感到的就不全是辉煌，身居贫贱也不曾满眼苦难。"击鼓吹箫，却入农桑社。"所以，他晚年在儋州时，才那么频仍地读陶渊明诗，和陶渊明诗。所以，一生中，无论顺风还是逆水，他都在深切思乡："一纸乡书来万里，问我何年，真个成归计。"

这样的诗句，难免也引起我乡土田园之思。但从古及今，又有哪一个人真正回归到过记忆中的乡土田园？"田园将芜胡不归？"但真的归去时，时移势易，田园也不是那片田园了。

这个春节，读了苏氏，便想找些当下有关乡土田园的书来读，却多半开读一点就放弃了。好多文字，美则美矣，却不能引发感动。因为觉得感情不够真，体察不够深。即便自己写来，不过也是如此这般。苏东坡写得好，因为政治上涉入了变法或不变法的党争，能从宏观的制度层面体察农村与农民，同时还加上自己躬耕黄州东坡的实际经验。

就这样，春节一天天过去，初七日，儿子回另外的城市上班，走了。大年初十了，大年初十一了。一个交往并不频密的朋友来电话，招饮。如果是成都本城的朋友，就不去了，但这回不好不去。招饮者是在北京工作的重庆人，不是随时都能见的。于是，去了。他带着一干人，有一两位见过。大多没有见过。其中一个，名叫王新程。我一看，说肯定是你老乡。他说，哪个晓得？我说长相！是我喜欢的类型，皮肉下有筋骨，感受得到些瘦硬气象。那双眼睛还偶一现强悍的精光。一方水土养一方人，有些山水就出这种长相。啥子地方？武陵山中。啥子长相？有点倔强！神情颇像彼地出产的另一位诗人朋友。

喝酒！喝酒！酒下菜，话下酒。

话多了，渐渐知道这酒席也有个目的。这王新程带了一本新书来，名叫《大地与尘埃》。

我知道此书已经出版，去年底那一两个月，不止一回在网上见过一些正面议论。

我叫送书，却没带书来。同桌压阵的，还有此书的出版方，重庆出版社的三位。说此书出版后，反响不错。这是王新程第一本文学著作。出版后，他个人又作了些修订增补，出版社要再出新版，希望我来作个序言。这书，从网上看过一些片段，觉得他写自己出生并度过少年与青年时代的当地农村，一片真情实意，严酷现实不经粉饰也能写出美丽与此等温暖。美丽来自山水田园物产，温暖来自人情人心。后来，他身份不断变化，空间上距故乡日渐遥远，而情感却未曾疏离，与血缘所自的乡土与亲人情感上千丝万缕。是很好的散文，很好的非虚构。

过两天，王新程把书稿从微信里发来。

全书一共四篇，每篇一个中心人物：母亲，父亲，外婆，姑姑。

虽然后两篇题目是关于地理，但人仍是中心。写法仍与前两篇保持一致：写人，以人带事；而写人事，又及于故乡风物，并且自然带出背后的时代——变化时急时缓的时代。土地展开，上面立着的还是人物。

中国农村，几千年来，基层结构的稳定，全赖于一条血缘的纽带。在王新程笔下，一个人牵出另一个人：兄弟，或姐妹；牵出更多的人：堂亲，或表亲，又或是姻亲，还及于乡亲。都是一根藤上瓜，瓜瓞连绵，藤蔓交互，血脉变成了一张网。王新程织这张网时满怀真情。杜甫关于家国的至深哀痛是"有弟皆分散，无家问死生"。从此种角度讲，王新程有某种幸运，他有家，可凭一张血缘之网关怀亲人，叩问亲人背后那片乡土的死生。今天，乡村秩序的解体，很多时候，就是这条纽带的松弛，以至断裂。而王新程却对这条纽带有着宿命般的依赖与眷恋。他对中国一角乡村的书写便依此开枝展叶，有花有果。虽然有花盛放，有花凋零。虽然有的果甜蜜，有的果却苦涩难咽。在当今时代的文学书写中，如此面对真实的诚恳书写，有反思的书写，基于深情千回百转的书写，已然不多见了。我读这本书，眼前展开的正是一幅可靠可信的，有痛感有深情的血缘亲情图谱。

从一个小家，一对父母与几个子女，渐渐及于他人，及于血缘这棵家族树上的分支，从上辈至下代，三四代人了，像他描绘的武陵山中乡间那些大树小树一样楚楚动人。笔触延伸，由一个中国乡村的普通家庭，图景渐渐扩展，在现实的空间，在记忆的空间，当然，更是情感与伦常的空间中，渐渐扩展为一个不大不小的家族。起于贫弱，努力向上向善，虽未至辉煌，却也渐至强健。这是半个世纪左右中国家庭的大多数，可以充分映照中国半个世纪社会嬗变，可视其为时代演进的一个样本。

王新程写家乡，用方言很节制，但偶然一用，就在关节点上，能见一方水土上人对生活与人生的理解。仅举一例，比如一个字"盘"，在四川重庆话里，不是名词，是动词，是苦心经营，是百般挣扎与忍耐，其况味深沉丰富。我以为这就接近法国哲学家维特根斯坦对语言哲学意义的理解。维氏有一句话，叫"语言即世界"。这个"盘"字，多少代当地百姓从人生艰辛况味中千锤百炼。在这书中，不止一回从他父亲口中说出，每一回，都增加文体中充足的命运之感。这是下层人民的生存哲学，也是至理名言，是行为的要义，也是现实的本质。

王新程写人，写生活，写土地，所以成功，正因为写出了这个百回千转的"盘"。

所以，那天在饭桌上，他说，我也要写出某种哲学。我说，不希望哲学，我看重语言！这就是语言，文学中的哲学也在于语言，人的体验淬炼了语言。中国的文学书写中，方言运用久矣，但多是为增加地域生活气息，多是风俗化的考量。而王新程用方言，写出了地方性最重要的方面：对生活的态度和对生命本质的理解。

人的故事，是在地理空间中展开的。很多文学作品感觉立不起来，软，因为读不出地理空间。故事不缺首尾，因为缺少坚实的地理支撑，便是软乎乎的一团。这自然就要说到王新程这本书的又一个鲜明好处：写出了地理，即生命的空间。

写这些文字时我眼前就有鲜活的画面。

他家所在的那个村，隔着谷中那条董河，对岸是外婆家所在那个村。少年王新程愿意望见时就随时可以望见。望见外婆无休止忙碌，望见外婆在有点小收获时过河来为外孙做一回乡间美食。望见树，望见山。望见外婆生命的结束。因此也理解了他写了母亲父亲为中心的这个小家，再写外婆和姑姑为主的那个大家，就用了地望的名字：官渡与茶园。因为，他还要写出董河的前世今生，要写一方小小的真实可触的地理，那是家乡山形水势。写山水间的田地，还要一项一项写出物产，和物产的生产。写物，也如写亲人一样，每一个细节与场景，都饱含情感。那是一幅幅生民图。我还看见，青年王新程刚踏上离乡的路程，父母去送他。走一阵，母亲却转回自家地头去了。他写母亲身影如何消失在庄稼和荒茅与稀树中间，那是亲情与人与土地深情的双重合奏，催人泪下。这不是悲凄两个字可以全然概括的。悲切也一样有春阳的温暖。而在全书中，这样动人的场景比比皆是。捝谷、盖房、侍弄庄稼，皆是有苦有乐，悲欣交集。

母亲是永远躬身于大地上的，父亲永远是如一棵树一样站立着的，所以，通向所有亲情，所有乡村人物在大时代中或高或低的轨迹，都是一条条路的尽头，而到了尽头，又有尽头，此情绵绵无绝期，原来人生之路都是无始无终的。如那条董河，穿过了那么多岁月，还要穿过更多的岁月。如那个渡口，河上有了桥，但过渡的本质并没有变化，还是供人们在此岸与彼岸往返，从已经历的现在，去往我们并不全然知晓的未来。

那天，我告诉王新程，武陵山间，我去过五六次了。其间一次，确乎是经过了他们县，夜宿半途时，喝过苞谷酒，吃过豆腐鱼，看过那些山与水，那些树与云，和坡上坡下的庄稼。读了这本书，恐怕要再去一次。

当年，苏东坡回不去他的乡土，到我们的时代，这片乡土就更回不去了。

王新程书中有一个细节很有意思，王新程在老家空荡荡的新房子里装了摄像头，目的是为监护老父亲的日常。这很有点象征性。他能看见什么呢？他能看见老迈凋零。是一个人，是一代人，是传统："都将万事，付与千钟。"时代变迁，城镇化浪潮，国家经济重心从农业向工业向服务业向信息产业的转移，社会秩序的解体与重构，那个乡村确乎是回不去了。但正大规模从乡村向城市转移的我们，农耕的基因决定，我们还需要来自乡村的记忆，植根土地的情感，我们需要一份如《大地与尘埃》那样的变迁档案，真切，厚重，苦涩，却又有着别样的温暖。

阿来

目录

第一辑
大地上的母亲 /15

附录一　消逝与重构/82
附录二　菜园小记/90

第二辑
父亲是一棵树 /105

第三辑
官渡 /181

第四辑
茶园,或所有路的尽头 /281

后记/376

第一辑

大地上的母亲

大地接纳她的一位女儿回家了。这是人世播撒进大地深处的又一粒种子。从此她成为大地的一部分，与大地一起滋养和孕育，一同经历四季、雨水，一起承担耕种、收获，一起包容，一起忍耐，一起希冀。在她长眠的地方，会长出新的庄稼、草木，新的悲伤和幸福，以此养育一代又一代儿孙。

1

母亲庚子年腊月初九往生。

我们为她超度后,把她安顿在官渡滩后面的柏树林边。那是一个高高的土坡,在那里,可以俯瞰整个官渡滩村寨。正月二十七,是母亲的"毕七"(即七七)。在我们老家,人离世后,只有过了"毕七",才算真正断了尘世之念,安心前往乐土。所以"毕七"也算得上是告别的大日子,到那天,亲戚们都会赶来"烧七"。头天下午,我就从北京赶回老家。"毕七"那天早晨,我们去墓地给母亲"烧七"。母亲离开我们,已经七七四十九天了。虽然农历正月还没过完,但今年春天来得早,人间春风浩荡。母亲的坟上还是新土,但墓碑的缝隙间已经冒出细嫩的青草。一切都在消逝,一切都在生长。这世界生生不息。母亲正在成为大地的一部分。

我的母亲生在一个贫困农家,外公去世早,她刚刚长成,就和外婆一起劳动,把自己和我的舅舅养大,并供舅舅念书。成年后,她嫁给同样贫穷的父亲,在大地上,诞下四个儿女,最后存活三个。她跟父亲在地里种红薯、洋芋、苞谷、大豆,把三个儿女养大。年轻时她个子高挑，长得漂亮，是方圆几十里出名的美人，但土地消耗了她，磨损了她。我出生时，她才三十多岁，但仿佛已经在人世忍耐了好几十年。她在土地上的一生，除了嫁给一位长相敦厚且有点聪明的丈夫，生养了三个让她安心的儿女，其他没什么壮举。她没穿过鲜艳的衣裳，也没说过惊人的言语。除了偶尔去城里看望儿子，她没离开过官渡土地。土地养育了她和她的儿女，也耗尽了她的一生。八十五岁上，大地召她回去，她躺进她生前一直耕种的一小片土地里。

2

我是母亲最小的儿子。她格外宠我，我五岁时都还吃奶。那时候是大集体，母亲每天早晨出工前，就坐在阶沿上，撩起衣襟，我站在院坝里，头拱上她的胸膛就吃。那时候母亲的奶水，已经没什么滋味和营养了，但我就是断不了。近晌午，我又寻到母亲劳动的地边，爬上一棵桐子树，坐在树杈上，等母亲抽空过来喂奶。

那时候大集体劳动人多势众，人们在地头点苞谷，像打仗。社员排成几列纵队，刨垄、打窝、点种、盖肥、瓮土，流水线作业，几列纵队齐头并进，争先恐后。队长背着手，在壕垄间查质量、催进度。

母亲一到了晌午就开始东张西望，看到我的小脑袋从桐花中探出来，就跟队长撒谎说解手，扔了锄头就朝我跑来。我从树上溜下来，撩开母亲的衣襟就开始吃奶。有一天我吃得正香，冷不防头顶上一声怒喝。我抬头，见队长正恶狠狠地盯着我。原来母亲离开久了，她那个环节断了，她那条流水线的社员都闲坐在地头。队长很生气，就寻过来，呵斥我的母亲。队长真凶，训得母亲直淌眼泪。队长恶狠狠地骂："放不下奶头的娃儿走不远！"我吓得不敢哭出声来。也是从那时起，我就怕队长、怕干部。

当晚回家，母亲用锅烟灰拌了煤油抹在奶头上。临睡前我掀开她的衣襟又要吃奶，被那狰狞的样子吓得大哭。母亲狠狠地瞪我一眼，我就不敢哭出声了。我躺在床上眼巴巴地看着母亲，母亲坐在床头，就着煤油灯光纳鞋底，看都不看我一眼。我一个劲儿地淌泪，觉得被母亲抛弃了。从那夜起，我就断了奶。

那是我与母亲的第一次离别。

3

多年以后,我与母亲聊起这事,她说那晚她也很难过,感觉跟儿子分开了。她半夜起来看我,见我脸上还有泪水,梦里还在伤心地抽噎。

起先,在姐姐的头上,还有一位大哥。只是那位大哥在两岁时得了病,没活过来。母亲从此落下了病根,经常没来由地心口疼和惊慌。我出生后,身子很弱,她很担心把我也弄丢了,常常半夜里惊醒过来,用手探我的鼻息。

那时候,父亲是生产队里的匠人,常年走村串乡做一些手艺活儿,给队里挣钱。母亲带着祖母和三个儿女在家。我两岁时,有一次得了病,发烧几天,几乎不保。母亲去滴水岩请医生,路上一边跑一边哭。那位乡村医生行医之余,竟学做了道士。遇到病人,一般先治;治不好,转身就换上道士的衣服,做道场替亡灵超度。我母亲去请他的时候,他正在给人家做道场。母亲顿觉这是不祥之兆,哭得说不出话来。那位身着道袍的医生问母亲:"你是请医生,还是请先生?"我们那里,把道士、占卜的、算命的、看阴宅的统称"先生"。母亲哭着说儿子病了,请医生。那位医生兼道士说把眼下道场唱完才有空去给我瞧病。母亲急得又大哭,一边哭一边求医生赶紧救孩子的命。医生让她报上我的生辰八字，一测，问了又是个男孩，连说"不怕，不怕，八字好"，让母亲先回家，他唱完道场就下去。母亲只得一边哭一边回家。当天晚上，那位医生真的赶来了。他给我烧了灯草，做了推拿，又灌了汤药，烧就退了。接下来几天，我吃了那位医生开的药，便痊愈了。病愈后我一直很虚弱，母亲就又让我吃起了奶。就这样一直吃到五岁才断奶。

断奶这事，母亲很坚决，也可能是被队长那句"放不下奶头的娃儿走不远"吓怕了。她一不做，二不休，断奶第二天，就给我肩上挎个布包，让我跟着哥哥姐姐去七八里外的黎家村小，挤坐在哥哥旁边听课。我听老师讲得有趣，就忘记了吃奶这事。

这样，我一断奶就上了学。到秋季开学时，我正式成了一年级的学生。

我的老家叫官渡滩，寨前有条河，叫董河。河水清浅，游鱼如织。村人常用自制土炸药炸鱼。一只炸药包点着了，朝河中央扔，"轰"的一声，鱼儿就翻着白肚皮上来，浮在水面上。炸鱼是很危险的事情，炸药包扔早了，掉到水里，把鱼吓跑了；扔晚了，在手里爆炸，把人炸出个窟窿，或者炸掉半只手，也是有的。

母亲严禁我炸鱼。凡是危险的事情她都坚决禁止。但男孩子哪里禁得住诱惑？有一次，我跟着寨里的孩子去河里炸鱼。雷管刚炸响，就听到一声惨叫，扔炸药包那个人的手被炸没了，剩下一截断掌像根树桩茫然地朝天举着，不断朝外涌血。我们都吓蒙了，随即大哭大叫起来。母亲听到爆炸声，又听到哭声，她找到河边，看见那受伤的孩子，呆住了。等大人们手忙脚乱地把孩子抱走，她才醒悟过来，抱住我就哭。她一边哭一边使劲儿地掐着我的胳膊，像要掐在手里才放心。等到河滩上人都走得差不多了，她才搂着我，抽噎着、失魂落魄地回到家。

夜里，她把我搂在怀里不松手。第二天，她得知那个孩子在医院里，无甚大恙，但残疾是肯定的了。她这才醒悟过来，揪住我就打。她一边打一边骂，骂我不知天高地厚。她说人有三怕，怕天地，怕活物，怕鬼神。"你不怕我就打，打得让你怕。"她打完，又抱着我哭。

多年以后，我读到康德写的"有两种东西，我们越是持久地思索，它们就越能使我们的内心充满深深的敬畏，那就是繁星闪烁的星空和我们内心的道德律。"这时候，我想起母亲当年打骂我时说到的"怕"。我想，母亲说的"怕"，其实应该是敬畏吧。敬畏星空，敬畏自然，敬畏法则，敬畏道德，敬畏生命。这是一个人苟活于世而不乱的底线。

4

一生向土地俯首,把力气和心血都给了土地,土地却并未回报她。在生产队里劳作一天,一个男子得十分工分,她只有七分,跟老人和半大小孩儿一样。每年分的粮食总是不够吃。姑姑到我们家,走了两个钟头山路,家里的晚饭是苞谷面稀饭掺四季豆叶。父亲用筷子搅了搅,见稀饭里都是四季豆叶子,没有多少苞谷面,把碗往桌上一顿,黑了脸。他说妹妹大老远地来,不应该放这么多四季豆叶,应该多放点苞谷面。可是哪有多的苞谷面呢?其实姑姑一进门,母亲就准备找邻居借一碗米。但她拿着碗立在门边,自言自语道:"晓得别个有没得,借了又哪个时候还别个哦。"犹豫了好一会儿,最终还是没去。父亲那晚的怒火很久不停。母亲坐在灶前垂头抹泪。姑姑劝了母亲,又劝父亲,最后也哭了。

每到四月,正是青黄不接的时候,家里能吃的都吃光了。山里有枇杷树,村人就剥枇杷树的皮,连夜用锅炒干,用石碓舂成粉,混点儿草叶捏成粑粑蒸熟了吃。没过几天,山里的枇杷树皮都被剥光了。屋后有棵柿子树。母亲想柿子跟枇杷一样都是好果子，柿子树皮应该也能吃吧。于是剥了树皮舂粉，也和了草叶蒸成粑粑，头一个端给饥饿的老祖母。祖母吃了一口，噎得差点儿死过去。母亲吓得手里的碗掉在地上，给我的粑粑也掉地上了。虽然我又饿了一顿，但躲过一劫。

为了一家人活命，母亲悄悄在房前屋后和地角种了南瓜、黄瓜、玉米。黄瓜刚打出指头样的胆儿（我们那里把作物果实初长叫打胆儿），南瓜才开花，玉米秆的腰上刚冒出一缕细嫩的红缨，就被大队干部巡查到，当作资本主义尾巴割掉了。大队干部连铲带扯，骂骂咧咧，十分凶狠。我捡起石块要砸干部，母亲抢下了石头。我冲上去就要咬干部，母亲抱住了我。她说扯掉几棵庄稼是小事，伤了人就是伤天理了。

不让人活命算不算伤天理呢？那时的我不明白。

那时候，村人都养猪。人都吃不饱，猪就更难了。我家有老有少，母亲坚韧地把养猪这事坚持下来。我每天跟姐姐上坡打猪草。没有粮食喂，猪也瘦。腊月，每户杀了猪，剖成两半边，半边卖给食品站，留半边自家吃。半边肉只有五六十斤。除了杀猪当天及春节有点儿猪肉吃以外，平时没肉吃，但菜里总得有点儿油星子。母亲把猪肉切成舌头样的长片，炒菜前将肉片放在锅里煎一下，眼见锅底有点儿油出来，赶紧把肉片提起来，把油滴尽，留着下次继续使用。薄薄的一小片肉一般用二十来天。我们正长身体，馋得很。看着母亲把肉片放在锅底煎，就盼着肉片能多滋出两滴油。每次母亲都是坚定地把肉片从锅底拎起，我们眼巴巴地看着她把越来越瘦的肉片挂在碗柜旁边的铁钉上，嘴里不由自主地涌出许多清口水。

5

艰辛的日子也有意外的惊喜。遇上农忙，则会有饭团子吃。那美味至今让我记忆犹新。大集体劳动，三月点苞谷，五月插秧，六月收麦，九月割稻，抢种抢收，一刻也耽搁不得。每到农忙时节，生产队会集中做午饭派人送到地头。社员在地头吃到的大锅饭是限量的。每次母亲忍饥，吃一半，把剩下的饭捏成团，悄悄藏衣袋里。天黑时，母亲拖着疲惫的身子回家，放下农具，从怀里掏出一个手巾包，就着油灯，小心翼翼地把手巾包打开，里面裹着一个紧实的饭团子。每每这时候，母亲脸上的神色是神秘的，也有几分得意，像从人世间偷到了一个宝贝。她把饭团子掰三块，我们姐弟仨一人一块。那时候生产队也是举全队之力保障农忙。饭团真是香，苞谷面里掺着白米，还夹了些肉丁酸菜末，整个饭团都浸着肉香。

遇上赶集，母亲回到家，会从衣袋里变戏法似的掏出一粒水果糖，就是20世纪70年代，乡村供销社里常卖的那种一分钱一粒的水果硬糖，琥珀色的。母亲偷偷把糖递到我的手心，像地下党员交接情报，并给我使眼色不能让姐姐和哥哥知道。我把糖紧紧攥在手里，像握着一个巨大的秘密。我跑到没人的地方，悄悄剥开糖纸，把糖粒放进嘴里，久久地噙着，舌头时轻时重，生怕吮轻了，甜味跑了；又怕吮重了，糖一下子吮没了。糖吃完了，糖纸也不舍得扔，藏起来用舌头舔，还有一点淡淡的甜味。我一次又一次秘密地吃下母亲买来的糖果。有一次，忽然良心发现，把糖让给她也尝尝。结果她答："尝过了。"我惊问她怎么尝的？她不好意思地说："赶场回家的路上，悄悄剥开糖，舔了几下糖纸。"

6

一辈子耕种、生养、劳碌、忍耐，低眉颔首孝敬婆婆，谦卑柔顺侍奉丈夫，呕心沥血养育儿女，温良慈和对待亲邻。她在官渡滩王家活了六十多年，从来没跟人吵过架，没对人红过脸，连妯娌和姑嫂，也处得像亲姐妹。

她常说人一世不好过，要学会低头。

哪里只是学会低头呢？她长长的一辈子都是低着头熬过来的。

她一生中跟父亲吵过两次架，都是因为我。

第一次是我十岁那年，大年三十上午，我没上山放牛，想用干草和麦秸敷衍一顿。父亲不同意，我就顶嘴，他就打我。我性子特别倔，任他劈头盖脸地打，一声不吭。父亲更气，让我跪下，我不跪，他操起扁担又打我，我就往后山跑，他在后面追。我没有去处，就往姑姑家走。走了两个多小时，沿途见人家都在放鞭炮过年，而自己却被赶出家门。我边走边哭，走到姑姑家时，眼睛都哭肿了。

初一早晨，姑姑送我回家，见母亲坐在门口抹泪，一见我们，就赶紧迎上来。父亲站在院坝里，悻悻地想过来搭话，我横了他一眼，不理他。父亲把我赶走后，母亲非常生气，跟父亲大吵，大年三十的年夜饭都没做。她不知道我去了哪里，整夜都在哭泣。

母亲看到我，哭着说:"一个人不晓得认输，不低头，这一辈子啷么过得下去呢？"

谁说我一辈子不低头呢？多年以后，她在我怀里咽了气。我把她放平，长久地跪伏在她床前，额头贴地，想听到大地传来她离去的足音。她的儿子曾经那么骄傲，以为只要努力,就无所不能。但命运挫败了他,夺走了他的母亲。这个失败的儿子,在母亲临终时刻,终于向命运低下了头颅。

7

算起来,我比村里的孩子多吃四年母乳,得母亲的恩情比别人深。拜母亲所赐,自两岁那次生病痊愈后,我就正常了,砍柴、挑粪、打猪草,比别的孩子麻利,且力气大。每天上学下学十几里山路,我赤着脚也比别家的孩子跑得快。在学校里,无论语文还是数学,样样都数一数二。冬天里寒风凛冽,我单衣单裤,不打喷嚏也不咳嗽。有时候惹恼了父亲大人,他拿竹刷条抽我,打得再狠我也不吭一声。一句话,我像官渡滩所有的男丁一样,粗糙、皮实、生猛地成长起来了。

我本来可以像村里大多数男孩子一样,念了小学,再勉强念个初中,等骨头养硬,就下地劳动,成为一个种地的好把式。再娶上一房丰肥的媳妇,养一群儿女。人到中年时,也许会随着打工潮去广州或者深圳,去工地下苦力,搭钢架、制模,或者进厂里车鞋跟,以种种劳苦的方式挣点血汗钱,然后回到官渡滩,扒掉老房子,在旧屋基上起个楼房。

但我念书实在机灵。父亲觉得念书这事也算靠谱,无心插柳，说不定还是个正途。

母亲没念过一天书，可以说一个字也不认识，但她非常敬重念书的人。我上了村里的小学，成了一个学生，她把我的学习看得很重，连带着对我也客气起来了。

每天夜里，我在油灯下做功课，她搬张小板凳坐在旁边，静静地缝鞋子。她埋头仔细地抽针纳线，无休无止。有时候我抬起头看她一眼，正遇上她也看着我，母子俩眼神交汇，我仿佛得到了无尽的鼓励和期许，于是又安心埋头学习。

有时候母亲傍晚才从地里收工回来。天黑尽了，她点着油灯做饭。我把小桌子小板凳搬到灶前，就着跳跃的火光写作业，一边写一边往灶膛里添柴火。母亲在灶后忙碌一会儿，锅里的香气就升起来了。我忍不住吞口水，看看母亲，她也正抽空看着我。我赶紧低下头继续写作业。

遇上有雨的日子，生产队不出工，母亲留在家里，做一些平时因为忙碌而顾不上的活儿，择豆子、抹苞谷，或者补衣服、缝鞋子。山里女人的一双手，从没有真正闲下来的时候，放了锄头镰刀，又拿起锅铲针线。她坐在门边，埋着头认真地干活。我在她身旁的小木桌上看书、写作业，娘俩共同就着门外的天光。雨天的天光，也是不甚明亮的。母亲坐在门边，在天光的映照下，像一幅剪影。

有时候,我悄悄抬头看母亲,看她正入神地绱鞋,就是把纳好的鞋底和绗好的鞋帮缝合在一起。那是做鞋的关键处,一点儿也马虎不得。直到暮色降临,屋檐水滴滴答答地响,天渐渐暗下来。我忽然就有些懊恼,有些焦虑,也有些哀伤。焦虑是因为成长如此缓慢。那哀伤,是感到时间易逝,与母亲相伴的一天,随着暮色降临就要结束了,而下一个雨天又不知何时到来。

但不管怎么说,童年的雨天,是我和母亲的节日。

8

我上学的黎家村小在离家七八里外的地方。有一次放学时遇雨,我穿着布鞋蹚水回家。母亲非常愤怒,抓过竹鞭就朝我小腿上抽打——村人想打孩子的时候,那竹鞭就像长在手上那么方便——我满腿泥水,被打得双脚乱跳。姐姐大呼:"崽弟儿快跑!"我偏不跑,仰着脖子任她打,一声也不吭。想到她夜里千针万线缝出来的鞋,被雨水一泡,就会层层烂掉,我也很后悔,一边挨打一边流泪。

那是我上学后唯一一次挨母亲的打。

自那以后,无论天晴落雨,我上下学都打赤脚。一出门,把鞋脱了放到书包里,撒开腿就跑。跑到学校门口,再穿上鞋。冬天过河走亲戚或赶集,就把衣裤和鞋脱下来,顶在头上,蹚水过河。姐姐心疼我,母亲却不以为然,她说人的脚就得沾地,沾泥土,泡雨水,土地补人啊。

多年后我为人父,对着星子一样的女儿,含在口里都怕化了,遂想起童年沾满泥水的双脚被母亲打得乱跳,想到从那以后我赤脚在那条路上跑了五年,风雨无阻,想到她说赤脚走在大地上是大补,就有些疑惑:我或许是真得了大地的补养恩赐,年过半百,从没穿过秋裤、棉靴。大冬天里,人们穿戴得严严实实,像熊出没,而我干练抖擞,从不畏严寒、怕疲劳。

这是你给我的恩惠,母亲。

有一次,父母来京,周末的午后,我忽然轻狂,拿出我的一些证书给父母亲看。母亲看那些大大小小、印制精美的各色本本,就很喜欢,说那布好。她拿在手里反复摩挲,粗糙的手刮得证书的缎面"哧啦哧啦"响。我告诉她每个本代表什么,她就又茫然了。父亲认得那些字,很得意。我笑说这点出息都是二老打出来的。母亲这才记起她也打过我。她似乎有些糊涂,喃喃地说:"啷么会呢,我啷么就打你了呢?"她一边说,一边摊开手看,仿佛不相信她的手曾经握起过竹鞭子,抽打过她的儿子，一时间好像非常惭愧的样子。

9

母亲还有一次跟父亲吵架，是因为我年少时的亲事。

土地下户后，一家人总算能吃饱了。人一吃饱，就有了不一样的理想，甚至有些好高骛远，具体就是，十五岁那年，家里为我说了一门亲事。

我们那地方，一直以来时兴娃娃亲。村里好多孩子十五六岁就定了亲，两家走亲戚，要走到男女双方到了婚龄，才扯证，行嫁娶之礼。也有的定了亲，等不到婚龄，也通过郑重的嫁娶成了家，生儿育女。证不证的，就不管那么多了。

我的对象是个害羞的小姑娘，比我还小半岁，长得很漂亮。她的父亲在乡里工作，是很好的家庭。就亲事论，这在全乡也数一数二，我们家算是高攀了。下了聘礼，就算结成了亲家。那年春节，我这个未婚小女婿，由父亲带着，去小对象家拜年。我的父亲很满意我们跟这个富裕家庭结亲，他指望我未来的岳父日后能提携我，顺带帮补我们这个家庭。一家人就这么怀着希望，把这门亲事走下去。

但拜年时出了一点状况，毁了父亲给我设定的好前程。

正月初二,我穿上新衣服,背着背篼,由父亲领着去拜年。背篼里装着拜年礼物,有系着红纸的猪腿、糍粑、粉条、酒,还有给小未婚妻的新衣服。说是给未婚妻的衣服,其实也就是稍大码的童装。我记得是件桃红色的小外套,衣领滚着边,胸前绣着好看的花。一切都正常,甚至是喜气洋洋,却被我上个厕所把事情搞砸了。

那天吃过晚饭,我上厕所,踩虚了脚,掉进了粪坑。我在坑里喊"救命",父亲和我的"岳父"听到喊声跑出来,见我正在粪池子里扑腾,惊呆了。他俩把我捞上来,父亲带我到河坝冲洗,一边冲洗一边骂我丢人丢到家了。我穿上岳父借给我的衣服走回他家,站在院坝里,不肯进门。我浑身发抖,身上还有一股臭味。我觉得糟透了。天快黑了,院子边的菜地里,白菜顶着白雪,立在暮色里,说不出的寒冷和孤寂。暮色从天而降,像要把黑而老旧的寨子吞没。寨子周围是黑乎乎的大山,你不知道世界在哪里,世界也不知道有这么个黑乎乎的寨子。这时,我看到那个小小的未婚妻正掀起窗口的塑料薄膜悄悄打量我。我又羞又恼,无地自容,真想转身逃跑。

因为这个意外,当晚父亲决定带我回家。一出门,我就跟父亲说我要悔婚。父亲坚决不同意,他本来就气,一听又骂。

夜里我睡不着，起来坐在阶沿哀哀哭泣，像五岁那年断奶时那样哀伤。母亲听到我的哭声，起来劝我，劝着劝着也流了泪。她攥着我的手，端着油灯，把我拉到父亲床前，对父亲说："掉了粪坑，看来这姻缘，到不了位。"父亲也没睡着。他在黑暗里说："姻缘好好的，掉粪坑是他不长眼睛。我们做父母的，眼睛要盯宝，盯倒就不放脱。啷好的亲家，放脱了哪里找。"

母亲可怜巴巴地说："王伟着粪水淹了，怕了。哭成这样。穷日子富日子都是过。娃儿心头苦，怀里捧块宝有么用？"

父亲忽然大怒，霍地坐起来，指着我准备又开始训斥。还没开口，母亲忽然大怒，这怒火不是朝我，而是喷向父亲。母亲暴躁地跟我父亲大吵。她一边哭一边骂我的父亲，骂他狠心，把儿子往粪坑里推。这一骂，把父亲也骂得软了心。天亮后，父亲觍着脸去了媒人家，请媒人去女方家商量退婚。几天后，媒人带来了"岳父"家退回的礼物：小未婚妻的新衣服，用剪刀剪成了绺绺儿；腊猪肘被戳了许多洞，洞里灌了煤油。

这退回的礼物让我的母亲闷闷不乐很久，父亲更是好些天不理我。

我母亲从不负人，但她在儿子的婚事上，终于负人了。

在乡间，一家姑娘订了婚，又被退婚，是丢家族面子的事情。母亲对此一直怀着愧疚。好在人家家底旺，姑娘又实在漂亮，不久就有好人家去提亲。那户人家比我家强，儿子也比我长得俊，女方挣回了面子，气也消了。那姑娘出嫁的时候，母亲送了一床喜被，多多少少弥补了她心头的亏欠。

父亲始终不敢跟那家人打照面，而母亲见到那家人，也谦卑而羞愧。倒是那位姑娘，因为有了更好的着落，又知道我后来出去工作，跟她注定凑不到一块儿，很是深明大义，觉得当初毁了婚约，应该如此，是命定的。

多年后，我回乡时遇到一场亲戚家的喜酒，在喜宴上遇见了当年的小对象。当年那个漂亮羞涩的小姑娘已经年至半百，成为一个健壮爽朗、大方得体的农妇了。岁月的劲儿可真大啊！那一刻我百感交集。她犹疑了一下，随即不卑不亢地向我打招呼。我想起当年的窘相，克制住羞愧，也向她问候。我俩掏出手机互留了电话，加了微信。她问候了我的母亲，她说，她这些年来，一直称我的母亲为姨。心里的芥蒂就这样化了。

分别后我忍不住想，如果没有当年那次"粪坑之变"，现在又会是怎样的呢？

10

二十岁那年,我参加工作,在一个乡的财政所当农税员。报到那天早晨,父亲跟母亲一起送我到车站,再搭车去乡里报到。母亲早早为我打好铺盖卷,搁在背篼上,用绳子扎紧拴牢。背篼里放着洋瓷面盆、茶缸、口杯和几件衣物、几本书。母亲躬身背起背篼。我要背,她不让,说怕把我衣服弄皱弄脏了。那天我穿戴齐整,白衬衫、灰裤子、白跑鞋,肩上挎了一只人造革的灰皮包。从外形上看,我还是一个干净斯文的学生,但在心里,已经把自己当成一个工作干部了。我跃跃欲试,父亲也很兴奋。父亲常年走村串户,比村里人多些见识和主意,对俗世的普通生活,也有一些可行的意见和建议。他头脑明白,也善谈,无论跟什么人相处,在进退上,都能保持恰当的分寸。那天早晨我们一边赶路,一边听父亲侃侃而谈,他这一路恨不得把满肚子的见识和主意都倾倒给我。我一边听,一边不住"嗯嗯"答应。母亲背着铺盖卷跟在后面,一声不响。

去车站的路有十几里,其中一段要经过我家的一片庄稼地。走到地边时,母亲说她要去地里砍边,让父亲送我。砍边是犁地前的一道重要工序,就是把地边的蒺藜和野草砍下来烧在地里,把地边收拾净。一天下来,砍边人的手常常被勒得满手茧节,指头和手掌被荆棘、草叶割扎得鲜血淋漓。

其时父亲正说到兴头上,就提出让母亲一起送我到车站,不急这半天。母亲说:"我先砍净,你从车站回来,明天正好套牛犁地了。"父亲不耐烦地说:"就半晌午,那些刺藤和丝茅能长到哪里去?"母亲低头柔声说:"耽搁不得呢,白露眼看就要来了。白露一到就要下荞麦种。"

父亲不耐烦了,挥挥手说:"去嘛去嘛,你去嘛。"

母亲看了他一眼,没说什么。她从肩背卸下背篼,换到父亲肩上。我说我背,她还是不让。父亲背上背篼气哼哼地走上前了。

母亲帮我把挎包的包带理正,迟疑一会儿,说:"去了那边,要勤快,力气使了力气在。"我赶紧答应:"嗯。"她又说:"莫做强人,莫出头。"我赶紧又答应。她想了想,再说:"要有良心。"说完这句,她顿了顿,又说:"莫像从前那些干部。做人要仁义。"多年前的情景又回来了。我郑重地说:"妈,不会。"她就转了身,拐进旁边的小路。

我追上父亲,他不满意地说:"我还不晓得你妈,她就是怕见人,不敢跟人说话。由她,由她。我们走,我们见世面去!"

父亲还在不住地说着什么,但我什么也没听进去。我看见母亲沿着小路下到沟底,顺着一条土埂儿进到我家地里。那时候是九月,苞谷已经掰过,苞谷秆儿也已砍倒,束成捆,有的垛在地边,有的盘在桊子树干上。土地空了下来,也歇息下来。等白露一到,就下荞麦种,开始新一轮的耕种和收获。秋风起了,山里有些凉。风顺着沟头吹下来,浩浩荡荡吹到沟尾,满沟是波涛一样的风声。地里的桊子树、油桐树枝叶被风吹得哗啦啦响。风过了一阵,又来一阵。丝茅、野高粱、灌木伏下去,回起身来;又伏下去,又回起身来。我的母亲走进地里,风吹来时,她趔趄了几下,等风过去,才又站稳。

土地一年四季被庄稼覆盖,只有这时候,才裸露了出来,满沟满岭都是板硬扎实的褐色。我一边走一边回头望,母亲在地里忙碌,暗黑色的身影越来越小,最后成了指肚样的点在地里动来动去,最后,融进了无尽的褐色土地,看不见了。

那是我与母亲的第二次离别。

11

刚入伍,工作没有白天黑夜,更不用说周末了。那正是乡里工作都强势的年代,追农税,大放干田栽蚕桑,铲青苗种果树，样样都强得不得了。尤其是追计划生育，干部潜伏在计生工作对象户附近准备抓人，有些对象户夫妇外出躲藏，只留老人和孩子在家。

有一个对象户，女人怀孕快足月了，夫妇俩都躲到外地，只有老母亲和两个小女儿在家。联防队抓人没抓着，牲口圈里也空了，就上炕把人家腊肉割下来放大灶上炖。那时我年轻，没见过世面，看到从家具上拆下来的涂着红漆的木片被当作烧柴扔进灶膛，灶膛里腾起火焰，泛起一股浓烈的油漆腥味，像是血在燃烧，我当时就吐了。一个干部当场批评我蔫巴屁臭，是撇火药。在我们那里，撇火药不炸，就是不中用的意思。

那段时间，每隔一两天就有一场行动。我非常苦闷，也吃不下饭，人黄皮寡瘦，蔫梭梭的。但我又担心领导看轻我，非常失落。思来想去，我准备克服情绪，在以后的行动中逐渐显露身手，慢慢跟上形势。

那时进冬天了，冬雨绵绵，天气又冷又灰暗。有一天，下着雨，联防队出去执行任务了，领导让我留在乡上写报告。他说："你来不得武的，就给我来文的。你把报告给我写好！"一位同事告诉我，有两个老百姓在找我。我下楼，见父母站在乡政府院坝里，我又惊又喜，跑过去叫了爹，又叫了妈，问他们怎么来了。他们见了我很高兴,尤其是父亲看到我穿着农税员的蓝制服,戴着大盘帽,就说该穿这身儿去照个相。

我把父母请到木楼上我的房间。给他们倒上茶,我问:"又不是学生了,你们怎么还来看我嘛?"

父亲说:"没么子事,儿子吃国家饭两三个月了,我们过来看看长胖没,看国家饭养人不。你妈也想跟你摆摆龙门阵。"

父亲说完,看着母亲。

母亲说:"你说,你说,还是你说。"

父亲站起来把门关严,就安排母亲:"你说事情,我说道理。"

母亲就说,有干部去了官渡滩,把怀孕的庠明姉抓走了。庠明叔上前抢人,被人把肋骨打断了。祥明姉还是被抓到乡上,肚皮头的娃儿遭打丢了(堕胎)。听了母亲的话,我像一个同谋的刽子手,心跳到嗓子眼,手也发抖了。父亲说:"哪里的形势都一样,但天有天理,人有人心,哪怕你当了干部。"说完狠狠地剐剐了我一眼。我难过地说:"我没做什么……"父亲又说:"我的儿子我相信。虽说手杆拗不过大腿,筷子拗不过门方,但脑壳长在个人(自己)肩膀上,碰到事情多动脑壳,少动手,有些事动手就有罪。"我赶紧答应。

母亲说:"不管哪个说政策,那是人命啊,庠明叔好好一个男儿汉,打残了……还有那个娃儿,尽管还没成人,那也是一条命啊……哪个下得了手……"父亲愤愤地说:"狗日的!从农村出来,还反回去整个人(自己人)的人,这种东西,不如就留在老家种苞谷!"我惊出了一身冷汗。

我请父母到场上的面馆一人吃碗面,就送他们赶下午的车回家。载着父母的汽车开走了,我站在冬雨里,十分惆怅,但心里也想明白了。

好在开春后,县财政局一位领导来乡里检查,看了我写的材料,当场表态把我调到局里。从此我离开了乡里。但在以后的许多年里,只要一想起那段追计划生育的经历,我的喉咙便像是哽起一口泛着血腥气的油漆火焰,吞不下,也吐不出。以后的工作不断变换,离基层也越来越远,虽然直接为基层群众服务的机会少了,但父母的话,一直在我耳边响起,警醒我始终做一个宅心仁厚的人。

12

母子一场,就是漫长的相互守望。我幼时,母亲担心我们在人世失散。当我长成彪悍壮实的小伙子,她又担心我辛苦，担心我孤单，担心我在广阔的人世受委屈。

那几年，我从乡财政所到县财政局，到县委办，后又被下派到区公所，工作非常拼命，非常辛苦。在财政局工作期间，我遇到了李虹。二十五岁那年，我跟李虹结了婚。我们那里有个说法，一个人的命运分成两段，一段是婚前，是父母给的；一段是婚后，是伴侣给的。婚嫁后，前半茬命运就到此为止，新的命运开启了。

我们在县城举行了简朴的婚礼，也就是请双方的亲友和同事吃了顿酒席，给来宾发点喜糖。父母当天也来了，他俩都很激动。我跟李虹向父母敬茶鞠躬，在他们面前深深俯首，起身时看见母亲眼里已含泪花。她往李虹手里塞了个红包，攥紧李虹的手，哽咽着说："我放手了……我放心了……我放手了……我放心了。"

从此我开始了另一段命运。母亲不再为我担心了。

13

那些年，真是顺风顺水，样样努力都有收获。我从县里调到地区，又从地区调到市里，最后，从市里调到北京。其间，又几度下派、挂职，一步一个台阶，可以说种瓜得瓜，种豆得豆。

母亲以一个农妇的秉性,把这些都归结于祖宗和土地的庇护。她认为这都得益于祖坟葬得好。我每进一步,她都要父亲买丰厚的纸礼,郑重地烧在祖坟前,以谢祖上泽被护佑之恩。我从市里调到北京,她甚至拜谢了土地菩萨,她觉得这都是来自大地和神祇的福祉。

我每到一个地方,我的父母都要前来探望。每次到机场接他们,看二老一人拉着一只行李箱,风尘仆仆出来,脸上挂着日光晒出来的笑容,爽朗得就像秋天地里的庄稼。一到家,母亲就从箱子里一件件往外掏,风萝卜、腊肉、香肠、豆腐干、鲊海椒,她把地里一年四季产出的宝贝,悉数带到儿子跟前。李虹很喜欢这些东西,女儿春雨也十分开心,她拍着手说奶奶把农家乐搬到家里来了。

父母来家里的时候,我每天推掉应酬,下班就回家,陪父母聊天,跟母亲下厨房做她带来的土菜。有天进了家门,就闻到香味,我寻着味儿去厨房,见灶上的铁锅里"扑哧扑哧"炖着腊肉风萝卜,母亲正埋头在砧板上,仔细地切豆干丝。豆干是我们家乡的特产,自制的豆腐熏了一冬,熏得绵密又铁实。豆干先是打成薄片,再切成麻绳细的丝,煮在汤里,柔韧细匀,汤汁像牛奶一样浓白香醇。切豆干丝是考技术也考耐心的一项手艺。平常人家很少吃，只有讲究的人家或者宴席上才有这个。我非常喜欢吃，母亲每年就熏不少豆干，千山万水带过来，做给我吃。但她年纪大了，手不灵巧，眼睛也不好了。那天她切得十分认真，也费劲，像一个笨学生在做一道难题，战战兢兢的，但那场景让我十分安心。窗外的天光照进来，照在母亲身上，窗前的母亲成了一道剪影。我站在厨房门口，仿佛年少的时光又回来了。

有朋友在酒楼请二老吃饭。父亲兴致很高，能讲，也能喝。但母亲一直安详温静，也不怎么吃菜。好心的朋友热情地劝他俩，她也不怎么积极，倒是对燕窝有些喜欢，说"那个稀饭熬得亮晶晶的，还好吃"。(后来她受难，到了最艰危的境地，我们给她买燕窝，她却心疼我们的钱，不肯吃了。)回家的路上母亲就感慨，说有些东西名号大，花钱多又不好吃，以后还是多带些官渡滩的菜来给我们吃，也分些给我的朋友们。父亲打断她说："北京人哪里吃你这些土货！"母亲说："人的肚子，还是要吃自家地里长出的土货。"想了想，又喃喃地说："凡是对我儿子好的人，我都要好好待。"

父母每次去城里看我们，都来去匆匆，说离不开家，离不开官渡滩。又说城里的房子离地千尺，不接地气。我们初到北京时，住小两居，后来搬到三居室，等到我们住进了有小院的房子,双脚可以踏在大地上了,我请二老定居下来,母亲又谢绝了。她说这地跟官渡滩的地不同。这地只长花草,官渡滩的地长红薯、洋芋、苞谷。她说人的脚要踏在土地上,才扎实。土地补人呢。

14

刚去北京时,我年轻气盛,雄心勃勃,有时候也好高骛远。工作的种种优越之处,我很享受,京城的那些排场也让我过瘾。起初父亲很为我得意,他看见经常有人围着我奉迎,这中间,又有人对我毕恭毕敬,他认为我有头脑,有出息,很长他的面子。母亲却不怎么说话。母亲变得有些忧心忡忡。

有天深夜回家,天下着大雨,父亲窝在沙发里打盹,母亲坐在沙发的另一边,两手交握着放在膝上,像是有些不安。我换了衣服,在她身边坐下来。她显然有话要说,但似乎没想好怎么说。她犹犹豫豫的,忽然说:"我们从地里出来不容易……我们不图闹热,图扎实。(那些人)跟我们无亲无故的,天天黏着……还不是想把你裹坏……你要是着裹坏了,我啷个办呢?"

我感觉好笑,笑母亲小题大做,也笑她没见过世面,不懂人情世故。这其实就是成功呢。想不起当时我说了句什么话，母亲一听，眼泪忽然涌了出来。她一边哭一边说："我们从官渡滩出来，就要有官渡滩的样子……你想要学坏，不如回家跟我种地。"

现在想来，那个夜晚实在惊心动魄。她以一个母亲的直觉，敏锐地嗅到繁华处的危机，又以一个农妇泥土般朴素的智慧提醒了我。而我却是后知后觉。我惊异于她的智慧的同时，也惊异于她的果敢和坚决，以及她取舍进退的原则。

第二天早晨上班时，父亲送我上车。他说："你妈昨晚没睡，哭了一夜。"我心里一惊，又故作轻松地问："是不是李虹不小心得罪她了，或者是春雨调皮？"父亲说："不是，儿媳跟孙女都好得很。你妈没文化，讲不出啥子道理。我也是老实人说老实话：世上有两种大角(jué)色（酉阳话，狠角色的意思），一种站得高，一种扎得深。我是个农民，也经事几十年，道理放哪里都一样——站得高的不如扎得深的。站高的时候有人捧……但我们不图大富大贵，就图个扎扎实实。"

我急流勇退了。我调离先前那个炙手可热的岗位，换到另一家单位。新的工作平静、扎实，但也十分艰辛。我非常卖命，同事们也十分努力。几年工夫，一个年收入一千八百万元的单位，就被我们拉扯成年收入二十八亿元的业内知名企业。

三十五岁那年，我成了部里最年轻的正司局级领导干部，并且多次被评为先进。

我在新的单位，数亿元的订单一笔又一笔地签。我的母亲在官渡滩的地里，苞谷、红薯、洋芋、青菜，一季又一季地种。秋天里，她提着竹篼在地里捡豆荚，豆子落进土里，她小心地一粒一粒抠出来淘净、晒干。她跟父亲吃简单的饭菜，穿朴素的衣裳，待人处事温静安详。父亲试图用一把苞谷籽和一筐苞谷籽跟她打比方，让她知道我为国家挣了多少钱，但她完全不得要领。在她有限的认知里，百元、千元乃至万元有多少，她是知道的。超过这个数，她就茫然了。

我们姐弟仨，哥哥跟我都很努力，姐姐也嫁到一个好人家，过得不错。每当亲邻奉承母亲有福气，母亲就安详温和地说："几个孩子就是糊得上口。全靠土地保佑，全靠你们大家担待。"

父亲历来像个干部。自从儿子当上干部后，他说话做事就更有干部派头了。母亲怕他说话得罪人，经常给他打圆场。哥哥有时候也不免急躁和粗暴，母亲就要批评，让他对人要和气。我们给她钱，起先，她不要，说在官渡滩有钱也花不出去。但大家执意要给，她就收下，也舍不得用，全藏了下来，待孙子们有需要的时候，她又全拿了出来。村人和亲邻，不管谁有了难处，她看在眼里，都能有分寸、不伤人自尊地给予帮助。在官渡滩王家六十多年，她从没跟人吵过架，角过逆（角逆，重庆方言，闹纠纷的意思）。

她种出的粮食和瓜菜，一袋一袋地托人送往城里带给孩子们，新米、新豆、土豆、萝卜。吃不完的豆角、青菜，她晾干腌制成干菜、酸菜，带给我们。她知道儿女的胃，想念的还是故土长出的东西，她双手晾制的东西。这些东西温养慰藉了我们的肠胃，也塑造了我们的品格。无论走得再远、再努力，都不敢再轻狂了。

有一条航线穿过官渡滩上空。每每听到高空中隐隐传来飞机的轰鸣，大地上的父亲和母亲就抬起头来，眼望着白鸟样的飞机越过官渡滩后山，向北飞去。父亲这时就会笃定地说："到老幺那里去的。"母亲往往同意他的意见，重复道："是到老幺那里去的。"

15

2017年，我打算辞去公职，自主创业。这事首先要取得家人的支持。第一关是夫人和女儿。如果娘俩反对，估计我也下不了决心。好在李虹很开明，也懂我。她虽然有些担心，但还是坚定地支持我。春雨正念高中，像她这样的孩子，满脑子都是新世界与新时代，对体制、官职这些东西，本来就不以为然。听说我年近半百，还要炒了工作，出来单干，马上毫不犹豫地表扬"老爸又帅又棒"。

我问她："要是老爸挣不到钱，养不活自己怎么办？"

春雨爽快地说："没事，我养你。"

我心头一热。

第一关毫无悬念地通过。

接下来五一放假，我跟李虹回官渡滩看父母，准备过第二关。

父亲耳朵几乎听不见，没法交流，所以开始只能瞒着他，不能让他知道。我知道母亲这一关难通过，但我的离职又必须征得母亲的同意。

我走到母亲身边，小心翼翼地说，我想离开部里，自己出来做点事情。

母亲看了我一眼，显然有些不信，她的儿子都到北京工作了，现在忽然说不做就不做了。这可能吗？她问："你不当干部了？"

我笑笑："你不是说，当不当干部不要紧，要紧的是为老百姓做点好事情吗？"

母亲说那是，又问："你想做点哪样事情嘛？"

我说，想做更实际的事情，老百姓更需要的事情。

母亲说好啊，又问："还是在北京做吗？在你那个部里的办公室做吗？"

显然，她没意识到我的决心。我告诉她我想用自己的双手做事情，而不是指挥别人做事情。部里不给我房子，也不给我发工资。我会自己盖房，或者租房，白手起家。

这又超出了母亲的想象，她蒙了。我就用官渡滩人打工或者开店的事情给她打比方，她忽然就明白她的小儿子要自己摘掉国家干部的帽子，与村里外出打工的人无异了。她一下就哭出声来，边哭边说："原来你要当个体户，要打工，你要把工作都打脱……我辛苦盘(供)你读书……"看到她伤心的样子，我也很难过。但我的决心已下，就只有耐心地告诉她，我想做的事情是怎样的，会有多少人受益，我会怎么快乐，对我们这个家庭会怎么好。但她仍然哭泣不止。

母亲不同意我辞职，我是有思想准备的，但没想到她的反应这么激烈。我很不是滋味，甚至有些难过。李虹使眼色让我出去走走，她跟母亲聊聊。

我出门，沿河滩边走了一会儿，估计婆媳俩说得差不多了，就回去。见母亲还在抹眼泪，我站在一旁不敢作声。李虹朝我使了个眼色，好像有戏的意思。母亲抬头看我，使劲把眼泪抹了，说了一句硬气的话："如果你开公司挣不到钱，就回来种苞谷。你在前头打窝，我还能在后头帮你点种、盖肥。饿不死人。"

李虹忽然眼含泪花。

我忍住泪，问她："妈，你还不相信我吗？"

她说："相信，你不吃国家饭了，个人（自己）找饭吃，苦累得很。好不容易从官渡滩走出去，这一瓜瓢，又打回官渡滩了，打得样（啥）都没得了，跟出滩前一个样了。"

我紧紧握住母亲的手，对她说："你要相信你的儿子。你的儿子跟出滩前不一样，要相信我。"

她说："我相信，我相信。"

我央求她："你相信我，就朝我们笑笑呗。"

母亲就笑了，笑得有些勉强。笑着笑着，眼泪又流了出来。她抹了把眼泪，说："你们趁老汉（爹）听不到……要是他晓得你把工作打脱了，把铁饭碗打破了，还不抓起扁担把你腿杆都打断……"这时，老汉去坝下看苞谷秧回来，刚走上院坝，母亲一见就背过身，进屋去了。李虹也跟了进去，不让父亲看见她们流泪。

父亲站在院坝里，得意地说："昨夜大雨，地里的苞谷秧吃够了水，又长高一卡（拇指和食指张开的距离）了，"他伸出拇指和食指朝我比画，"看来今年又是好年成啊！"我迎上去扶住他，又是内疚又是不安。我心情复杂，对着父亲耳朵大声说："今年肯定丰收。常言道，一分耕耘一分收获嘛。"父亲愉快爽朗地说："那是那是，你妈和官渡滩的人都把土地当儿子侍弄，土地还不好好报答吗？"我再说不出话了。

从官渡滩返京，我就向部党组呈上辞去职务及公职的申请。同时，我请哥哥在合适的时候向父亲报告这事。远隔千里，父亲大人鞭长莫及，我躲过他的一场杖责，不用直面他的担忧和叹息，松了口气。好在最后终于得到部里的理解和支持，我成了一名"个体户"。

新的公司组建好，正常运行后，我请父母来公司看看。父母看了办公楼，看了公司里勤奋阳光的年轻人，又看了我的办公室。父亲又很得意，坐在我办公室的大转椅上，"啪啪"地拍拍桌子，确定我不会回官渡滩种苞谷了。母亲不说话，她朝我笑笑，笑着笑着，忽然又有泪流出来。

16

在父母膝下承欢，以为时间都是无边无涯的，从没想到有尽头。然而人世倥偬,每次与父母相聚,都是来去匆匆。我跟李虹一天到晚忙忙碌碌,很想父母能跟我们一起生活,这样我们就可以朝夕相处了。但父母每次过来看看孙女,小住几天,就要回老家。每次与父母分别的时候都十分不舍,就想一定找机会,跟父母多待一些时间。没想到在庚子春节,真的遂了愿。更没想到这是个甜蜜的把柄,后面拖着母亲的灾难。我们是在透支幸福。艰辛的庚子年啊!

从记事起就知道母亲经常肚子疼,每次发作,家人就给她吃子弹壳里的火药,我们叫"药面面"。

那时候,山里穷,也落后,人生病,几乎不请医生,也不买什么药治,唯一的药就是子弹壳里的"药面面"。我们那里天高皇帝远,水深山长,山里人常"撵獐",就是用自制的火药枪打偷袭庄稼的野猪、獐、山羊或麂子。火药枪用的子弹是自制的,自家炒锅熬硝,制成火药,用火纸包了,卷成手指头的形状,看起来像子弹——这种自制火药枪很多年前就被禁止了——威力很猛,无论野猪、獐、山羊或麂子,遇到一粒这样的子弹,肚子立刻就开花。村人也有因火枪走火被炸得血肉横飞的。村里好几个缺胳膊少腿的,就是这火药枪造的孽。

在以后的许多年里,我常常想起母亲的腹痛,想起她和村人每每因病痛吃下的"药面面"。火药真能治腹痛吗?是因为它的名称里,有一个"药"字,村人就认它为良药?还是火药里的硝有治疗作用?抑或,硝这个东西有麻醉功能,服下就能镇痛?小时候想到这事,觉得十分神奇。成年后再想起,心里已经没有了神奇,只有悲怆。我只有一次次祈祷,我的父母乡亲,他们因为病痛而多次服下火药面面的肠胃,会坚固得如铜墙铁壁。

算起来,母亲是在2019年年底得那个病的。姐姐带她到市里的医院检查。我当晚也飞到重庆。也是凑巧得很,值班的是位年轻医生,他给母亲做完检查,确定地说:阑尾炎。

我们抽紧的心一下就放松了。荒唐的是,我们当时都没想转到另外的医院复诊,现在想来,也是潜意识里不敢复诊,生怕新的检查结果将这个结果覆盖,我们侥幸得来的幸福被注销。我们多么荒唐,多么轻信,相当于苟且偷生。一家人简直是欢天喜地地陪她治疗阑尾炎,住了几天院,临近春节,我们就陪她一起回老家过春节。

春节期间,疫情暴发,风声鹤唳。遥远偏僻的官渡滩村寨却犹如一条夹缝,一大家人在其中安然无恙,偷享人世之欢。虽然为疫情焦虑,但暗地里又为这意外得来的相守感到庆幸。

谁都没想到厄运已经来到身边。

大年初二，李虹接到单位命令，提前回了北京。嫂子单位也要求全体职工返岗待命，于是哥哥带着他们一大家子回了重庆。只有我得以继续留在父母身边。那是我参加工作几十年来，在母亲身边待得最久的一次。

17

我跟几位堂兄弟和表兄弟到不远的林子里，用电锯锯倒一棵棵巨大的松树。树从高处慢慢倒下，落地时声响轰然。我们像年少时一样欣喜。我们剔下树枝，束成捆，把树干锯成一段一段的，用小皮卡一车一车运回家，卸在院坝里。表兄弟们回家后，我在院子里劈柴，劈好的柴块码在房后的屋檐下，树枝一捆一捆立在吊脚楼下。

母亲不停地端来茶水、醪糟水、油茶汤要我喝。那段日子，我也尽情地向她撒娇，每天不停地向她要吃的，要吃腊肉，要吃豆干丝，要吃酸鲊鱼，要吃糍粑，要吃油香。凡是小时候觉得美味又难以吃到的东西，我都一遍一遍地向她索要。她也乐此不疲，一样一样做好，盛在碗里递到我手上。看着我美美地吃下去，她脸上是特别满意的笑容。父亲则不断招呼我歇息，说我这身子骨在城里多年，经不起累了。我猛地劈开一块很大的松树头子,大声问他:"哪个说的?"父亲也满意地笑了。

等我吃饱喝足,母亲就坐在门边的小凳子上,目不转睛地看着我干活。直径两尺多的松树木段在我的斧头下一分为二,再二分为四,不一会儿,就劈了一大堆。父母眼里满是欣慰,好像我刚长成,刚好能给家里干活;好像我从未娶妻生子,我跟他们从未分离。

这个工作我一共做了十多天。接下来,我砍了竹子,给菜园圈了新的篱笆,又把院墙边歪斜的台阶修好了。父亲很得意,有亲戚来拜年,他就跟人家夸:"看吧,我的儿子在官渡滩,也是一个角色!"

整整一个月,我挥汗如雨,耐心又细致。我把柴垛码到屋檐高。等过了六月,这些柴火晒干了水分,就是上好的烧柴了。树枝用来烧锅,柴块烧火塘,父母在家,取暖、炊煮,够他们烧上一年了。

哪知道我准备的满壁劈柴,最后竟成为母亲葬礼上制作宴席的烧柴了。

三月里,疫情得到缓解,重庆开始复工复产,我也要回公司了。出发时,母亲往我车后备厢装吃的,糍粑、香肠、腊肉、青菜、萝卜、蒜苗、小葱,塞得满满的。我开车离开的时候,她在院坝里朝我摇了摇手,脸上笑着。汽车一转弯,我就从后视镜里看见她抹起了泪。

18

转眼过了大半年。那段时间,我一直在北京处理事务。

9月14日,姐姐打电话,说母亲腹痛。我的心一下就狂跳起来。命运来向我们索债了。

姐姐在电话里继续说,母亲痛得实在受不了了,才告诉她,送到县里的医院检查,初步诊断是结肠癌。姐姐当夜就送母亲到重庆市人民医院复检。我当晚就飞到重庆。重庆市人民医院副院长李华是我的老乡,也是亲戚。他握着我的手,使劲捏了捏,没说话,我就明白了。我努力让自己的情绪稳定下来,请他告诉我真实情况。

李华说,晚期了。

李华扶住我的肩膀,想让我安定下来。我向他道了谢,提出想自己静一静。那时已是深夜,我走到医院的院子里,仰望夜空。在过去的许多年里,无论是幸福还是痛苦的时候,我都会仰望星空,浩瀚的苍穹和寂静的星辰让我平静,也给我安慰和鼓励。但那夜重庆的天空见不到一粒星子,城市的辉煌灯火把天空染得一片昏黄。市声嘈杂，汽车川流不息，真是众声喧哗、鱼游鼎沸啊。那一刻我觉得人世汹涌，浪涛像是要把我打翻、吞没了。

我像一个溺水者，浑身是汗，非常虚弱。李华来院子里找我。我看到李华的嘴唇在动，而他说出的每个字，像漂浮在水上，无声地散了。我抓住他的手，像抓住一根救命稻草，但人已经被恶浪打翻了。

19

手术方案敲定后，我整理好情绪，与姐姐哥哥一起温和地与母亲讨论病情。我们告诉她，检查到她的肠子上长了一个小疙瘩。这么多年，她一直肚子疼，可能就是这个小疙瘩在作怪。现在要做个手术，把小疙瘩切除。"是微创手术，"我伸出小指头给她比画，"就开这么一个小洞，缝一两针。"我确定地告诉她。她很平静地看着我，点了点头。

手术那天，一家人都守在医院。进手术室前，母亲紧紧拉住我的手，不松开。我俯下身去，脸贴着她的脸，轻轻哄她："就是微创手术嘛，一会儿就做完了。我们在外面等着您。"她这才松开我的手，被护士推进去了。

我们焦急地守候在手术室外面。起先我陪父亲坐在走廊的椅子上。父亲也是心不在焉，不断转过头去看手术室的门。我心里揪得慌，全身发冷，就请姐姐过来陪父亲坐着，我站起来走动一下，暖和暖和。哥哥发现我说话牙齿在打战，就把他的茶杯递给我。我抓过就猛灌下去。一杯水落肚，还是落不下心，就在走廊里走来走去，十分仓皇。父亲烦了，又不好发作，就说："你给我坐一会儿嘛！不要在我前面晃来晃去的！"我就挨着他坐下来。还是坐不住，就把哥哥的孙子淘淘从嫂子怀里抱过来，放在腿上不停地颠着假装逗他玩儿。

手术进行近两个钟头的时候，护士忽然推开手术室旁边的玻璃窗，大声叫母亲的名字。我们都吓了一跳。哥哥反应过来，原来不是在叫母亲，而是叫病人家属，是叫我们。我们赶紧奔上去，围到窗前，护士端给我们一个托盘，盘子里是一坨漂白发硬的东西，像是卤煮过的肉食。我的头忽然就晕了。护士告诉我们，这就是母亲直肠上切下来的病变部分，她一边说一边用镊子翻动给我们看。我赶紧扶住哥哥，不让自己倒下，眼泪也一下冲了出来。

手术进行三个钟头的时候，李华打来电话，说手术很成功。我的眼泪又涌了出来。我抓住父亲的手，告诉他，妈的手术很成功。父亲听不见，只踉踉跄跄跟我们到手术室门口等母亲出来。

　　手术室的门打开了。护士推着母亲出来了。我们奔上去，围在母亲的移动病床边，帮着护士推。母亲腹部缠了厚厚的绷带，身上插满了线管，输入的和排出的都有，连着血浆袋、输液袋、心脏监测器、止痛泵、引流袋、排泄袋，管子里流着血浆、药水、渗出液等各色液体，监控仪器上各种颜色的灯和图标不停闪烁。那些管子和绷带，像绳索把母亲捆绑住，让母亲像一头困兽。母亲脸色白得像张纸，嘴唇也惨白着。我紧紧抓住她的手，把脸贴到她的脸上，她的脸像冰一样凉。我眼泪滂沱，稀里糊涂沾了她一脸。护士训斥："家属不要影响病人情绪！"我哪里止得住泪？父亲不断用手背揩我滴在母亲脸上的泪。

　　我们把母亲接回病房，帮护士把她在床上安顿好。嫂子和姐姐手忙脚乱地给母亲塞热水袋，添被子。

　　母亲睁眼看着我们，非常疲倦。我忍住泪水，脸贴在母亲脸上，轻轻地叫她，但是她答应不出来。过了好一会儿，她终于开口说话，说的第一个字是"冷"，第一句话是"好想给医生说声谢谢，但就是说不出来"。她八十四岁高龄，动了这么大的手术，遭受巨大的痛苦，首先想到的不是自己，而是致谢！

20

哥哥姐姐整天待在医院。嫂子张罗一大家人外加亲戚朋友的吃喝，收拾完毕，就用保温桶盛上汤，拎到医院来，一勺一勺喂给母亲。夜里一大家子围在母亲床前，热热闹闹地聊天。看着这一大群儿孙，母亲虽然难受，却很欣慰。夜深了，哥哥嫂子和侄子们陪父亲回家，姐姐和俊丽姑姑留下来陪夜。我回到重庆，就换俊丽姑姑，夜里和姐姐一起陪护母亲。

俊丽姑姑是父亲的堂妹，算起来是母亲的小姑子。她出自幺房，她母亲又生她晚，所以年纪比我还小。她自小就跟母亲很亲，母亲很喜欢她。官渡滩几十年，两人相互体恤、相互帮衬、相互怜惜，不像姑嫂，倒像是母女。母亲生病后，俊丽姑姑执意陪母亲来重庆，和姐姐一起照顾母亲。她很能干，性格又温顺，母亲觉得十分贴心。母亲生病期间，姐姐、嫂子和俊丽姑姑每天端茶倒水、喂饭喂药，尽心尽情。医生和病友都以为她们三人都是母亲的亲闺女。

父亲白天在医院，当着母亲的面，跟家人也是有说有笑，爽朗得很。夜里一出医院门，人就蔫了。起初家人对他瞒着真相，但他那么聪明的人，怎会猜不到？有天夜里我下楼送一大家人回家，临上车时，父亲忽然走过来抓住我的手，颤抖着,好一会儿说不出话。我捏紧他的手,安慰他道:"爹,妈这病不是么子大事,这里医疗条件也很好,挺过这一阵就好了,您不要担心。"父亲忽然老泪纵横,他哽了几哽,才说:"道理我懂……你们也都尽心了……我就怕她挺不过去……"夜里他在马路边像个孩子那样大哭起来。

21

手术后,母亲又做了化疗。化疗很折磨人,哥哥姐姐都不敢让她做,但母亲特别坚强,凡是能治好"肚子里疙瘩"的办法,她都接受。做完化疗她吃不下饭,趴在床边呕吐,胃里已经没有什么东西可吐了,呕出来的只有胆汁,其状十分痛苦。呕吐完,她躺回枕上,脸上又泛起疲惫的笑容。

我把苹果切成薄片,用牙签插上,喂到她嘴边,轻轻蹭她的嘴唇。她只好张开嘴,用牙齿咬住,努力咀嚼,艰难地吞下。她胸口急遽起伏,像又要呕吐的样子。她努力憋住,终于没有呕吐出来。平息下来,她转过头,朝我笑笑,有些不好意思,有些愧疚的样子。

有时候她小睡醒来,见我正坐在她床头,埋头在电脑上忙碌,或者正看一本书。她不出声,静静地看着我,像我年少时那样。她觉得她生病耽搁了我，但至少不曾拖累我，于是稍微安心了点。在三个儿女中，我更黏她，她也更信任我、依赖我。我陪在她身边，她似乎更安心。

有时候，北京那边有点事情，我得赶回去。我告诉她，公司有些事情需要处理，我得暂时离开她几天。她忽然就很焦躁。我告诉她事情处理好就回来，也就三四天时间，她就答应了。等我又出现在她床前，她就笑了。

化疗后需要加强营养，她又没有胃口。记得她去北京时曾说过燕窝"那个稀饭熬得亮晶晶的，还好吃"，附近一个酒店有燕窝卖，三百多块钱一盅。我们买给她吃了十多天，她从嫂子嘴里打听到燕窝的价格，就不肯再吃了。于是我们从网上买批发的燕窝，告诉她一盅只要三十多块，她答应吃，但已经吃不下了。

22

医院在枇杷山上，站在窗前，可以俯瞰整个渝中半岛。有些黄昏，我给母亲披上衣裳，扶她站在窗前，看长江和嘉陵江在朝天门交汇，两江环绕，城市像在这口热锅里熬煮。这座城市经历了一场新冠疫情，又遭受了一场百年不遇的水患。

我们看着江水滔滔而来，包围这座城市，又浩浩汤汤而去，母亲不住叹息。

母亲求生的欲望特别强，医院的要求她都特别顺从，输完一瓶水，护士换药的时候，她总要问："还有几瓶？"生怕护士遗漏了。一天的治疗结束后，她又要问明天几点钟开始，要输几瓶，还要吃什么药？所有的医嘱她都严格遵守，十分听话。要她吃东西，她也都答应，勉强咽下去，又吐出来。然而她这样积极英勇，还是抵不住一天天衰微下去。

我们都以为切除了病灶，身体里就彻底没有那个作祟的东西了。做化疗时，我坐在床边，看着晶莹的药水一滴一滴进入她的脉管，心想残留在她身体里的病毒就会一点一点退散，这样，几轮化疗做下来，她又是我们好好的母亲了。

现在想来，我们真是轻狂。我们都天真地相信，人间再难的事情都有办法解决。我们也为此做好倾尽一切的准备。但人心终究大不过世事。母亲的病情一天天恶化下去，我们一点一点放弃希望，最后向命运低下了头。我们明白治疗没有任何用处后，最后只希望治疗作为减少痛苦的一种方式，希望她走得安详一点。

我在病床边支起一张陪护床，姐姐夜里就睡在母亲身边。母亲入睡前，姐姐跟我分坐在病床的两边。母亲半躺着，她越来越瘦，越来越痛苦，坐卧不宁，不停地折腾。等好不容易安顿下来，娘儿就有一句没一句地聊天。

母亲说我小时候一直让她提心吊胆，生怕我化了。我一直不断奶，她只有把奶头放我嘴里噙着，她才心安。直到我结婚，她才安下心来。娶了亲的男人，命运就换了一轮，她从此确信我不会丢失了。

她身子弱，说起话来尤其费力，有时候说了半句，下半句要好一会儿才续得上，刚说完，忽然又难受起来，要折腾好一会儿，重新消停下来，才又想起，咦，说到哪去了？于是姐姐就把她忘掉的话头续上。

姐姐说到我小时候雨天蹚水上学，打湿了布鞋，母亲用竹鞭抽我双脚跳。姐姐笑问母亲："当时哪个又忍得下心呢？"母亲说："我没读过书，不会讲，娃儿一泼烦，就动手了。官渡滩哪个娃儿不是打大的？没打坏就好。"说完她歇了一会儿，就抬起右手看了又看，像是怪罪那只手似的。那只手青筋毕露，落满了浅褐色的老年斑点。腕上套着医院发的印有二维码的手环，手背上静脉血管里扎着留置针头，用胶布粘着。

我强作欢喜地说："古语说棍棒出好人。要不是妈、老汉打得好，说不定我早变坏了呢。"

母亲静静地说:"我的儿女我晓得,哪个都不得变坏。"

母亲说到我第一次离家去乡政府工作。那天早晨,父亲跟我都欢喜得很,但她担忧,我到一个陌生的环境,那里的人都是干部……我在他们中间,会不会孤单?他们会不会给我气受?会不会挨他们整?

我赶紧告诉她,我工作几十年,也遇到过许多困难,但每当遇到困难的时候总有贵人相助。母亲就说:"要记恩,我们不做忘恩负义的人。"我说放心吧,我是懂得感恩的人。母亲说放心。

有次说到我当初毁婚的那个姑娘。她说她当时也很不好受,担心毁了这么好的亲事,再找不到那么好的姑娘,那么好的家庭了。再说,人家把哪好的姑娘分(许配的意思)给我们,我们不仁不义,人家不好做人,我们也没脸做人。但我那夜哭得很伤心,伤心得不像个男儿汉。她也心软了,管他的,天大的过,她来背。再说,儿孙自有儿孙福,儿子不疤不跛,也不傻,好歹总能找到个媳妇。实在找不到,她养我一辈子。

这是她最后一次说到养我一辈子。我的眼泪就出来了。

夜越来越深,母亲实在累了,她半躺在床上,不说话,但眼还睁着。姐姐跟我坐在旁边,都舍不得睡去。重述旧事,这短暂的欢愉让我们感到安慰。但我们都明白,最后的日子快要来了。

23

2021年1月初,女儿春雨回国,在上海隔离结束,就直飞重庆看奶奶。走进病房,刚叫一声"奶奶",祖孙俩就哭了。

女儿打小就跟奶奶特别亲,奶奶也尤其疼她。庚子多难,人世艰辛,正当疫情在国内得到控制,母亲却遭此大病,其时国外疫情大暴发。母亲自己忍受病魔摧残,却又非常担心春雨,每隔几天就要我跟春雨打视频电话,要看到她的孙女笑吟吟地出现在手机里,她才放心。她听一位来探望的亲戚说板蓝根和双黄连治疗新冠有效,就叫我赶紧打电话让春雨买板蓝根,买双黄连,戴两层口罩,不要出门。其时,祖孙俩都深陷困境,却只为对方揪心。

祖孙俩见面让人落泪。春雨像对小孩子那样俯下身去抱奶奶,奶奶却费劲地想从床上欠起身来抱春雨。最后还是春雨把奶奶抱在怀里,两人搂着哭泣不止。

当晚春雨留下照顾奶奶,让我们回家睡个好觉。

第二天早晨我们到医院。春雨已帮奶奶梳洗过,喂奶奶喝了粥,护士正打吊针。春雨很乖巧很贴心,一边照应着奶奶配合护士,一边鼓励奶奶。小护士由衷地说:"妹妹真乖,奶奶你好福气。"吊针打好后,母亲躺在床上喘息了会儿,对小护士说:"我是福气好。我有三个儿女,七个孙子,四个重孙,他们全都好得很。我两个媳妇对我,就跟女儿一样亲。就连我那小姑子,也跟亲女儿一样。"她歇了歇,又说:"我这辈子,是满意了。我对儿孙,也满意了。"

24

母亲仍然努力地挣扎求生,但希望已经微乎其微了。医生善意地放弃了治疗,让我们带她回家。我们老家农村实行土葬,最怕"人死了被烧"。并且,一个有福有寿、儿孙满堂的人,是不能死在外面的,不然进不了堂屋。我告诉母亲"疫情又严重了",在重庆怕被感染,先回官渡滩老家。她疑惑地看着我,像是不甘心,有些不舍,又不好不听我们的话似的,好一会儿,才点头同意了。

临行前,我和女儿搂着母亲照了一张合影。我知道这是最后一次跟母亲合影了。女儿搂着奶奶笑得很甜。拍完照,她就跑到走廊尽头啜泣不已。

从市里到官渡滩,车程有四个多钟头。那天我们开得很慢，上午十点出发，开了五个钟头才到家。一路上，嫂子在旁边照料母亲。起初我们很担心她身体受不了，但还好，沿途只短暂休息了三次。车开到我家对面柏树林的时候，嫂子问母亲到哪里了？母亲见马上就要到家了，笑得很开心，那是她生病住院以来笑得最开心的一次。

车开到家门口，我想把母亲背进家门，但她坚持自己走上去。亲戚们强作欢颜，聚在我家里迎接她回家。她好像也受到激励，那天夜里在火铺上坐到九点钟，对来看望她的亲邻笑微微的，但已经没有什么精神说话了。

那以后，陆续有亲戚和朋友来看望她。她已经形销骨立，并且开始了最残酷的疼痛。当疼痛来袭时，如烈火焚身，她像一片叶子蜷缩起来，紧紧咬住嘴唇，不呻吟一声。几天里，她痛的时间越来越长，间隔的时间也越来越短。

镇上有位医生朋友叫梁秘，跟我们家有些私交，离得也不算远。哥哥就请梁秘住到我们家，母亲痛的时候，就给她打杜冷丁，还帮着我们兄弟暗中筹备母亲的后事。

一家人最大的愿望，就是母亲能坚持到春节，大家陪她热热闹闹过个年。

1月9日那天，我要赶回北京处理一件急事。恰好有位朋友弄了一条很大的甲鱼给母亲送过来。那天母亲精神不错，要我扶她起来到火铺上坐坐。我陪着朋友在火铺旁边的桌子上一边喝酒，一边在火塘里烤土豆和粽子吃。母亲斜靠在板壁上，安详地看着我们。朋友让我吃一个粽子，我刚吃过早饭，不饿。母亲这时发话了，她说："再吃一个吧，你自小就喜欢吃粽子，那时候难得吃到呢。从官渡滩到北京，路远，吃饱点儿，才禁得住冷。"我一直严格控制体重，很自律。那天，母亲说完那句话后，我拍拍肚子，让母亲看："妈，我一点儿也没长胖，对自己从不放松要求。哪怕是一个粽子。"她就不言语了。

那是母亲最后一次关心我的饥饱冷暖。

25

1月18日清晨，嫂子打来电话，哽咽着说母亲病危。我立即从北京赶回老家。

母亲已经昏迷了。我俯下身握住她的手，大声地叫她，好半天，她才睁了眼，看看是我，艰难地说出一句话："搬盘你们了。"在我们老家，"搬盘"就是为别人奔波劳顿、费周折的意思，相当于"给你们添麻烦了"，是含着愧疚之意的。

这是母亲给我说的最后一句话。

皮包骨头，躺在床上，她全身的骨头硌得自己疼。我们姐弟三人轮流坐在床上，把她抱在怀里，她才好受点。疼痛袭来时，她又蜷缩起来，不住发抖。那时候，我整个人也散了，不知自己怎么才能活得下去。

我们抱了两天两夜。她一直深度昏迷，已到弥留之际。我抱着她，感觉她的身体轻得像羽毛，而灵魂正在抽离逃逸。我用脸反反复复蹭着她的脸，一声声叫她，想把她的魂唤回来。

1月20日半夜，她终于睁开眼睛，费劲地打量围在她身边的人，又看清抱着她的满脸是泪的正是她的小儿子，她费力地嚅动着嘴唇，想要说什么，但是什么也说不出来了，慢慢地，她眼角有泪渗了出来，最后流了满脸。

1月21日16时13分，母亲把身体留在我的怀里，灵魂升了天。我为她合上双眼。

26

她躺在黑漆的棺椁里，穿着绣了华丽花朵的黑绸裤衫。她的膝盖风湿消失了，偏头痛消失了，心口疼消失了，手臂麻木消失了，腹痛消失了，她拼了命与之搏斗的癌也消失了……她嘴唇微抿，眉目安详，容颜沉静，像是出走多年，终于回到故乡。

葬礼那天早晨，我们跪伏在她的墓穴前，看着一铲铲黄土纷纷落下，把她掩埋。大地接纳她的一位女儿回家了。这是人世播撒进大地深处的又一粒种子。从此她成为大地的一部分，与大地一起滋养和孕育，一同经历四季、雨水，一起承担耕种、收获，一起包容，一起忍耐，一起希冀。在她长眠的地方，会长出新的庄稼、草木，新的悲伤和幸福，以此养育一代又一代儿孙。

她走了，留下父亲，在人世独自拥有一群哀伤的儿孙。葬别她的那个早晨，我们从墓地回来，卸下孝帕，看见头上又长出一层白霜。

世事难敌春风。清明节，我们回乡祭奠母亲，看见她坟墓的新土上，已经长出青青的草。也许要再过三年，五年，十年，甚至更久，她坟墓上的新土变旧，墓碑上的名字变旧，成为时间的一部分，我才会相信她真的离去。

27

我们乡间，把人到最后称"百年"。我惯常数理思维，简单认为，人就是要活到百岁。半生为人，我在人间学会了吃苦，学会了争取，学会了忍耐，学会了承担，却一直没学会离别。我粗略计算，在人间，我跟父母还要相守二十多年。我想，到我的父母百年时，我就有七十岁了。七十岁的人，可以说历尽沧桑，是学会离别的时候了。我风尘仆仆朝前赶路的时候，想想我在人世，还有父母的目光看着我变老，意志变得更加坚定，心却变得更加柔软，想想就觉得人生无尽。

但母亲不等我。

周末的午后，我去厨房，窗外的阳光照进来，落在洁净的灶台上。母亲她不在窗前"笃笃笃"地切豆干丝了。刀板洁净，刀具锃亮。一只蜜蜂从窗外飞进来，在玻璃窗上"嗡嗡"叫着，老找不着出去的方向。

院里丁香开了。她曾在春天的午后跟父亲坐在院子里为丁香和菜花争论。父亲说丁香比菜花香，但没得菜花有用。母亲却说丁香虽然没用，但长在儿子的院子里，就是有用的。这个春天的午后，院子里没有了父母的争论，只有丁香香气馥郁，呛得人眼泪夺眶而出。

清明我回官渡滩，开车经过一片土地，就是我第一天上班，父母送我时，母亲半路上拐进去劳动的那片土地。我把车停下，站在路边久久凝望着那片地，但不见母亲从地里直起腰来，也不见她抱着一捆稻禾从桤子树后走出来。

官渡滩门前的桥上人来人往，我站在桥头，见不到她从人流里回过头来，笑着叫我的名字。我坐在家门口的小板凳上，也不曾看见她坐在门边的天光里，低头缝鞋、补衣、择豆、拣种。

夜里，父亲一个人坐在火塘边，默默地烧水、煮茶、吸烟、咳嗽，她不在父亲身边，为他烧火、添水、点烟，在他流着泪咳嗽时替他捶背。我坐上汽车开出家门，她没有在后备厢里装满糍粑、香肠、腊肉、青菜、萝卜、蒜苗、小葱。我习惯性地看后视镜，她没有站在路边望着我离去。大地接纳了她，再不打算把她归还我了。我把父亲接到我身边，夜里我俩在灯下慢慢聊起她，却又感觉她就在灯影里默默看着我们。

父亲像一棵树。山里的男子都像树，笔直、高挺，外壳粗糙，坚硬。没有什么能够摧折，除非砍劈。即使与刀斧相遇，也会发出斫斫之声。与父亲们相比，母亲们则像是草本植物，像高粱、苞谷、小麦、稗子，甚至像丝茅。对，丝茅。丝茅最早出现在《诗经》里，后来它又有了一个好听又好看的别名——荑，这些都让这种植物具有了古老又清澈的诗意。但是，你若到了我们老家，在中国西南山地，在那些坡坡坎坎，在山坳，在岩脚，在林边，在地角，在河畔，在路边，到处都长满了丝茅。你会发现，诗意跟丝茅一点儿都沾不上边。在我们那里，丝茅是很普通很卑贱的植物，漫山遍野都是。我们也不叫它苇，都叫丝茅。它茎秆粗壮，比芭茅高，叶片粗粝，叶边锋利，秋后连牛都不敢下口。寒冬里，丝茅独自在地下蓄茎，春冻时醒来，悄悄冒芽，抽茎，拔节，吐穗，倾尽一生长出看不见的籽实。白露时节，满山芒穗，白茫茫一片。秋风起了，芒絮纷飞，让人落泪。它一生柔韧，沉默，百折不回，干旱再久它也不枯，雨涝再深它也不溺。风暴来时，它伏下身去；风暴过后，它又挺起身子。到老了，它顶着一头白穗，倒伏在地，最后腐朽在泥土里，孕育新一轮生机。

她就是大地上的一株丝茅，是我的母亲，讳名樊玉香。

后 记

母亲离世时，我在微信朋友圈发了一篇文章。一位亦师亦友的兄长读了，说很感动，鼓励我继续写，把想说的话都写出来。母亲七七，我回乡祭拜，当天晚上就开始写。每天写一点儿，写到哪里算哪里。然而为生计奔忙，差不多每天都超负荷运转，忙碌又疲惫，有时候一天写一段，有时候一天写几段，而有时候，几天都写不了一段。几十年来一直在公文案牍中谋生，对写文章，笔拙得很。好在写的都是心里话。我写的时候，感觉就像在跟母亲说话，又感觉是在给一位不曾谋面的兄弟讲述我的母亲。心里想什么就写什么，完全不讲写作技巧。就这样断断续续写了一个多月，也是前言不搭后语，语无伦次。

写成后，每天在微信朋友圈发一段，连载一月，得到许多好友亲朋的关注、关切和关心，有的点赞鼓励，有的回帖安慰，有的发来短信问候，还有的默默看过，不着一字，却忽然在某个时刻打来电话："兄弟，找个时间，我陪你坐坐。请多保重。"

非常感激大家以各种方式给我亲切的慰藉与温暖的鼓励。这段时间我十分脆弱，所有的帖子都不曾回复，所有的邀约也都不曾应允。但是，大家情深谊长，我永远深深铭记在心。俯首恭谢！

写作此文的初衷，是想把母子同行五十多年的点滴记录下来，把在仓促人生中没来得及跟母亲说的话说出来。以后想母亲了，就在这份追述中与她相逢。这是我记住和怀念的方式，也是我的责任。我想通过这些文字，让母亲在儿女心中永生。

我原打算把这篇文章的写作，当作结束，也是开始。从此我重新上路，独自行走余生，走完这段没有了母亲的旅程。

但哪有那么容易！

母亲弃养已整整四个月。我这个没妈的人，在人世间跌跌撞撞地过了一百二十多个孤单的日子。经历了最初的凄惶与茫然之后，随着生活和工作步入正轨，我也逐渐平静下来。我每天拼命忙碌，把自己弄得非常疲惫。但只要停歇下来，我就陷入巨大的虚无与悲哀。失母之恸并非只为母亲受难而伤心，也不只是因为离殇，而是一个人失掉母亲的照拂与仁爱后，独自面对苍茫人世，内心无边的荒凉。

我不止一次跟李虹说，人活着真没什么意思。

李虹说，都有这样一段过程，走过就好了。时间的力量是强大的。

葬别母亲后，我经历了母亲的毕七，经历了清明，又经历了第一个没有母亲的母亲节。

母亲节是西方的节日，我向来不在意。再说，有母亲的日子天天都是节日。但今年这个节日的清晨，我打开手机，发现朋友圈已经刷屏，我实在不忍卒读。我把手机关掉，出了门，在湖边漫无目地走了一会儿。路边的树下有一位上了年纪的农妇在卖菜苗，我走过去在她身边坐了好一会儿，最后买了些西红柿苗、茄子苗、黄瓜苗、辣椒苗，带回来栽在园子里，用矮篱笆围起来。歇了会儿，我又出门，买了大大小小十几只鸡回来，放在园子里。做完这些，我在樱桃树下坐下来，靠着树干望天。北京五月的天空蓝得让人绝望。我的眼泪又流了出来。这时李虹在门口大声喊我，让我打开手机，说有朋友电话打不进来。

我开机，许多短信"嘀嘀嘀"地涌进来。其中一位如父如兄的朋友发来的短信尤其让人动容，他是这样写的：

> 兄弟，今天是母亲节，这是所有母亲的节日，无论眼前的母亲还是心中的母亲。咱们的母亲在天上永享安乐，此刻，她温慈地看着咱们，对咱们说："儿子，不要脆弱，不要泄气，不要害怕，妈一直看着你。"兄弟，母亲并没有离去，从前她是一个人，现在，她成了神。神无处不在，无时不在关心眷顾我们。兄弟，今天是母亲节，让咱们为天上的母亲祈福。然后，请去给自己的爱人道一声节日快乐。生活就这样继续下去。保重，兄弟。

我止住泪，走回屋，郑重向正在厨房忙碌的李虹祝福节日，又和春雨、馨馨一起向她赠送了礼物。然后回到书房，给几位一直关心母亲的女性亲友发送短信祝福。

生活在这一刻，又进行了下去。

写这些文字，还为了致谢。

我要感谢重庆人民医院的李华副院长，孙念绪主任，主治医生龙贽大夫，冯晓玲护士长。母亲生病期间，他们给了她精心的治疗和周到的照护，他们以医者仁心，在一位耄耋老人生命垂危之际，给予她最后的体面和尊严。

我要感谢众多亲戚朋友的关心与关照，感谢他们在母亲生病期间对她的看望、关心、问候，给了她最后的慈悲与温情。在我们一家眼睁睁看着母亲受难时，他们与我们在一起。感谢他们给予我们一家人的安慰与鼓励。感谢俊丽姑姑、梁秘、吴小兰……

我要感谢我的亲友乡邻。母亲辞世后，哀伤让我们姐弟非常脆弱和茫然，几乎不能自持。是众亲友和乡邻帮忙操持料理葬礼。母亲落葬前夜，亲友和乡邻百余人在灵堂守护陪伴，凌晨，又扶柩送她走完最后一程。

恩深义重，含泪叩谢！

我要感谢我的哥哥姐姐和他们的家人。多年来我远离父母，双亲全靠他们孝敬照顾。我虽有孝心，但若以事论，则远不及他们。母亲生病期间,他们两家无论老少自始至终无微不至地照料操劳。姐姐昼夜侍奉,衣不解带;嫂子尽心尽情,煎药烹汤,体贴周到,一片赤诚之心,对亲娘也莫过如此。

我要感谢我的妻子李虹,感谢她一年多来与我共同忍受煎熬,共同担当。感谢她给我坚定的支持与温柔的陪伴。当我软弱得像个孩子崩溃失控、伤心哭泣时,她像母亲一样耐心地宽慰劝解。感谢她对我的理解与包容。

我要感谢我的女儿王春雨。她远在异域,被疫情所困,却时时牵念奶奶。在奶奶生命的最后日子,她不顾疫情危险回国,陪伴照顾奶奶,给了奶奶莫大安慰。母亲离去后,在我低落的时候,我的女儿像小鸟一样萦绕在我身边,给我晦暗的心境增添了光亮和希冀。感谢我的宝贝。

我还要感谢我的父亲。他与母亲历尽艰辛，把我们姐弟仨哺养成人。六十余年相濡以沫，在八十五岁高龄之际，又与我们做儿女的一起，夙兴夜寐，陪伴照顾母亲。母亲离去后，他虽然非常痛苦，甚至有几次当着我们的面也忍不住大声哭泣，但他很快镇定下来。母亲走了，他成了一家人的主心骨，是我们内心的安慰和依靠。

我要感谢我的外祖父外祖母，感谢他们生养了一位美好的女儿，并把她嫁给那个叫王庠胜的人，让我们有幸成为他俩的儿女。

最后，我要感谢大地，这万物之母！感谢她以宽厚、平静、仁慈的怀抱接纳我的母亲归息。感谢她让母亲长眠，并给母亲永久的安宁！

附录一
消逝与重构
——母亲辞世一周年祭

母亲去年腊月初九辞世，到今天，整整一年了。这一年来，我常常梦见她。在梦里，有时候是她赶集回来，从衣袋里摸出几粒水果硬糖，悄悄递给我。我剥开糖纸，把糖放进嘴里，刚尝到甜头，她就转身走了。我口里噙着糖，跺脚哭喊着妈，但她头也不回，越走越远，背上还背着没来得及放下的背篼。

有一次，好像是一个秋雨连绵的午后，母亲坐在门边小板凳上，一双新鞋刚做好，她咬断线头，让我试鞋。新做的布鞋有些松。母亲就在针线篓里找团棉花，扯成两半，塞进鞋尖，再穿上，竟然稳稳的，不掉跟了。她柔声说："细娃儿家脚长得快，穿两三个月，就把棉花扯出来。"我喜滋滋在屋里走来走去，脚在新鞋里又温暖又舒服。等抬眼再看，母亲已经出门，天还下着雨，她背着背篼，下了院坝梯坎，从吊脚楼下走出去，不见了。我哭喊着追出去，新布鞋蹚在雨水里，打湿了。我赶紧脱下来抱在怀里，光着脚追到河边，母亲已经过了河。我怀里的鞋被雨水浸透，湿漉漉滴着水。我巴望她转身回来揍我一顿，可她连回过头来看我一眼都不肯。还有一次，是北京下雪的日子，我在书房打盹，母亲悄悄上楼来，提一只竹篾烘笼，轻轻放在我脚边。我顿时觉得双脚生暖。母亲拿抹布轻轻擦拭我落在桌上的烟灰——她走后，我有些时刻伤心难抑,就抽上了烟——她抹净了桌面,拿起烟缸要去冲洗。我自己要去洗,她把烟缸藏在身后,柔声说:"好生读书,锅里炖了嘎嘎(武陵山区人说肉是嘎嘎),读完就下来吃。"我去夺烟缸,她避让着,一推搡,我醒了,睁眼看书房只有我一人。我下楼去厨房,厨房也静静的,灶上也没有"咕嘟咕嘟"炖着一锅肉汤。我开门出去,院里积了厚厚的白雪,雪地上连一个脚印也没有。空中雪花漫卷,我立在风雪中,像被世界遗弃了。

母亲走后,我曾想找一个贯通阴阳的通道。经过那通道,我就能看见她。梦就是那个通道吧?在梦里与母亲相逢,是我最欣慰的事。梦里她带着糖、带着吃食、带着新鞋、带着炉火而来,像是明白我活在人世,只需要这几样东西——吃饱、穿暖,还有偶尔的甜。她每次来,好像只为给我带来短暂的礼物,然后转身就走,甚至都不多看我一眼。她带来的饱暖与甜蜜让我酸楚不已,尤其是她离去的时候,背上的背箩,更是让我无限伤感。

还有些时候,在梦里,我明知母亲已经离世,但她又回来了,真真切切站在我面前,也不说话,只专注看着我,神情有些疑惑,又有些哀伤。我怔怔地望着她,悲哀得说不出话来。等我想起上前去抱住她叫一声"妈",她的身影却慢慢隐去。梦境一转，下一个梦已没有她了。

有时候从梦里醒来，我躺着一动也不敢动，想等母亲从梦里走出来，哪怕影影绰绰地让我看一眼也好。屋里静寂，窗外是无边无际的夜。母亲终究没有从黑暗里走来。我赶紧再入睡，想把梦接着做下去。睡是睡着了，美好的梦境却续不上了。

我的生日在九月，那天夜里，我辗转反侧不能入睡，半夜时分，我披衣起来，写了几句分行：

> 抽身而去
> 你留下来的空，是世界巨大的伤口
> 母亲，失去了你的爱，我会爱更多的人
> 今年九月，年年九月
> 光阴堆积，慢慢遮蔽伤口，只留下痛
> 母亲，请容我把它慢慢磨砺成珍珠
> 圆润，晶莹
> 你在天上疼我一下，它就在我心里亮一下

逝者如斯。一年了，我还是没学会离别。

中秋节，我回老家陪父亲过节。汽车进入铜鼓乡，沿途庄稼都收过了。经过我家庄稼地时，我下了车。不知道这片土地现在由谁家在耕种，也不知道这一季收成好不好。苞谷和大豆都收过了，秸秆束成捆，一个个立在地边的桊子树下，像是劳累终年，终于歇下来的疲惫农人。我走进地里，坐在一棵桊子树下。秋凉了，阳光爽朗，但风已经有些硬了，从沟头浩浩荡荡吹到沟尾，草木在风中飒飒作响。我想在风中，母亲在地头窸窸窣窣地拾掇豆萁，拿镰刀把土埂边的杂草割去。但是没有。她在这片地里耗尽了疲倦微末的一生，她的希望与忍耐，劳苦与疲惫，都融入了土地。她的儿子纵然再是想念，也无法从眼前万物中一一捡拾提取，将她一笑一颦、一举手一投足重新塑造、构建，最后还原成一个亲爱的母亲。

我在地里坐到近黄昏。进村时，家家火明锅响，人语喧哗。母亲没有从暮霭中走来，站在院门口的桂花树下迎接我。第二天我和姐姐陪父亲赶场，铜鼓乡场上摩肩接踵，人潮里攒动着许多张脸庞，我多希望其间有母亲的一张脸，在熙熙攘攘的人群里朝着我笑，叫我："我的幺儿啊！"但是没有。

母亲走了，亲族里几位年长的女眷还颤巍巍地活着，姑姑、婶娘、舅妈、伯母。她们一见到我，咧着嘴豁着牙说："王伟啊，你回来了。一望见你，就像望见你妈。"我坐下来，听她们有一句没一句地说话。她们说："你长得真像你妈啊，也是一副软心肠。"说着抹起眼泪。她们说母亲年轻的时候长得很好看，脾气好，能吃苦，也能受气。在土地上，在人世间，吃苦耐劳、逆来顺受，就是一个女子最大的美德了。

一位老伯母说："起先，是你奶奶看上你妈的。你奶奶看你妈面相好，就悄悄托人去问了生辰年庚，找人一算，跟你老汉的八字很合，就托人去提了亲。你老汉家虽穷，但后来也过上了好日子。这全靠你妈。"

我长久地陪坐在她们身边，在她们的絮叨里，我重获一个活着的母亲，一个我所不知道的母亲。

父亲也陷入一场又一场叙述。只要有儿女坐在他身边，他就不断提起母亲。他耳朵不好，我们跟他说话少，只听他一个劲儿地说下去。

他说起他跟母亲相濡以沫六十多年中的点点滴滴，有甘苦，有困顿，有忍耐，也有幸福和喜悦。有次提到母亲刚嫁过来的场景，他说我们那地林木茂盛，外婆家虽然穷，但嫁妆里，木器是一件也不少，大八仙桌、小方桌，装苞谷和稻谷的大揭柜，都上着红漆。可能也是因为穷，油漆不够，装大豆、小麦、高粱、荞麦等杂粮的米柜，只上了桐油，看起来就像是裸柏木。而铺笼帐被一类，就更是寒酸。这倒跟当时父亲的家很般配。但母亲秀气沉稳，温暾厚道，寡言少语，是有福的样子。尤其是为他生养了三个儿女，这让父亲很满意。"你妈劳苦，但福分好。我们都是托你妈的福。"他像是给我们说，也像是说给自己听。

他说他第一次以未婚女婿的身份去母亲家时，只有十七岁，母亲也十七岁。十七岁的姑娘，谨严持重，照顾寡母，扶养幼弟，把家料理得齐齐整整，无论是日常衣食，还是人情往来，虽朴素俭省，却妥帖得当，极有分寸。尤其是她把弟弟当个宝来宠，十分耐心温柔，周到细致，那神情，简直就像个小母亲。就是那神情打动了他，让他心生敬意，也让他心软。

父亲说，母亲嫁过来，心里还是放不下外婆和小舅舅，三天两头回去照料娘俩。好在外婆家离得近，就在河对岸。"一心挂两头，比别家的人辛苦。"父亲说，起初，祖母对此有些不满。但父亲不介意，聪明的祖母就不好多说什么了。"人说你妈旺族又旺亲，不是她八字好，是她比别人做得多，吃的苦多，有福报。"

有一次父亲告诉我，母亲虽然能吃苦，但怕羞，怕见人，怕经事。说到这，父亲笑了起来。我也笑了。笑着笑着，两人忽然就笑出泪来。

母亲丢下我的第一年，我过完了。

这一年，我勉力活着，每天忙碌又疲惫。母亲活着的时候，我理所当然地觉得天长地久。她走了，我才知道人间万事其实都有限数。生命有限，何不多承受一些劳碌和担当？

只是，我变得越来越软弱，越来越容易伤感，眼眶像没了沿(xián)，常常不由自主地，眼泪一满(mēn)，就流了出来。

母亲把我带到世上，把我养大，敦促我上进，但终究她还是离开了。就像面前那堵墙忽然倒了，我顿失了掩护，只得迎头招架这劈面而来的世界。

辛丑年腊月初九于官渡滩

附录二
菜园小记
——母亲辞世两年祭

2021年5月12日,是西方的母亲节。这是母亲弃养后的第一个母亲节。我平素不过洋节。那天早晨起来,打开手机,满屏都是母亲节祝福,我实在无心阅读,就关了手机,走出园子,沿着沙河河畔漫无目的地走。

树荫下有位老妇人在卖菜苗。我走过去,在她身边坐下来,默默地看着她捡菜秧、分装菜秧,掏出印了二维码的纸片收钱。生意有一搭没一搭的,老人也沉默。我坐了好一会儿,才开口说话。我请老人把剩下的菜秧卖给我。老人看了看我,用皮筋把辣椒秧、茄子秧、黄瓜秧、番茄秧分别扎好,在盆里吃上水,用荷叶包上,默默递给我。

我回到园子,铲掉东南角一块草皮,辟出一小片地,大约一分的样子。我把土挖松,平整好,刨成一畦一畦,整齐地打上浅窝,把柔嫩的菜根小心摁进窝里,刨了些细土瓮上。菜秧栽好后,又按母亲当年种夏菜的习惯,折了些树枝和草叶盖上。

李虹说,你这是要在家里再造一个田园啊。

那段时间,我每天早晨起来,第一件事情就是整理菜园,给蔬菜锄草、浇水、理叶。北京的五月阳光充足,菜苗在地里一日三寸地生长。我给四季豆立了竿儿,柔软的藤蔓顺着竿子往上爬了。给黄瓜牵了绳,瓜蔓缠上绳子探头探脑地朝前爬。茄子开了小紫花，辣椒开了小白花。小小的菜地生机勃勃，让人欣喜又安慰。

我又买了十几只半大鸡仔放在庭院里。抓上谷米，回想母亲以前唤鸡的声调，"啄啄啄"地声声呼唤，苦口婆心，唤鸡归栏。

远离耕种多年，重新劳作，像是千头万绪中忽然理出一根线头。这小小的牵挂给我带来新的生活内容。每天忙完回到家，先去菜园边坐坐。鱼在水里游。树在池边生长。鸡在阳光下打盹。土里的瓜菜，"嘶嘶啦啦"地牵藤攀须，"噼里啪啦"地开花结果。这土地上的一切都跟我有了联系。它们一批一批地，亲切地挂在枝头。最先出头的是黄瓜，长出拇指大的瓜条，在晌午的阳光下，像是山长水远的故乡捎来的口信。四季豆密密麻麻垂下浅绿的豆角。青椒泼辣，齐簇簇地朝天举起尖尖角儿。只有茄子本分低调，紫色的肚子吊藏在枝叶里，沉沉的快要及地了。最喜人的是番茄，才几天工夫就一坨坨挤满枝头，热闹旺盛得喜气洋洋。恰巧那几天，樱桃也熟了，红得扶不住了。这小小的欣欣向荣、生生不息冲淡了悲哀，我慢慢平静下来。这期间，鸡们也在长大，认了家门，黄昏时，一只只迈着方步，从容不迫地走进鸡舍，温顺地卧倒，一夜无话。

我家使劲儿吃菜，无奈雄心和力量再大，都敌不过园子里蓬勃强劲的势头。青椒、番茄、茄子，一天熟一批，不可抵挡。恰好这时，鸡们也开始下蛋了。那些羞涩的小母鸡下的第一批蛋洁白、小巧、晶莹，带着血丝，让人爱怜。它们一开始生蛋，就很勤勉，每天都能捡到六七只。

有天黄昏，我捡了蛋，立起身，见篱笆边站着一对中年男女，正饶有兴致地看着我。那位男士友好地跟我打招呼。我两手握满鸡蛋，伸过去就要送给他们。女士客气地推辞，最后兴致勃勃地接受了。

就这样，我认识了王导和他的夫人殷老师。

两人兴趣盎然地参观了园子。我陪他们摘了些黄瓜、茄子、番茄、辣椒、樱桃，姹紫嫣红的一篮，送给两位。"远离故土，忽然想在园子里整点农业，绿色、生态、环保。权当糊口，也请邻居品尝一下我的劳动成果。"我对王导开玩笑。这位英俊的艺术家爽朗地说："多好的'农业'啊！我对农业很有感情，也有一些心得。"

王导早年是军队艺术家，后来转业做了电视导演，负责农业频道。他在电视台工作了很多年，跑遍了中国的大部分农业区域，对农业、农村、农民相当熟悉。我们聊得很愉快，分别时，互相加了微信。

第二天，王导和殷老师就带着酒和精致的菜肴，来到园子里。他是读了我微信的文章，才过来的。"借你的宝地，殷老师也想来园子体验摘菜、炒菜的感觉。"

那天跟王导夫妇一道来的，还有两位客人，他们是王导的朋友——艺术家彭委员和她的先生。

李虹陪着两位女客进园子摘菜。三位女士摘了些青椒、茄子、番茄，掐了些小白菜，提着满篮子蔬菜笑吟吟地从菜园出来。李虹陪殷老师炒了青椒腊肉，煮了香肠，拌了烧椒茄子，又用番茄煮了鸡蛋汤，就着王导的酒菜，主客用了愉快的一餐。

四位客人对李虹的手艺赞不绝口。"这是官渡滩媳妇的必备技艺。"李虹笑着说。

我告诉客人，在我的家乡，中国西南山地的土家族地区，普通人家待客、过节，常吃的也就是这几样菜。我的母亲，我的姐姐，我们那里的女性，一生就这样种菜、做菜。被这些朴素饭菜喂养长大的儿孙，无论走到哪里，过上怎样的生计，牵念的，还是遥远的故乡。

王导说，多年来，他的工作就是试图从取景框里看生活，并以相框的方式呈现给观众。他常想，以这样的方式看见，并经过剪辑、拼贴、过滤过的生活，是真正的生活，还是被选择的、审美主义的生活?

"由兄弟这片微观的、邮票大小的'田园',我看到了背后广大的乡土和赤诚真挚的农民。这是便携式的田园,走到哪里就带到哪里。乡土养育了你们,也慰藉了你们。你们是真正有故乡的人,是真正有乡愁的人。"

那天王导显然喝得有些高了,说了很多话,很动情。

我也喝高了。我问王导:"所谓故土、田园、乡愁,不过是蜗牛的壳,我们走到哪里,就背到哪里。这难道是宿命?"

"不是蜗牛壳,是内心的宫殿。"王导说。

彭委员早年是舞蹈家,后来改行做影视表演,最后又做了导演。由于她在政府里担任了某种荣誉职务,大家就亲切地称她为"彭委员"。

彭委员定期茹素、礼佛,这跟她的母亲有关。

十年前,彭委员的母亲得了一种十分罕见的病,几乎不保。彭委员带着母亲辗转于国内数家大医院,都无解。又托人四处找寻民间偏方,仍然无果。母亲认了命,暗暗下了赴死的决心。彭委员几近崩溃,却不甘心。她带着母亲到了美国。医院大夫给老太太做了详细的检查后,冷静地作出判断。那判断像冰块灼伤了彭委员的心。这位东方美人忽然失控,她像一头狂怒的狮子,诘问大夫,诘问医院,诘问老天,最后,她诘问自己,诘问自己从母亲那里获得生命,却救不了母亲的命,这样做女儿做得实在痛苦,这样的女儿活着有什么用?她问得自己泪水滂沱。

她哭了很久,才在医生和助理的劝慰下平静下来。她向大夫道了谢,用流畅的英语(彭委员在美国生活了很多年,美式英语很好)慢慢地对医生说,在中国古代,有一个八岁的孩子叫沉香,他的母亲被压在一座大山下受苦。沉香吃尽千辛万苦,学习百般武艺,最后用斧头劈开大山,救出了母亲。

白皮肤蓝眼睛的大夫听得一愣一愣的,问彭委员:"小孩子砍大山?"彭委员说是的,在中国,每一个儿女都是沉香,为救母亲的命,都是砍大山的勇者,永不绝望。不信你看着吧。

不知是这位东方美人的盛怒和悲哀,还是古老的东方神话打动了白皮肤蓝眼睛的大夫,那位大夫写了一张纸条,交给彭委员,说:"这是联邦诊所的大夫。他和他的团队一直在进行这方面的试验,最近有了进展。你去试试。祝砍大山的女士和她的母亲好运!"

彭委员陪着母亲住进了联邦诊所。她分分钟不离地侍候母亲,同时暗暗向遥远东方的神灵虔诚祈祷,求神渡她的母亲过此难关。不知道是先进的医疗技术发挥了作用，还是佛祖显了灵，彭委员母亲的病情一日日向好。三个月后，母亲康复了。彭委员含着泪水，双手合十，向医生鞠躬致谢，这位在美国生活十多年的女士，嘴里说出的竟然是东方式感激："阿弥陀佛！"

"这是我今生做过最成功的事。我为此骄傲。"彭委员说，"家母生病前，我从来就是疾风骤雨的，甚至像瀑布。是母亲的治疗和痊愈让我获得平静。"

这以后，彭委员的先生也陪着太太茹素、礼佛，两人一起做慈善，捐办了几所学校。"生命充满了欣喜，忍不住想去做更多有价值的事情。这是家母生还带给我的崭新的意义。"

彭委员的先生坐在她身边，安静温和地看着年轻漂亮的妻子。他一向沉默，却洞悉人世。他说："人活于世，跟母亲相处的方式，有遇见，有怀念。老弟，"他转向我，"昨天跟小彭一起读你的文章，感觉你对令堂的爱与怀念如静水流深。你的菜园，是怀念。"

"也是遇见。"他年轻的妻子说，"如果你去园子里走一回。"

又一个母亲节来临。我把菜地整饬好，就沿着沙河岸，去找去年卖菜苗的那位老人。我从小区门口走到沙河水库大坝，都没遇见她。河边的树下有位中年妇女在卖菜苗，我向她打听，她也一脸茫然。我从她那儿买了一些菜苗。这一次，李虹给我帮忙，我们把菜苗栽好。

这一年菜园的产出更加丰富。

园里果树开满繁花，鱼在池里游得欢，鸡继续勤勉下蛋，小狗布丁天天在园子里，一会儿跟鸡追逐打闹，一会儿立在水边静静观鱼。有客人来，它立即黏上去，又亲又挠，十分殷勤热情，俨然半个园主。

王导一家、彭委员一家，还有几户邻居，以及我和妻子的朋友们相继来到家里，在园子里摘些菜蔬，炒上些家常菜，捞条鱼上来用大铁锅炖上，煮上柴火锅巴饭，简单地吃完，就在园子里坐下来，喝茶、聊天，彼此间都长出了些亲人般的情愫。还有的邻居，需要蔬菜和水果的，直接端着小盆来园里摘。

我内心生出一些欣慰和安然。

最后一茬菜蔬还没收获完，北京的秋天就来了。

姐姐来北京了。她是送她的长外孙来上大学的。那孩子考上的大学，恰好是李虹的母校，我的姐姐尤其开心。"浩子"——那孩子的小名——"上的是舅婆的大学，熟人熟事的，放心。"仿佛她的弟媳三十年前从那所学校毕业，如今余温尚存，尚能关照她的孙子。

我们去北京西站接站，见浩子挺拔帅气，背着书包，拉着箱子，阳光满面地随着人群走出来。我的姐姐跟在后面，拉着两只大箱子。

姐姐到家，打开一只箱子，把里面的东西一样一样取出来递给李虹，有腊肉、香肠、苞谷粑、绿豆粉、荞麦面、油香、豆干、鲊海椒、土豆片、新米、新豆。官渡有的，她差不多都给我带上了。她又打开另一只箱子，抱出一只硕大的麻袋。她把麻袋打开，里面赫然装着一大包带枝叶的芋头。

"这是妈种在屋后水井边的芋头，挖了发，发了挖，都几十年了。临过来前，我去挖芋头过来栽。老汉说芋头长南方，还要地湿。北京地干，怕是栽不活哦。我说带过来试试。实在不行，就让王伟在芋头地边掏个水洼。"

这些年，姐姐对我家宽阔的园子竟然只种花树和青草表示十分遗憾。她听说我辟了一小片菜地，当即表示要过来给我好好种些菜。她匆匆吃过李虹准备的午餐，就起了身，先把芋头浸进水里，便开始腾园子。

秋天的菜园有些美人迟暮的景象。四季豆的豆角稀落了，辣椒半青半红，秋茄子瘦了。土里卧着的几个老南瓜，也是一副老迈相。姐姐干起活儿像一阵风。她提只篮子，把瓜菜都摘净，把藤秧拔起来，铺在地里晾晒。我要去帮她，被她赶出来了。李虹给她送顶草帽，她接过去顺手挂到篱笆上。

菜园腾空后，姐姐挖松了土，刨了深窝，把芋头放进窝里，刨了土瓮住芋头，又用锄头把泥土砸紧实。她栽好一棵，就后退一步，栽下一棵。她的身子躬得很低，芋头阔大的绿叶盖过了她的头。这一生，我见到姐姐的背影，大多都是弓着身子。她弓着身子割猪草。弓着身子在河边洗衣服，整个冬天两手开满麻皱子。三月里她弓着身子在地里点玉米。五月弓着身子在田里栽秧，腿肚子上扎进几条蚂蟥，鲜血直流，却来不及把蚂蟥拍下来扔在田埂上。

姐姐栽好芋头，直起身来。她说，我们那里有句老话，芋头发家，越大越挖。过了霜降，就能挖芋头吃了。

我说晓得。

姐姐说，这芋头对我们家有恩呢。困难年头，锅里续不上了，妈就挖芋头。一次只挖三五个芋头，奶奶跟妈吃芋梗，芋头蒸熟给我们姐弟仨吃。妈跟奶奶吃白水煮芋梗，吃得要吐。姐姐要跟奶奶和妈换着吃。妈不让，说王珍，你再大也只是个娃儿。

第二天早晨，我跟姐姐去园里看芋头。一行碧绿的芋头立在篱笆边，亭亭玉立，蓬蓬勃勃，叶掌中央，滚动着莹莹的露珠。"活了。"姐姐说。我问："你怎么知道？"姐姐说："你看那露水珠子，又大又圆，就看出这芋头在你园里生根了。"

接下来两三天，姐姐处理腾园子摘下的瓜菜。辣椒放铁锅里炒蔫，加上大蒜，用菜刀剁碎，密封在玻璃坛里。秋茄子裹上面粉和香料，鲊在坛子里。豇豆焯了水，晾在园子的绳子上。老南瓜旋了皮，晒在筛子里。有天黄昏，我外出回来，见姐姐在园子里点起枯藤秧烧起了腊肉。秸草燃烧的香气和腊肉烧焦的香气混在一起，在园子里飘荡。那香气让人回想起从前在官渡滩。

姐姐在园子里下了菜种。浩子开学后，她在我家住了下来。在等菜种发芽的日子，她每天清晨醒来，就打扫园子，把落叶扫拢，堆在菜园一角沤肥，又用笊篱打捞鱼池里的浮渣。

那段时间我在家办公，她每天早晨换着花样用铁锅给我做早餐，下鸡蛋面，蒸苞谷粑，擀荞面条，烙苕粑块。晚上，李虹和春雨回家来，姐姐就用从家里带来的东西给我们做上一桌晚餐。她的手艺跟母亲那么像，蒸煮都略融一点儿，煎炒都略焦一点儿，盐都略咸一点儿。

白天，我想带她出门游玩，她没兴趣，只想留在家里帮我们收拾。她把整个家彻底清理打扫了一遍，把所有的炊具餐具都擦拭过，把过期的食物清理出来，搬到鸡舍。把闲置的用品和衣物打包，准备带回老家送给亲戚。她干完活儿，就不声不响地坐在我身边，默默地看着我，不说话。

10月11日是姐姐的六十岁生日。在我们官渡滩，六十岁是大生。春雨提出要给姐姐庆生。上午，李虹带姐姐上街买了衣服。春雨订了蛋糕，又在全聚德叫了烤鸭和另外几个菜，李虹又下厨炒了几个小菜。晚餐摆在园子里，几位晚辈亲友也过来凑热闹。那天恰好是农历八月十六，月亮又大又圆，桂花香气馥郁。女儿为姐姐戴上了寿星的桂冠。烛光映着姐姐的脸庞。女儿请姐姐"讲几句"。姐姐有些害羞，有些局促，迟疑了好一会儿，才嗫嚅着说："啷个就六十了……这人老起来硬是不知不觉啊！"顿了顿，又说："没了妈在前边儿挡着，我们说老就老了。"

李虹说:"姐姐你不老,你只是孙子大了!"

春雨看了看我,又看了看姐姐,忽然问:"如果是现在,爷爷拿扁担打我爸爸,嬢嬢您还会护着我爸爸吗?"

姐姐不假思索地答:"会!"

女儿由衷地说:"嬢嬢真好!"

姐姐笑了,吹灭了蜡烛。

李虹带着春雨、馨馨和几个晚辈帮着姐姐切蛋糕。姐姐也很兴奋。我看着女士们忙碌,既安慰,又惆怅。我注视着姐姐,这两年,她确实苍老了些。在我们官渡滩,六十岁就算进入老年了。母亲走了,像是前面的队列忽然倒了下去,后面的只好迎头赶上。

第二天,姐姐离开北京,回到了酉阳。

2023年4月5日

第二辑

父亲是一棵树

在自己的儿女出生前,他就已经担当起做父亲的责任。我的祖父去世那年,他十五岁,叔叔四岁,姑姑两岁。在他和叔叔之间,还有过六个叔叔。后来都没有了。他从八岁开始,就帮着我的祖父埋葬自己的弟弟。最后一次,天下起了雪……我祖父抱着用席筒卷起的孩子走在前面,他拖着锄头,跟跟跄跄地跟在身后。这个少年在漫漫风雪中白了头,双肩也落满雪花。他一步一趔趄,费劲地把陷在雪窝子里的脚拔出来,跨出去,又小心翼翼插进雪窝,努力不让自己倒下去。

每当想到这里,我就想跑上前去抱住他,像一个父亲那样抱住他,把他搂紧,让他扑在我的怀里大声哭泣。

1

父亲终于来我家了。他进了院门，先视察改建后的园子，说，搞得好！看了园里种的菜，说，好！看了养的鱼，说，搞得好！看了喂的鸡，说，搞得好！看了种的花，说，搞得好！看了植的桂花和紫薇，说，搞得好！视察完毕，又环顾四周，总结一句："确实搞得好！"总结完，又盯着我看了好一会儿，说："搞得像老家官渡滩。"

陪他一同赴京的，还有我的姑姑和表哥表嫂。我们买了一台柴火灶安在院子里。黄昏来临，夕阳给园里的草树涂上柔和的金色。表哥锯柴，我劈柴，姑姑在灶膛里燃起柴火，表嫂上灶，为我们做地道的柴火锅巴饭。炊烟袅袅，饭熟菜香，亲人团坐，笑语可掬。那情景不像是亲人山长水远地来到我身边，倒像是我回到了故乡，坐在他们中间。父亲又盯着我看了好一会儿，才惆怅地说："你把官渡滩的家搬到北京来了。那热——我怕你噻，要老得动不得了，才会回官渡滩养老哦！"

2

父亲常说,一个人无论走多远,最终都要告老还乡。他说,年轻的时候,总想朝外蹦,蹦累了,人也老了,就会被异乡厌烦,这时候,只有老家才不会嫌弃自己。他说一个人蹦不动了,就要回到老家慢条斯理地老去。这才是正道理。

父亲大辈子都在离乡与回乡之间折腾。六十岁前,他十里八乡游走,做手艺谋生。他从来不是一个脚踏实地、真心实意的农民,从没在官渡滩的土地上认认真真种过一季庄稼。除了稻谷,他对苞谷、麦子、土豆、红薯这些一律没有兴趣。他常年不在家,一年四季,只有在秋天挞谷子时节,田里才见得到他的身影。

很难说父亲到底做的什么手艺。在我们那里,相邻几个村庄,会出个把木匠、石匠、篾匠、瓦匠。这些匠人农忙之余,在附近几个村庄做手艺,既是谋生,也是乡村生活的自给自足。木匠睁只眼闭只眼弹墨线,修房造屋、打家具、合(四川方言,音gó,拼镶之意)寿方。石匠叮叮当当裁石料,砌屋基、修梯坎,刻墓碑、打水缸。篾匠"哗啦啦"剖竹篾,编晒席、凉席,织背篼、筛子、箩筐。瓦匠有两种,一种是赤足赶牛,稀里糊涂踩瓦泥,把黄泥车成瓦片,垒进瓦窑,泥瓦烧成青瓦;一种是头顶一摞青瓦，双手扶梯，爬上房顶一块一块铺叠到椽子上。村人待匠人如贵客，尊匠人为师傅，好茶好饭，好言好语。匠人为主家干活儿，也是说一不二。在我们那里，匠人的地位高于农夫。

父亲也是匠人，常年背着梁背走村串户做手艺，人见了也尊称他为王师傅，却没人说得清他到底是哪一行的师傅。作为生产队派出去搞多种经营的社员，他修柴油机、打米机、面条机，补汽油桶、柴油桶、菜油桶，一切农村用的机械他都修。修不好的也应承下来，拆了装，装了拆，鼓捣几回，这些物件居然也在他手里复活了。

方圆几十里，只有父亲一个农机修理工。他一路走，一路修，先是在铜西、小河一带行走，后来到了丁市、李溪、龚滩，再后来又过乌江到了彭水，贵州沿河、松桃，湖南花垣，湖北咸丰，走州过县，出了省。

多年以后，我在想，他一年一年在外游走，到底是谋生，还是逃遁，或者是悠游？

童年的记忆中，父亲是一个背影。他总是背着一个梁背，梁背里放着锤子、钳子、起子、扳手、螺丝刀。跟官渡滩出门人不同的是，他的梁背上还横搁着一只黄色帆布包，包里装着换洗衣服、干净布鞋，一支自来水笔、一本笔记本，还有一块干净帕袱，里面装着祖母或者母亲连夜蒸好的苞谷粑。他背着梁背下了吊脚楼，走到河边，沿着河岸一直往下走，从不回头望一眼。母亲和我们立在院坝边，目送他的背影消失在河流的拐弯处，梁背上的帆布包隐在河边的芭茅里，才默默回转身。

3

父亲常年不在家，在家里他却无处不在。小时候，我们在家听得最多的一句话就是："等爹（我们读作diā）回来！"哥哥放牛，牛吃了庄稼，姐姐说："等爹回来，拿扁担把你腿杆打断。"我不小心打破了茶罐，哥哥吓唬我："等爹回来，剥你的皮！"姑姑家里有事，下山来跟祖母和母亲商量，婆媳俩一齐说："等你大回来，由他说了算。"一个退伍军人看上了姐姐，找人上门提亲。母亲说："女儿是我生的，教养的事呢，是她爹负责。还是等她爹回来再说吧。"

祖母和母亲为针尖儿大的事情生了罅隙，吵了架。母亲哭着说："你儿子不在家，你就欺负我！等你儿子回来评评理！"母亲哭，我也跟着哭。祖母把我抱过去，放进梁背背到背上，又拍着手、跺着脚说："我儿子不在家，你就欺负我！

等我儿子回来评评理！"

父亲一回来，家里立刻河清海晏。姐姐把屋里屋外收拾得整整齐齐，哥哥把牛喂饱。我被洗得干干净净，乖乖坐在院坝边的石凳上。母亲忙着舂米、推豆腐，祖母笑吟吟给她打下手，殷勤得像一对母女。一家人团结一心，像招待远来的贵客。

父亲像君王一样进屋。母亲帮他从背上卸下梁背，郑重地放进堂屋一角。姐姐端上热茶。他严肃地坐在桌边，一边喝茶，一边询问家里情况种种——祖母的膝盖疼和胸口疼，二叔家的生计和家人，母亲在生产队的活路，家里的牲口。他给祖母带了治疗膝盖的土药方，给二叔带了一把草烟。

他问一句，家人答一句，像接受组织巡察问话。家人先前提到的"等你爹回来"，父亲也是三下五除二处理利落。哥哥放牛吃了队里的庄稼，他操起扁担准备下手时，母亲先落了泪，于是扁担降格为巴掌；打完哥哥，又顺手在我屁股上给了两下，算是对我打破茶罐的惩罚。祖母提起姑姑家里的事情，他不等祖母说完就表态："帮！倾家荡产也要帮！"母亲小心翼翼提起提亲的退伍军人，父亲听说过那家人，也知道那家底子薄、拖累大，他忽然怒不可遏，霍地站起来，提上刀就出门，要去砍那小伙子。

夜里，寨人也过来，围坐在我家火铺上，听父亲摆龙门阵。大家都觉得新鲜有趣。有人跟他打听异乡的人情风物，交流农事耕种的不同。有人托他在路途中打听他们的旧友、失散的亲人。有人托他给远亲带口信，还有人托父亲在异乡给他们的儿女物色对象。他常年在外，行脚宽，见识广，又有不同的格局，寨人都信任他。有人在争地界、借钱财方面起了纷争，也上门来找父亲论公理、断是非。作为见过世面且有点颜面的人，有时候，父亲也受人请托，代人与别家斡旋。父亲论事的标准就是"仁义"。"仁义"二字，在乡村社会中，比血肉亲情还重要，仅次于伦理。他话不多，但一言九鼎，寨人也深信不疑。他每次回来，家里都很热闹，笑语喧哗。母亲和姐姐忙前忙后，端茶倒水。祖母端坐在一旁，微微笑着，不说话。

他做手艺，辛苦地跑了一村又一寨，所得都交到队里，自己只挣回了工分。有时候，交了队里的，还剩下不多的一点儿零钞。深夜里，等串门的人都离去，他就抱出帆布包，打开里面一个小贴袋，掏出一只手巾帕，在灯下打开，里面是薄薄的一沓角票和分币，理得整整齐齐，对折上。他把纸币打开，用手抚平，双手递给母亲。只有在这时候，他才低调下来，郑重又羞愧的样子，像在老师面前交不出作业的学生。

4

常年在外,父亲认识了各路人马,有手艺人,牲畜贩子,供销社粮站的店员,干部,教师。他不在家的时候,那些人偶尔来到官渡,找到我家,报上父亲的名字,我的母亲和姐姐便倾出所有,供给茶饭。客人吃了饭,喝了茶,抹抹嘴,道了声"仁义",就出了门。

这中间,有几位,跟父亲成了朋友。

有一位是黎家小学的老师,叫罗会明。父亲在家的时候,罗老师就过来,跟父亲聊天。罗老师年轻,相貌清雅,口才好,又写得一手好字,为人处世也自如且有风度。他从学校毕业后,被分配到这偏僻的地方教书。说是教师,其实跟父亲一样,同在乡村生活中,因而言谈中不免露出怀才不遇的遗憾,感觉被埋没了,也有些落寞。他在这穷乡僻壤生活几年,外貌仍然没蒙尘,保持着脱俗的气质。这是精神生活在起作用,也跟他的坚持有关。与父亲的友谊,是他沉闷单调的乡村生活里的慰藉。在偏僻的官渡滩,竟然隐藏着父亲这样一位有意思的乡民,虽然年纪比他大一轮多,又贫苦,但身上的光亮并未被蒙蔽。两人一见如故,惺惺相惜。

这两人的交往,可以说取长补短,双方都有获益。父亲年幼时上过私塾,后又在新式学堂里念到高小毕业。他略识文字,但其知识,多来自古训和经验,农事和乡村生活之外的种种,他就不甚了了,遇事全凭聪明、勇敢,以及偶尔的脑洞大开。他从罗老师那里获得许多常识、知识。他也传授给罗老师不少关于乡土人情方面的学问。哥哥和姐姐都是罗老师的学生,但在求学方面,两人都不及父亲。他像小学生一样求教罗老师,问题涉及自然、地理、生物和政治等方面的常识。以至父亲在机修中遇到一些问题,也向罗老师请教。罗老师并未接触过机械,他在思路上给父亲提出一些建议,常常让父亲豁然开朗。最后,在罗老师的影响下,父亲居然自己铸造了几件机械,虽然都以失败告终,但他不无得意地说:"那热——如果把我搞进农机厂,我就不相信搞不出个机器来。"

黎家村小离官渡滩七八里路。父亲一回来,就带信请罗老师下来。两人坐在院坝聊天,声音不大,甚至是静静的,但推心置腹。后来,罗老师调到县中,离官渡滩远了,每到寒暑假,他坐班车来我家,住一两天。他跟我的哥哥也成了手足,跟我们家一直保持着细水长流的友谊。

父亲的另一位朋友彭德江,是铜西公社的党委书记,十分豪迈、粗犷,嗓门大,讲起话来也都海阔天空。他来我家,就像进驻一个民兵连那么热闹。他站在院坝中央,左手叉腰,右手在空气中豪迈一挥，宣布"要组织民兵端步枪把美帝的飞机打几架下来"，嗓门之大，河对门（我们那里称河对岸为"河对门"）的人都听得到。他讲起话来滔滔不绝，无论说什么，都把铜西公社作为出发点，且都要扯到酉阳县，再由县扯到省，再扯到国内国际形势，大洲大洋的，大半个地球都被他概括下来。哥哥悄悄叫他"彭大炮"，一见他从河边走上来，就笑嘻嘻地说："彭大炮来了！"我们都很高兴彭书记来我家。他一来，父亲一门心思听他天花乱坠讲形势，竟忘记了责骂、鞭笞我们。他听着彭大炮高谈阔论，慢慢给大炮斟茶，十分陶醉的样子。最后，是父亲一句"那热——再远的国家，都要种苞谷，都要吃晚饭喂——"扯回眼前农家院坝的小方桌来。这时候，母亲和姐姐做好饭菜，恭敬地端上桌。

彭大炮能说，也能干，做起工作来，也是霹雳火闪，阵仗大，干脆又利落。困难处，也懂得许多谋略。有时候遇到棘手的地方，需要有人先站出来表态，或者带头，他就先跟父亲商量，让父亲做那个托儿。父亲掂量一下，事情确实有益无害，就站出来，说："我王庠胜说行。你们呢，就看着办吧，不勉强。"大家一看父亲都说行，那就行。有时候彭同志下来做工作，落实上面的政策。那些政策呢，讲起来天花乱坠，有心人一听，就发现明显不靠谱。父亲就一声不响。彭同志心里也有数,就找另外的托儿了。

这是一对动静相宜的朋友。对父亲来说,他们的友谊始于彭书记把黄色帆布包送给父亲的时候。有一次,彭同志对父亲说:"你是个角色。可惜一辈子陷在农村。如果有机会出去工作,不比我这个公社党委书记弱。"父亲听了大为感动。从此,他对彭同志怀着一种别样的知遇之情。

还有一位,跟父亲亦亲亦友,同时也算得上是父亲的导师。他是我外公的堂弟,名字叫樊平。我的母亲叫他三叔,我们叫三外公。三外公很早就出去工作,在县刻字组雕刻印章、标牌、匾额。那时候是手工雕刻,他的书法和篆刻都非常好,后来做了县刻字组组长。

三外公个子很高,瘦削,浓眉大眼,轮廓粗重得像刀刻的似的。他幼时上过私塾,后又在官渡老爷家教授过蒙童,国学功底深厚,满腹诗书,又懂经易,通阴阳。我们那一带,民风淳朴,百姓崇文,也尚武。三外公青年时期一度成为练家子。因为练拳脚的缘故,他又识得一些草药,除了用于活血化瘀、止疼消肿、强筋骨,他还用几种草药和蜈蚣、蛇蝎混着泡酒,常年饮用。

三外公算得上文武双全,在县城河街半爿歪歪斜斜的木板房里,穿着蓝色中山服工装,套着黑色袖笼,系着同样黑色的围腰，常年握着毛笔刻刀，埋首书写雕刻。他的英武几乎不外露，眼神也温静平和，浑身上下看不出一点锋芒。你会以为他就是一个手工艺人，身无长物。可就是这样一个人，他的书法和雕功，在小城无人能出其右。雕刻印章的人，多把印文写在纸上，趁着墨迹未干，先拓印在章料上，再沿着拓片镂刻。三外公减免了这道程序，无论是公章还是私章，都先用小号狼毫在章料上写上章文。这就要求印文得反写。这是另一种书法。既要写得准确，端正，又要漂亮。这是很难的一种书写，光会写字是不够的。那字，有楷体，有魏碑，有隶书，有小篆，有甲骨文。有时候，他还自创字体。酉城人说到他的时候，都称"绝色子"。

至于标牌、匾额，那是真正的书法，书体又多为隶书、隶篆、楷书、行楷、行草，只是很少写草书。三外公为顾客自撰诗书，书写信手挥笔，洋洋洒洒，雕刻却精到自如，行云流水。这些不凡的技艺与才华，让他声名在外。刻字组的生意，又多是公家单位，顾客们拿着盖了鲜红印章的单位介绍信，来到刻字组木板房前，从窗户把介绍信递进去，点名要求让三外公刻写。

城里也有不多的一些人知道，三外公除了雕刻和书写方面的才华，另外还身怀绝技。前面我们说过，三外公早年上私塾，懂经易。不知道他怎么就习得另外方面的技能。他会占卜、预测、观风水、踏地，包括阳宅、阴宅、路桥和庙门。他还能通阴阳，能推算出一个人的前生和后世。城里有些权贵和望族暗地里与他结交，请他处理卜吉凶、算命、测流年运辰，为仕途前程这些不便在台面上做的事情，还有看期辰、起名、踏地这些事情。这些人家有老人去世，则会请他上门主持道场。

我的外公去世早，我的父母就把这位三外公当作父亲，对他十分尊敬、十分信赖。三外公住在县城河街一间矮旧的木板房里，那是刻字组的宿舍。父亲经常去看望他老人家，两人坐在简陋的木板房里，一边喝着自家泡的药酒，一边说话。每到年节和三外公的生日，父亲都会去城里拜年、敬贺，所持礼节和虔敬，与亲生父亲无二。父亲遇事理不清思路的时候，或者愁闷的时候，就恭敬地去请教他。

有时候父亲也带我去。三外公有个孙女比我小几岁，在县城上学。县城的人家都用高火桶取暖。那个小姑娘坐在火桶里看电视剧《霍元甲》，腿上搭着花棉被。片头曲响起的时候，她转过头来，着急地叫我："快，要开始了！坐进来呀！"她眼睛又黑又亮，着急起来，也是笑眯眯的，嘴角边漾起两个可爱的梨涡。我站在父亲身边，赤脚穿着旧解放鞋，脚跟裂了口。我很想去火桶里烤脚，跟那姑娘一起看《霍元甲》，又不好意思在她面前露出裂了口的脚。

5

冬天里，母亲带我们姐弟仨到十里开外的山尖山上，砍阳雀树剥皮卖。下山时天黑了，我们又冷又饿，冷风吹来，我直打哆嗦。我们把树捆停在桊子树下歇气。母亲叹了口气，问姐姐："王珍，你说，这日子是这样一直过下去呢，还是有一天会好起来？"

姐姐又冷又累又饿，疲惫不堪。她还是振作起精神说："会好起来的，妈。"想了想，姐姐又说："要是爹回来就好了。"

没过多久，父亲真的回来了。上面收紧了多种经营，农村各种经济活动都被禁止。父亲不能出门做手艺了。这本来是当时的政策，但一家人都认为父亲挨了整，愤愤不平。父亲也很颓唐。但是他终于在家留了下来，我们每个人都很高兴。

父亲跟我们姐弟仨上山尖山砍阳雀树。天黑时，他背着小捆阳雀树跟在我们后面，摇摇晃晃上了院坝。我的祖母跌跌撞撞奔出来，帮他从肩上卸下背篼，大声哭泣。她说她没想到儿子会落到这步田地，他可是一辈子都没这么下力受苦。

我的姐姐帮我和哥哥卸下背篼，个个都累得说不出话来。祖母她老人家却从未因此流过一滴泪。

于是，父亲连阳雀树也不砍了。

父亲解放前读到高小毕业，文化不算高，但应付乡村生活还是够了。他赖以为生的手艺是修机器，在修造方面也是脑洞大开。困在家里，他跟徒弟张绍荣（父亲居然在行艺途中招收了一位徒弟。他赋闲的时候，这位徒弟经常来家看他，一生忠诚地追随他）在小河铁器社偷偷用铸铁铸了一台爆米花机。那台机器机身圆润，饱满光滑，像模像样。他跟徒弟背着机器到了一个叫哨慰的寨子，把机器架在寨子中央的晒坝上，徒弟从寨子村民家要来柴火，在炉子里燃起，师徒二人就在村人的围观下，炒起了苞谷泡。父亲握着机器摇柄，不紧不慢地一圈一圈转，极其严肃认真，极其胸有成竹。他的徒弟握着吹火筒，朝炉子一个劲儿地吹。可能是气压阀精密度不够，第一罐炒了很久，父亲站起身来，把机器竖起，先威严地环顾四周，才庄严地拔出阀门，结果机器哑了，倒出来的苞谷没爆，炒煳了。炒第二罐的时候，就低调了，小心翼翼地。但还没到火候，机器先爆了，现场一片狼藉，可以说灰飞烟灭。父亲跟徒弟灰头土脸，抬着机器（毕竟是几十斤的铸铁，有用）仓皇逃离了哨慰。

公社有个裁缝，只有一台缝纫机，没有锁边机。裁缝做出的衣服，时间久了，就虚了边儿。父亲就去裁缝铺，先是向裁缝抱怨，接着提出做一台锁边机，先送给裁缝试用，如果好用呢，以后就按价值付点钱。裁缝以为他开玩笑，笑笑，也没在意。谁知道他果真做了一台锁边机。这台机器，比爆米花机精密得多。也不知道哪里没校准，总之，送到裁缝铺，锁出的边儿，有的针脚长，有的针脚短，有时候还卡线，这事儿也就放下了。父亲又让徒弟把锁边机背了回来。

6

制造方面的失败，让父亲终于有了平常心。

寨子的水井，在我家屋后的半坡。寨人汲水，都是背着榕桶，爬到半山坡，用葫芦瓢舀了装满榕桶，一路泼洒着背回家。父亲从不帮家里背水、挑水，困在家里，他开始了对背水这事的琢磨。他对哥哥和我说："水有脚，只是差条路。"他带着我和哥哥砍了二十几根楠竹，碗口粗，打通关节，一根接一根，从井口直通到我家院坝的桃树下。参与这项工程让我和哥哥都很兴奋。通水时刻，父亲让我趴在地上听水从竹筒流过的声音。流水从我的耳畔滑过，簌簌地向前跑了。我跳起来，要跟水赛跑。我和哥哥顺着竹筒的路线朝山下飞奔，边跑边欢快地喊叫。等我们跑到院坝,清清的泉水已从竹筒口哗哗淌进水桶。母亲立在水桶旁。桃树枝繁叶茂,阳光透过枝叶洒在她的身上,我的母亲和流水都有好看的光斑。父亲慢条斯理地从山上下来,肩上扛着锄头,手里握着砍刀、铁棍,像巡山归来的大王。

竹筒引水,被寨人称为手工自来水。那是我们村最早的自来水。清清的泉水日夜汨汨流淌。寨人都来我家接水背水,像在水井背水一样自然。

父亲再接再厉,又打造了一座碾坊,靠水车带动。远近村人碾米磨面,就来到河边,自己把谷麦倒进碾槽,抽出闸板,碾子就咕噜噜转起来。碾好了米面,交上一二毛工费。若哪家一时短缺,就从碾好的米面里舀一碗作为工钱。谷子少,碾坊生意聊胜于无。父亲也淡然了。

说起这碾坊,还有一件趣事。

有一天,父亲在家里,听到碾坊有人喊:"救命啦!碾坊水车卷死人啦!"

父亲站起身就往河边跑,边跑边喊。听到的人从屋里出来,乱哄哄朝河边跑。父亲跑到水车边,见水车的叶片底下趴了个半大孩子。他抢先拉下了拦水闸,停了水车。父亲吆喝几个人抬起水车,他跳进水里,把那孩子捞起来,托上岸,有人接过，放在河边的坡上。那是个十来岁的孩子，肚子胀得老高，已经没气了。这时有人要去找席子来裹孩子，又有人说认得这孩子，是岩门底道班罗某某的儿子。就有人要去岩门底报信，现场乱糟糟的。父亲不甘心。他把那孩子放在斜坡上，脚朝上，头朝下，马上有水从孩子的口里、鼻孔里冒出来。父亲又使劲儿按压孩子鼓胀的肚皮排水，等水排净，孩子小小的胸膛微微起伏，鼻翼微翕。父亲一拍大腿，大叫道："那热——你狗日的娃儿福大命大！"大家惊喜之余，对父亲大为佩服，又怪自己，都是生在水边的人，怎么就长了一副死脑筋呢？还是庠胜强，强就强在行脚宽，见多识广，脑子灵光。大家七嘴八舌，觉得万事大吉，话越说越散，不着边际。只有父亲急，背上小孩儿就朝小岗医院跑。几个人跟在后面。父亲一边跑一边叫孩子说话。那孩子软耷耷地趴在父亲背上，不能应声了。

奔到医院，父亲把孩子背到医生面前。医生急，喊先交钱！先交钱！父亲也急，喊救命，钱不要管！最后，还是他先交了钱，守在孩子病床边，直到孩子的父亲从岩门底急急赶来，父亲才撤回家。

这事就这样过去了，父亲也不以为意。直到有一天，一个人——孩子掉进碾坊时大呼救命的人——拿了一张报纸上门来,一边朝父亲挥舞,一边大声嚷嚷,说父亲上报了,父亲是救人英雄。父亲也很惊奇,他不过是尽了水边人的本分,怎么就成英雄了?那报纸是酉阳报,文章只有豆腐干那么大,又在报屁股那里,但言之凿凿,写得十分高大上。父亲读了很受用,就想把报纸贴在门板上。想了想,又不好意思,就小心翼翼地把报纸叠好,放进他的黄色帆布包的夹层里。父亲心花怒放好一会儿:"看过的报纸堆起有人高,读的都是别个的事。那热——这回终于读到我个人了。"

7

一个羊贩子赶着羊群路过官渡滩。父亲请他进屋歇脚,吃饭。羊贩子酒足饭饱,赶着羊群离开,父亲决定开始贩羊。

他借了本钱,去百里开外的沿岩乡农户家收羊子,再赶到丁家湾牲畜市场卖。那年我十岁,家里的羊子都是我在放,父亲认为我可以做他的帮手,就带着我上了路。那是我第一次跟父亲同行,我很兴奋,母亲也很高兴,说父亲在路上终于有人照顾了。她蒸了一锅苞谷粑,放进父亲的梁背里,让我们在路上做干粮。父亲背着梁背,梁背上横着那只黄色帆布包,出了门。

我们从官渡滩出发，沿着酉龚公路去沿岩。快到龚滩时，我们走上了著名的龚滩大桥。阿蓬江从大峡谷奔流下来，在桥下汇入乌江，发出轰隆的巨响。父亲指着滔滔江水，对我说："去年这段时间，一架大班车从这桥上落了江……满满一车人，四十六条命呐……一个都没剩。"他让我趴在护栏边，指给我看班车坠岩的地方。江水滔滔，在桥下卷起巨大的暗绿色旋涡，让人莫名感到恐怖。

过了桥，穿过一条长长的隧道，就进了龚滩古镇。路过税务所时，父亲在我耳边悄悄地、然而又是忿忿地说："一只羊卖二十来块钱，税务还要抽一块税金，我们还剩么子！"走过税务所，他回过头看了看那栋白色的小楼，悄悄对我说："那热——他税务所有想法，我也有办法。"我问啥子办法？他在我耳朵边悄悄地说："半夜的，趁他们睡瞌睡，我们赶羊子过路。"我想这也是好主意。

我们在沿岩乡农户家收羊，东家两只、西家一只，收购了三十多只山羊。午后，赶着羊群上了路。一只公羊又高又壮，父亲在它项圈上挂了只铃铛，让它做领头羊，威风凛凛地走在队伍前头，三十几只羊子腆着肚子听话地跟在后面。父亲背着梁背在后面压阵。我拿着鞭子跑前跑后吆喝着，维持秩序。

快到龚滩时，太阳偏了西。父亲"吁——"的一声喝住羊群，就地稍息。我把羊赶到路边刚收割后的苞谷地里让羊吃草。父亲跟我也胡乱吃了几块苞谷粑垫肚子。等人畜都吃饱，太阳滑到山后，月亮从东山升起来了。我把羊赶拢，在月光下打堆，静静的。我跟父亲坐在岩石上休息。乌江的涛声太好听了，月光也很软，白银似的洒了一地。没过一会儿，我就睡着了。

零点时分，父亲叫醒我。他摘下头羊脖子上的铃铛，放进帆布包。借着月光，我们的队伍进了龚滩街。月明风清，黄桷兰的香气在夜里窜出来，馥郁醉人。古老的镇子枕着涛声，安睡在溶溶月色里，没有一个人舍得从甜梦里醒过来。群羊走得格外斯文、格外温顺，羊蹄踩在月亮地里，像细雨落进秧田，发出"沙沙"的声音。涛声和月色把一切都掩护了，放任一个少年和他的父亲赶着羊群路过午夜的龚滩。少年为这一切所惑，在行走中又睡了过去。

我是被一阵冷风激醒的，醒来时打了个寒战。我发现已经来到龚滩大桥上，背脊骨莫名地冷飕飕的。我回头望龚滩，龚滩已经被我们留在山的那一边了。我抬头看月亮，月亮还在，高高地挂在两山间，又亮又白。龚滩大桥横跨两山之间，阿蓬江从大峡谷一路吼着奔腾而来，在桥下扑进乌江。江风呼啸，江水怒号。天高月亮远，两岸绝壁千仞，脚下是无尽深渊。那一刻，人像到了绝境。我想起父亲告诉我的翻车坠江的不幸者，那四十几个不幸者的灵魂会不会借着半夜的月光，浮出江面，爬上岸来，求过路的人带他们回家？想到这里，我的心抽紧了，不禁失声叫道："爹！"

父亲大声应了我。他跑过来，把我拢在他的臂下，拢着我蛰入羊群。我们的左边是羊，右边是羊，前边是羊，后边也是羊。父亲拥着我，羊群护卫着我们，父亲朝头羊大声喊话，声音像唱歌一样拖得又高又长："领头的伙计啊——你把队伍带好起！那热——，到了丁家湾那个廊场，我给你找户好人家！顿顿青草，不挨刀，不挨棒！"头羊得到鼓励，走得更起劲儿了，摆得铃铛叮叮当当地响。父亲虚张声势地吆喝着羊群，鞭子在月光下甩得"啪啪"响。羊们腆着肚子，认认真真赶路。羊多势众，羊群走在沙石马路上，发出磅礴的蹄声，就像一支队伍浩浩荡荡地开拔。父亲与我勾肩搭背，我们跟这群温顺的牲灵，在半夜的月光下，并肩同行，相互依赖，像患难兄弟。

父亲一边吆喝着羊群，一边跟我大声说着话，他说："那热——"他声音很大，语气夸张，听得出是在给我壮胆，"这回搞倒着了喂，省了三十几块税钱呢！"

我往他胸前靠了靠,又叫声:"爹!"回应他:"那热——这回是搞倒着了喂!"

父亲大声问:"那热——你看这队伍,像不像你们学校跑操喂?"

我忍不住笑起来。你莫说,还真像。我开玩笑:"那热——你就是体育老师,领头那只黑骟羊就是体育委员喂!"

父亲大声说:"那热——等这趟羊吃到丁家湾,赚了钱,给你买双白网鞋。在学校跑操的时候,你就行势了喂!"

我大声应道:"那热——要得喂!"

队伍过了桥,顺着盘山公路爬到半山,见马路边有了房屋,有狗叫的声音。父亲大声说:"那热——王伟!离丁家湾不远了喂!"他"吁——"的一声喝住羊群,一把就把我抱在怀里。

那是我与父亲几十年的相处中,十分难得的温情时刻。

多年后,父亲提起那次赶羊。他说,当时他也很害怕。之前他就听说过,有好多人夜里经过龚滩大桥,都丢了魂。但那天半夜,他的小儿子在身边,他不能闪劲。那次回家后,他对母亲说,他曾经想把我培养成为一个羊贩子。那次龚滩之行后,他放弃了这个计划。他说,这么细的娃儿,该做的事情只有读书。哪怕遭税务所捉到,遭黑夜里的鬼魂捉到,都是他的命。他认了,但不会拖上自己的儿子。

父亲贩了好几趟羊,没赚到什么钱,不过也没亏本。恰好打击投机倒把的风声紧了,父亲及时收了手。其时,我的姑父正从沿河沙子搞桐油到小河卖,收手慢一步,被定为投机倒把罪,判了三年刑。父亲为自己的明智感到庆幸,同时,又为姑父的不幸唏嘘不已。

好在没过多久,政策又变了回来,农村多种经营又放开了。父亲的朋友彭同志是铜西乡党委书记,又专门下令,让大队安排父亲继续搞多种经营。于是,父亲背上梁背,梁背里悉数收着锤子、钳子、起子、扳手、螺丝刀,梁背上横搁着那只浅黄色帆布包,正儿八经地出了门。

8

父亲在行艺途中,招收了一位徒弟,叫张绍荣,是黔江黑溪人。绍荣大哥一生忠诚地追随他。

我的外公活着的时候是小河铁器社的工人,铁器社是对那个单位的规范称呼,其实就是铁匠铺。外公就是铁匠。乡村铁匠铺,就是把生铁放进炉子里烧红,再抡着锤锻打成锄头、镰刀、铧犁。铁匠要的就是力气大。但外公不是一般的铁匠,他是铁器工人，他聪明、灵巧、爱钻研。父亲修理机器常遇到一些麻烦，就悄悄去外公的铁匠铺，翁婿合作，研究制造出一些专门的修理工具，两人给这些工具命了名。譬如耙尺，一种校准的工具。譬如桌虎钳，一种钳子，体型庞大，有三十多斤。那些机器奇奇怪怪，翁婿两人对这些机器的命名也奇奇怪怪，对父亲的修理却有如神助。

师徒二人在乡间行艺谋生，父亲背着梁背，埋着头在前面走。绍荣大哥个子矮，背着大背篼，背篼放着桌虎钳，紧跟在父亲身后。走到一处，屡屡被当地干部以"企图复辟资本主义"为由驱赶，有几次甚至没收背篼。父亲能说会道，火气也大。干部恶，他也凶，往往干部被怼得哑口无言，火气更大，坐地猫哪有给行山虎认输的道理？双方僵持不下，就要动人。绍荣大哥很聪明，为人巧妙，能察言观色，在县里也有些人脉。关键时刻他在中间斡旋，说了话，软硬都有。最后，当地干部还了背篼，放了人。师徒二人往下一地赶。父亲性子倔，一路走一路怒气冲冲的。他说，出门在外的人，底子薄，腰板就得硬。不带点火气，路根本走不通。

然而父亲对亲人却很温慈。舅舅在板桥小学教书，家里表兄弟表姐妹有六个，靠舅妈一个人上坡劳动挣工分分粮食。舅舅微薄的薪水，全用来年终补了口粮款。日子太难，舅舅就想跟着父亲出门修机器。父母都反对，舅妈也不准。舅妈说舅舅的手是拿书本、捏粉笔的。一个教书先生背个背篼、提个钳子扳手，满手油污做手艺，像什么样子？舅舅嘴里答应舅妈，心里却不以为然。日子都快熬不下去了，还摆什么样子？有一年夏至，学校放了农忙假。舅舅没回家，悄悄出门寻我的父亲。

那段时间，父亲跟他的徒弟绍荣大哥从酉阳黑水、大涵，到黔江濯水、冯家一带，修理机器。麦子快黄了，正在地头等着收割。面条机没麦子吃，都静静地闲在面坊。他们两个走了一村又一村，十有八九都扑空。两人饥饿的时候，就找人买几个洋芋烤熟了吃。

舅舅沿着父亲走的路线，每到一地，就听说父亲离开了，到了下一个村寨。等他急匆匆地赶到下一个村寨，父亲又到了再下一个村寨。

有天后晌午，父亲跟绍荣大哥到了五里乡柳担湾，终于遇到一桩修面条机的生意。那时候，绍荣大哥的修理技术已经成熟，他又爱琢磨，心细。父亲看了看机器，检查了故障，就让绍荣大哥一个人修理，自己出了面坊，坐在路边的大石头上卷草烟吃。这时候，山脚下有个人埋着头，弓着身子急匆匆往上走。那人走近，父亲才认出是舅舅。两人辛苦地在途中相遇，又惊又喜。舅舅斯文，又没吃过苦，连着赶了三天路，又饥又乏，已经累得不成样子了。父亲长叹一声道，既然你这么坚持，那就一起做手艺吧。不过，他声称，农忙假一结束，舅舅必须回学校上课。

舅舅的加入给父亲和绍荣大哥带来了好运。三人出了五里乡，到了马喇湖，生意一桩接一桩。舅舅聪明，积极又热情地参与修理，效率也高了很多。接下来的几天里，三人一路走，一路修。舅舅和绍荣大哥两个人围着机器忙碌，父亲乐得坐在一旁吃烟。一路下来，修了十多部机器，挣了二十多块钱。那其中，有家面坊没工钱付，就砍了一根碗口粗的楠竹抵工钱。父亲把那一路挣的钱都给了舅舅，连同那根楠竹。他跟绍荣大哥目送舅舅扛着丈多长的楠竹，散悠悠去马喇湖场上赶班车回酉阳，师徒二人又上了路。

1978年，绍荣大哥出师。父亲把他的桌虎钳和耙尺赠送给他。在沿河乌江渡口，师徒二人拱手道别，不禁泪水潸然。绍荣大哥上了船，沿乌江而上，经思南、德江，最后到了赤水河一带。

绍荣大哥技艺高超。他修机器居然修到了茅台酒厂，修好了酒厂的冷却器。他会说话，跟酒厂的人熟了，就以十一块八毛一瓶的价格，买下两瓶茅台酒。春节前，他带着两瓶茅台来官渡滩给父母拜年。父亲十分得意。大年三十,他开了一瓶,一闻,先陶醉了。一陶醉,就激动,左手拿酒,右手拿杯,满寨子挨家挨户地走,无论男女老少,都请喝一口茅台酒。

9

有时候父亲外出回来,会绕道去彭同志那里坐坐,喝杯茶,梁背里会带回些东西,几本旧书,一摞过期报纸,几张画报。那是彭同志送给他的。乡间的人敬惜字纸,连一张破纸片儿都叠得整整齐齐。然而连这些都没得多余的。我家却有一摞一摞的旧书报。母亲和姐姐把报纸用来糊板壁。新糊的板壁温暖宁静,四面都是铅字,让我的家与村里的宅屋不同。每晚上床,我侧过头去,就能看到报纸上的一段文字,写的是挖荠菜:

> 我独自一人游荡在田野里。太阳落山了,琥珀色的晚霞渐渐地从天边退去。远处,庙里的钟声在薄暮中响起来。羊儿咩咩地叫着,由放羊的孩子赶着回圈了,乌鸦也呱呱地叫着回巢去了。夜色越来越浓了,村落啦,树林子啦,坑洼啦,沟渠啦,

好像一下子全都掉进了神秘的沉寂里。我听见妈妈
在村口焦急地呼唤着我的名字……

那段文字不同于以往我读到的任何一篇课文，它很美，缓慢、从容，有一种蜜糖色的柔软忧愁。我一字一句地读，连同标点符号都背熟。多年以后，我才知道，那篇文章的作者是张洁女士，是位大作家。我很感谢她。她那篇文章启蒙了我。

有一次，父亲回家，梁背里背着一台没了声的收音机。那也是彭同志顺手送给他的。他如获至宝。他把那破玩意儿小心翼翼抱出来，打开收音机的背板，见里面线线索索、藤藤网网一团乱麻。那一次，父亲一连五六天都不出门，把那破肚子里的线索捋了一遍，一一理顺熨帖，又捏住线头，一个一个地戳在焊点上试运气，直到触到某个焊点，忽然响起一声鸡鸣。他吓得手一抖，扔了线头，忽又明白过来："对路了！"他把线头稳稳按住，等匣子里的鸡叫完，又有人叽里呱啦说话，叽里呱啦唱歌，他才舒了一口气，用铁勺熔了一块锡，把线头焊牢。收音机就算修好了。

这台收音机的复活是官渡滩的一件大事。它让官渡跟世界近了。每天傍晚，寨里的人吃过饭，就聚到我家来，坐在院坝里，听收音机。父亲像一个大权在握的人，端坐在收音机

旁边，严肃郑重地转动着波段和音量旋钮，当收音机里传出新的声音，他就朝人群庄严地扫一眼，然后停下手，又优越又威风。

修好的收音机像患了咳喘病的老人，哼哼哧哧的，时响时停，歹的时候多于好的时候。父亲喜欢听"洪湖水浪打浪"那首歌，常常是唱完上半句，下半句"太阳一出"就憋在匣肚子里，出不来。父亲气得直跺脚。风云雷电天晴落雨又影响信号。父亲先是耐心地把天线杆抽出来，拉长，又缩短，推进去。还是不灵，就抱着收音机到院坝边上，转过来转过去找信号，也找不准，父亲就泄了气。后来，父亲干脆把收音机关了，罩了块红布，放在桌子上，跟一尊毛主席石膏像排在一起。

吊脚楼厢房的房梁上挂了一只黑色喇叭。每天早晨和黄昏，喇叭里准时响起《东方红》。由李有源先生作词、李涣之先生作曲的合唱曲《东方红》，可能是我这一生听得最多的歌曲，也可能是我们那一代人听得最多的歌曲。歌曲一共有四段，先是雄壮的男声，排山倒海。第二段，换成女声，阳光般明亮轻快，也有几分妩媚。到了第三段，又换回男声。到了第四段，男女声合唱，速度慢了一半，又高了两度，也更宽阔，像是大河浩浩汤汤流进海洋，开阔磅礴。这是真正的诵唱，有一种伟大的力量。童年听《东方红》,它的结构和节奏,以及中间的起承转合、情感变化,对我影响很深。多年以后,当我偶尔拿起笔写一点文字,脑子里先想到的是童年广播里播放的《东方红》。它在谋篇布局和节奏营构方面,给了我许多启示。

父亲对喇叭却有些不以为然。他说那东西只会张开大嘴巴讲大话。要是能在寨子跟寨子间传话带信就好了,"那热——我走到哪个寨子,对着喇叭说话,你们在屋头就听得见喂。"

厢房的板壁上,贴着芭蕾舞《红色娘子军》的剧照,一排姑娘踮起一只脚尖,另一条腿高高抬起,举着篮子,身子前倾,要把满篮的菠萝献给红军。夏天的午后,家里到处堆满了洋芋。我躺在洋芋堆上,看着板壁上的《红色娘子军》。黑色喇叭挂在房梁上。我不知道父亲这时候到了哪一个寨子,我很想从喇叭里听到他从另一个地方传来的问话。可是那大喇叭张着大嘴巴,一声不响。

10

族里有人要出卖老屋,父亲有意买下,却不声张,先去城里接三外公来。三外公观了罗盘，测了年辰，说屋基好，房子好，但要再过两年才能入住，住进去人财两旺。房子是1979年买下的，1982年正月初八，我们才搬新家。是三外公看的吉日。进屋那天，堂屋里盘着一条老蛇。父亲吃惊不小，却不声张，只恭敬地请走了老蛇。父亲请教三外公。三外公笑着说："那是先祖过来封箴祝福呢，大吉。"

搬家是我们家的大事。入住新家没多久，就是1982年的春天，我家的转机就到了。

父亲作为长期搞副业的手艺人，被公社派到四川德阳学习补铁桶。之所以能去培训，得益于彭书记的暗中关照。全省几十名补桶匠聚在德阳一家工厂集中学习。省上请了几个专家教授，又是理论又是实操，还现场进行了考试。几十名补桶匠学成归去，补的桶个个漏油。不知道是因为补铁桶的材料，还是气候和小环境的因素，总之失败的补桶匠们都认为专家在关键处留了一手，怕教会了徒弟，跟他们抢生意。

父亲一声不响。他琢磨很久，确认环氧树脂胶、三聚氰胺这些材料没问题，他猜测是酉阳跟四川德阳的气候温差，导致铁桶的温度不同，这就要求补桶材料的熔点和凝点也应不同。父亲反复试验，终于成功了。

补桶成功是我们家的福音。父亲秘密掌握着这门绝技，绝口不告诉旁人。那时候，土地联产承包责任制已经实施，好时代已经到来。百业复兴，生产生活发生了巨大变化，落在乡村，各种铁桶的需求量大增：供销社的柴油桶、煤油桶、桐油桶，加油站的汽油桶，粮站的菜油桶，豆腐店的浆桶，还有水桶。无论县城，还是小镇，到处都是铁桶，铁桶供不应求。桶不胜劳苦，有大量的桶需要修补。方圆几百里，父亲是技术最成熟的补桶匠。直到这时候，父亲才有了明确的专业称号——补桶匠。这时候，补桶挣钱，挣多少得多少，不用交给生产队了。

父亲出门，十里八乡去补桶子。他仍然背着梁背，梁背里已经不再装锤子、钳子、起子、扳手、螺丝刀这些东西了，换成一桶环氧树脂胶，一桶三聚氰胺，一台鼓风机，一只炉子，一只油碟子。循着先前修农机走过的路线，十里八乡，踏上了专业补桶的征程。梁背上仍然横搁着那只黄色帆布包，仍然穿得周五正王出门。那一年他四十五岁，黄色帆布包洗得泛了白，衣服上也没有了补丁。

父亲回家，满手油污，脸上油污，头发里沾了油污，头发一绺一绺，油嘎嘎的。他回来，身上混合着煤油、柴油、菜籽油、桐油，各种各样的油味混在一起，姐姐平素晕车，闻到这气味，就呕吐了。

父亲来不及洗手,先从帆布包里掏出旧手绢包,打开手绢,里面放着一沓又一沓崭新的伍圆券、贰圆券,用橡皮筋扎着。我们从来没见过那么多钱,都惊呆了。

11

舅舅让表哥樊鹰跟着父亲出门学习补桶。既是亲戚,又是徒弟,表哥的背篼里背着鼓风机和炉子,两人一路走一路找生意。他们到黔江、彭水、石柱,贵州沿河、松桃,湖北咸丰、来凤,湖南龙山、花垣、保靖。每到一处,表哥樊鹰就取出炉子和鼓风机,生好火,手摇鼓风机把火吹旺。父亲慢慢地从背篼里取出铁油碟,架在炉子上。他从背篼里取出环氧树脂胶和三聚氰胺,倒在油碟里,拿个小调羹一边搅动,一边大声指挥表哥加快摇动鼓风机。待环氧树脂胶和三聚氰胺熔化,父亲又拿出一小桶铁粉,舀一勺倒进熬好的胶里,调匀。熬胶的火候、时间,跟空气的温度和湿度也有关系,全凭他的感觉来把握。这时候,父亲的神色十分严肃、郑重,像是做一件大事情。他动作麻利,把熬好的热胶飞快地用一只小铁瓢舀起倒在漏眼上,"啪"的一声拍平。那"啪"的一声响,特别的果断,特别的庄严,特别的郑重。

父亲技术好、材料好，他补的桶，补疤又小又平，低调得很，不下细就看不出来，用三五年都不漏。这就使他名声在外。补桶按补疤个数算钱。有一次，一个好心人跟他开玩笑说，没破的地方，用锉子锉个眼，再补上，谁知道？父亲当时脸就一黑，训斥那人："桶不漏，我看你是心漏了。出门人，拿钱做艺，靠的是手实、眼实、心实。想在地面上走长路，心漏个细丝丝儿，都走不远。"

那人被父亲抢白一顿，没趣地走了。

相对之前修理机器，补桶的待遇也提升了。食宿不用找农家，吃饭在镇街饭馆，歇脚就在旅社。

劳累一天，父亲跟表哥满身油污走进饭馆。柜台后卖牌子的服务员姑娘撇撇嘴，把牌子朝柜台上一扔，就低下头织毛衣，看也不看两位顾客一眼，爱搭不理。表哥就要上前跟那姑娘论理，父亲用眼神制止了表哥。他不慌不忙地在桌前坐下，大声喊表哥找姑娘点菜，他喊了肉丝又喊猪肝，喊了腰花又喊肥肠，再加鸡蛋豆腐青菜萝卜，两个人点了满满一桌菜。在姑娘和厨师诧异的眼神下，父亲一个劲儿朝表哥碗里夹菜，又大声说自己顿顿好酒好肉，吃腻了，只拣些青菜、萝卜吃。

不知道店里的人是被这两位"土豪"打动了，还是被父亲的尊严和苦心打动了，他们对师徒二人的态度和善了。那以后，父亲跟表哥一进店门，那姑娘就从柜台后抬起头来，跟父亲和表哥打招呼，笑着说："吃多少点多少，点多了花钱不说，还浪费。"父亲却不露声色。灶上的大师傅也大气了，声称可以免费给二人添加白菜豆腐汤。

父亲带着表哥那一路补桶，挣了钱，给表哥发了工资，又给他买了一件的确良衬衫。两人衣锦还乡，表哥把钱交给了舅妈。父亲张扬，要先让家里变个样。他买了几桶桐油，在院坝里升起炉子熬炼，给房子的外壁上了一遍桐油。新油过的家里一大股桐油味。母亲和姐姐被熏得呕吐不止，父亲却不以为意。父亲坐在桂花树下的小竹椅上，微闭双眼，嘴里哼着"洪湖水浪打浪"，手拿一把纸折扇，在腿上有一搭没一搭地打着拍子。

有了父亲和他的环氧树脂胶、三聚氰胺，一家人底气足了，更加雄心勃勃。母亲想给姐姐置办缎子被面嫁妆。姐姐想要一件的确良衬衫。哥哥想买张船票去重庆，找曾经在官渡滩插队的知青。我则想要一双袜子，穿上后把脚跟上的裂口捂愈合，好去城里三外公家跟他的孙女偎在火桶里看《霍元甲》。

父亲越走越远，交给母亲的钱越来越多。家里的楠竹水管换成了胶水管，加装了水龙头。父亲爱听歌。从前的破收音机和广播都满足不了他对音乐的渴求。他给家里买了第一件家当——一台三洋牌手摇式电唱机。我被赋予摇柄的特权。每天早晨起来,我先"呼哧呼哧"摇满,"洪湖水浪打浪"的歌声就在官渡滩响起。

父亲也雄心勃勃。他准备把补桶大业传承下去。他让哥哥跟他学补铁桶。"那热——"他说,"无论时代怎么变化,机器都要吃油。要吃油,补铁桶这生意,世世代代都用得着。做个好的补桶匠,一辈子穿不愁吃不愁。"

哥哥瞟了父亲一眼,垂了眼说:"没得意思得。"

父亲惊诧了。他说:"我好不容易才从田土里拔出一只脚,为的是把你们往前推。你倒说没得意思得!"

哥哥说要推就往重庆推。他说从前插队的知青说过重庆才是好地方。父亲愉快地、然后又有些不满意地说:"那热——我们一辈子只能朝前跨一步,你倒想插上翅膀往前飞。你是个角色喂!"

12

姐姐高中毕业后,没考上大学。父亲舍不得姐姐下地当农民,就给她买了台"蝴蝶"牌缝纫机,让她到铜西街上跟着一位师傅学习打衣服。姐姐由此脱离了土地上的劳动和繁重的家务,穿得漂漂亮亮的,到街上做裁缝去了。地上的活路都落到母亲一个人的肩上,她更辛苦了,但仍然高兴得落了泪。

姐姐年轻的时候长得漂亮,个子也高,文文静静的。前面说过,有个退伍军人看上了姐姐,要跟姐姐耍朋友。(我们那里,把谈恋爱叫耍朋友。)那退伍军人是车坝的。秋天,谷子黄了,父亲回来挞谷子。母亲说起那个年轻人,父亲知道那个年轻人家底薄弱,弟妹众多,父亲又有病,拖累大。没等母亲说完,父亲霍地站起来,提了把菜刀就出门,扬言要去车坝,一刀砍死那个想吃天鹅肉的癞蛤蟆。母亲拖也拖不住,姐姐吓得大哭,保证再不跟那人耍朋友,求父亲不要杀人。父亲这才住了手。

这消息很快就传到了车坝。那年轻人吓得跑到贵州沿河,在亲戚家躲了十多天。回来后,再也不敢去铜西找姐姐了。

这门亲事就这样算了。

恰好这时候,有人给姐姐介绍书全哥。书全哥在铜西供销社工作,父亲早亡,母亲改嫁,只有一个堂哥。父亲认为这门亲事不错,当天就打了酒,买了肉,去铜西供销社找到书全哥,两人喝酒吃肉,谈天说地。天黑下来父亲离开供销社时,定亲的细节都商议好了。

那时候,姐姐认识书全哥,但没搭过一句话。

姐姐的亲事定了下来。父亲对这门亲事很满意。寨里的人也羡慕姐姐好命,说王珍小时候辛苦,从此洗脚上岸,到街上享清福去了。父亲又出门了。那时候,他燕子衔泥般地,一点点给姐姐积累嫁妆。每次回来,把钱交给母亲,都要给那一笔钱命名,这是录音机,那是大衣柜,这是绸缎被。

有次父亲回来,在灯下打开一只红色丝绒盒,里面是一块锃亮的上海牌手表。

母亲说姑娘要嫁人了,手表不是由男方买吗?官渡滩规矩都是这样的。

母亲这话说得没错。那时候,官渡年轻人定亲彩礼里,已经出现了手表。再说书全哥是供销社职工,无论出于实力还是面子,给姐姐的手表都是少不了的。但父亲正惆怅着。他听到母亲的话忽然大发雷霆。现在想来,他是有意找碴儿。他骂母亲眼睛浅、没见识,一块手表也要指望外姓人。他说你就那么想外姓人买块表来,把你女儿套走吗?他越说越不像话,母亲被他骂得目瞪口呆,姐姐也觉得莫名其妙,两人都不作声,流着眼泪任由他骂。骂到最后,他自己也流了泪。

13

哥哥刚满十八岁时考上了空军。接兵的来了，发了军装。哥哥穿上军装从武装部回来跟家人团聚，准备过两天就随部队开拔。那天他穿着天蓝色的空军服，只是还没有佩戴帽徽领章。他白净的脸喜气洋洋，在蓝色军装的映衬下，显得更俊了。

整个官渡滩都沸腾了。之前官渡滩考走两个兵，但都是陆军，这回考了个空军，寨子里的人又听哥哥说空军就是开着飞机在天上打敌人，都吓了一跳：那么从此不用端着步枪趴在地里朝天打飞机了？彭书记也下来道喜，他站在院坝，声若洪钟，宣称已经放弃组织民兵打美帝飞机的计划。他说趴在草丛里举步枪瞄准飞机还是难，这事还是空军来办比较合适。他拍拍哥哥的肩膀，郑重交代："靠你了，王琦。"交代结束，就回了乡上。

那是收麦子的季节，要下雨了，割麦的人从地里跑回来，不在自家待着，都来我家看哥哥，好像哥哥就要长出一双翅膀，等哪天首长吹一哨子，哥哥就展开翅膀飞上了天。准空军十分矜持，他给寨子里的人递烟、筛茶，拿腔拿调地说，以后开飞机路过官渡滩上空，一定要摁喇叭，刹一脚。有啥办法？

人对头了嘛!

大家都很感动,说王琦这人硬是对头,都要开飞机上天的角色,却不嫌弃在地上跑的泥腿子。

我家院坝修堡坎,打好了炮眼儿,准备放炮炸岩石。雷声响了,大雨眼看要下来了。父亲支使我,说,王伟,你去拿稻谷草把炮眼儿堵上,再用塑料布盖起,不然炮眼儿灌了水,明天就不能放炮了。

我应声站起来,就去拿蓑衣,准备出门堵炮眼儿。

这时候,我的哥哥走过来,他按住我的肩膀,大家都听到他说那句话:"你在屋里,我去堵炮眼儿!"

我们都很意外。哥哥向来是有活干的时候,他就神不知鬼不觉地闪开了。等到我们把活干完,他又神不知鬼不觉地出现了。不知道那次他怎么动了凡心,可能是怜惜我,想着再过两天就要离家,临走之前替我干点活呗。我看他脱下身上蓝色空军服,披上蓑衣就出门。

这时候,父亲站起来,一把抓过哥哥手里的蓑衣,说出那句让我永生难忘的话:"王琦、王伟,你两弟兄给我好生在屋头坐起。我去堵炮眼儿。"

我说,爹,我去。

父亲厉声说:"你给我好生坐起!我一个人去堵炮眼儿!

我一个人把全部炮眼儿都堵上!"

我们都目瞪口呆,看着父亲披上蓑衣,戴上斗笠,刚走出门,天边就响起闷雷。

我们继续陪着寨人喝茶、聊天。一个人说,王琦,你开飞机路过官渡滩时,给我们下点雨咯——飞机上有好吃好喝的,朝我们扔点下来呗。哥哥就笑笑。有人说,王琦当了空军,转业后,城里一定要接你去工作,不会回官渡滩当农民了吧。哥哥听了这话,笑得更俊了。又有人说,瞧哥哥这俊样子,到了部队,怕要遭女兵哄抢哦。哥哥不说话,笑得更甜了。有人捧哥哥,拿我开玩笑,王伟,你哥哥开飞机打敌人,你就在地上捡你哥哥的炮子壳(子弹壳)耍呗。哥哥严肃地说:"王伟他不是耍炮子壳的哦,人家是读书人哦。"有人奉承说,两兄弟一文一武,文武双全,好事被你们家占尽了。这时哥哥拿出兄长的派头,装模作样地拍拍我的肩膀,说革命尚未成功,王伟仍需努力。

我拍下他的手,生气地说:"宝气!"

这时,闪电越来越急,雷声越来越密。一团火球从院坝外边滚过来,在院子中央炸开,惊得大家都吓了一跳。暴雨从河对门排山倒海的,轰轰然,在大雨抵达院坝之前,我的父亲抢先一步跨进了屋。

"我把炮眼儿都堵上了。"父亲一边解蓑衣一边摘斗笠,把那句话重复一遍,我一个人把炮眼儿全堵上了,没你们啥事了。

哥哥和我忙着跟寨人聊天,没注意父亲说的那句话。

第二天早晨起来,父亲宣布了一个惊人的决定:王琦不去当兵了。

我们都吓了一跳。姐姐来看哥哥,听到这消息,惊得连嘴都合不拢了。

父亲说,我们不去当那个空军了,啥子军都不当,好生在官渡滩种地。

哥哥朝母亲大喊:"妈!"

母亲低着头坐在灶前,不说话,只是一把接一把抹泪。

父亲问她:"樊玉香,你是图荣华富贵,让儿子一去不回头呢?还是让他留在你身边,吃粗粮、喝井水,早晚得见?你啷个想的,你给你儿说句话。"

母亲抹了一把眼泪,揩在裤腿上,狠狠地说了句:"荣华富贵算个屁!"

哥哥不依不饶,又跳又闹。他抓了把柴刀,一会儿要抹自己的脖子,一会儿又要出去杀人,大喊大叫,要去把那些炮眼全都砸掉。姐姐去拖他,他瞪着眼睛要吃人,挥着刀在空气中乱劈，吓得姐姐放了手。父亲冷眼看着哥哥发飙，一言不发。我大起胆子去夺他的刀，他推开我，又拿刀在空气中乱劈一通，最后，那棵桂花树不幸挨了刀。

父亲说："你砍几棵，我栽几棵。看你砍得快，还是我栽得快。"哥哥扔了柴刀，抱着头进了屋。

父亲又说话了。他隔着窗说："王琦，你给我听到起，命里不该来的，来了也会走；命里该来的，风吹雨打都要来。"

哥哥在屋里吼道："来都来了，就着你这一瓜瓢打丢了！"

父亲在窗下，一字一顿地说："我一瓜瓢打丢的，会一点一滴都给你还回来。你给我记到起。"

哥哥哽咽了，他出来问父亲："你拿啥子还？就你补桶子那几个油嘎嘎的碎钱吗？"

这时父亲忽然含泪："老天爷欠你的，我会还你。我做牛做马，搭上这条老命，也要帮着老天爷来偿还。"

第二天父亲背着梁背，梁背上放着那只帆布包，出了门。

多年后，父亲提起这事，仍然感慨不已。他对我说，你哥考上了空军，不光自己要飞了天，我们还指靠他把你姐跟你提拔上去。但他那句堵炮眼儿的话吓了我一跳。你妈哭了整夜，我劝你妈说，这是老天在提醒我们保护儿子，人间事都这样，先有长命才有富贵。你妈这才定下心来。我也很难受。我想就是我把自己这把老骨头剔下来熬油，也要帮王琦过上好日子。

从夏天到秋天，一家人心里都不好过。哥哥成天待在屋里，阴沉着脸，不说话，脾气更坏了。母亲小心翼翼迁就讨好他，像欠了他很大的债。

父亲回来的时间更少了。他背着梁背，像个做苦力的，走得越来越远，到了黔江、彭水、丰都、垫江。他名气越来越大，生意也越来越好。

每次回来，父亲当着哥哥的面，打开帆布包，把钱掏出来，交给母亲。纸币仍然用橡皮筋扎着，一沓一沓的。我看见里面出现了拾圆券。

哥哥看也不看一眼，一摔门就进了房间。

当年腊月，哥哥结了婚。那时，他刚满十九岁。

父亲让母亲腾了一只箱子装钱。到了第二年夏天，有次父亲回来，让母亲把箱子抱出来，把钱清点好，放在四方桌上，一大堆。父亲让嫂子坐过来，当着哥哥的面，把钱推到嫂子面前，说："这是本钱。你们拿去做个生意。"看也不看哥哥一眼。

14

姐夫书全哥是铜西乡供销社的店员。哥哥的第一桩生意,就从书全哥的建议开始了。他到底年轻,意气风发,雄心勃勃,胸膛里熊熊燃烧着发财梦。

哥哥提着父亲给的钱,走村串户收苞谷籽,准备卖给县酒厂。他年轻,还不到二十岁,穿得白白净净,自己一张嘴巴甜,又格外听得进甜言蜜语,哄人的话他全都相信。胸膛上挂着装钱的袋子,背着手,站得老远,看人家把苞谷籽倒进他叫来的车,那样子活像上面下来搞调研的知识青年,都没想到过去看看苞谷籽的成色、干湿、颗粒大小,像一个老手那样,用指甲掐掐,用牙齿咬咬,再说几句挑剔的话,在气势上压倒卖苞谷的人家,目的是把价格压一压。我的哥哥太年轻了,他还不知道这些老手段。他押着满满一车苞谷籽到酒厂,苞谷湿度太大,酒厂拒收。哥哥只得把苞谷籽运回家。那段时间雨水多,苞谷籽捂在堂屋地上。中秋那天,哥哥刨开看,苞谷已经发芽了。

父亲回来了。父亲看到堆在屋角的苞谷,一声不响。父亲说,做生意,哪个都算不到输赢,还是学门手艺吧,靠一双手吃饭,哪个都蒙蔽不到。哥哥警惕地看着父亲,以为父亲让他去补桶。父亲把帆布包里的钱掏出来,有两千多。"去学开车。"父亲说,"开个大货车到处跑,比我这个背起背篼黑起爪子补桶强多啦!"

从此，父亲和哥哥，一个背着梁背，十里八乡补桶子，一个开着大卡，五湖四海拉煤、送烟。父子俩都在地球上行走，都靠一双手养活自己和家人。有时候，两人恰好同一时间回到家里。这时候，两人的关系缓和下来。父亲说，王琦，你四个轮子在大马路上跑，我四只脚在茅草路上爬。你用得着我的时候，说一声，不要舍不得施句话。

哥哥说不出话来。

1989年，哥哥承包了板溪职业中学的三百多亩地，用来做苗圃，请了十多个工人。哥哥一个人忙不过来，就让父亲进城帮忙管理。至此，父亲放下梁背，结束了几十年的修理和补桶生涯。他穿上我给他买的一套体面的衣服，挎上那只浅黄帆布包，脸上挂着郑重的神色，进城了。

那一年，父亲五十二岁。

他从来没当过干部，管起人和事来，却很有一套。他眼睛亮，啥都看得清楚，谁都蒙不过他。对工人又吓又哄的，工人又服他。他把哥哥的苗圃管得清清楚楚、利利索索，哥哥腾出精力来，一心一意在外面跑业务。

哥哥给他买红塔山香烟。他抽完后，把烟盒留着，买了赵庄烟装进去。下苗圃查看的时候，他掏出烟盒，在工人眼前晃来晃去，让大家都看清楚红塔山烟盒，才慷慨地给工人们散烟,说,来,抽支烟,抽支烟。

15

我跟李虹恋爱后,按照礼俗,父母到县城二中拜望亲家。

先前在婚事上,因为我的穷苦农民出身,受了很多挫折。终于找到老婆,父亲就很为我得意,又有些担心。

他问我:"我们高攀了。李家矮看你不?"

我答没有。

他又问:"那家的女儿欺负你没?"

我又答没有。

他想了想,又说:"要是李家嫌弃我们,我们就退步。"

我吓一跳:"你是让我跟李虹分手?"

他白了我一眼,说:"是你跟着李家朝前走,我们家庭退步,不拖你后腿。我保证不上你们小家薅刨,不麻烦你们小家。你也要把小家顾好,不要针头线脑往官渡滩搬盘,让人家把你看矮了。"

亲家在县城,他就不得不周全点儿。"办礼要体面,"他说,"莫让城里的人把我们看扁了。"他知道我没钱,就让母亲拿出一千块钱,买了烟酒、茶叶,给李虹买了一块手表。不知道哪根筋又动了,又命令哥哥也拿钱出来,交给我,给岳父母各买了一件呢子大衣。

哥哥开着拉树苗的大卡车,父亲坐在驾驶座旁边,一路走一路回过头鼓励坐在后排的母亲,又不断教导、嘱咐我。母亲很少到县城,更没跟城里人打过交道,一路很局促紧张,说不知道见了亲家怎么搭话。父亲就批评她:"你盘养了个儿子,倒像矮人一截!"

又批评又鼓励,末了,就抿着嘴,沉稳地坐在副驾驶上,眼望前方,像是带队伍赶考,而自己已经胸有成竹。

直到进了李虹家的门,他才低调下来。他被这个家庭的气度氛围打动了。我的岳父温文尔雅,带着家人在洁净和睦的家里接待了亲家。岳父优雅地朝他伸出手,爽朗地说:"欢迎!"他愣了一下,伸出手局促地握住,使劲儿摇了两下,却不知道说什么好,就抽出了手。岳母大方地请我们一家人落座。李虹端上茶和水果,李虹的弟弟李勤恰好大学放寒假在家,客气地为客人倒茶,妹妹李燕削好水果,恭敬地递给客人。

母亲拘谨地坐在沙发一角,一声不吭。父亲本来准备了一腔暗自得意又不显山露水的谦辞,忽然说不出来了。让他意外的是,岳父堂堂君子,居然系上围裙,套上袖笼,下厨房主厨。在父亲眼里,一直都是"君子远庖厨"。他多年都是"饭来张口",他认为这也是男人的气质。所以,当岳父进了厨房,他惊得张开嘴巴,合不拢了。

"有贵客来,都是李虹他爸爸下厨。我的手艺上不得台盘,只能给他打下手。"李虹妈妈笑着对母亲说。父亲反应过来,转过脸就朝我喝道:"还不去厨房帮忙,愣起做哪样?"我站起身,岳母制止我:"小王留在这里帮李虹招待客人。"父亲只得坐下,享受儿子反客为主对他的招待。他比母亲也好不了多少。坐在沙发中央,局促,拘谨,不说话,直到两位客人推门进来。

多年后,父亲还经常提起第一次上门拜望亲家,他说他像一把谷糠撒进米箩,左也不是,右也不是。而他的朋友从天而降,解了他的围。他说他的朋友给他做了许多好事,没想到走亲家这样的事情,都有他来帮忙。他这朋友像是专为他解围而生。

那天,父亲的朋友彭大炮——后来调到县工商局任办公室主任——进屋,我们都十分意外,我叫道:"彭主任!"彭主任指指我:"你该跟着李虹叫我姨爹!这位——"他指着跟他一起进门的女子,"这是李虹的大姨。我们今天是奉命来陪客的!"

我又惊又喜:"之前怎么不知道你们是亲戚啊?"

彭主任说:"我早知道啦!你跟李虹一交往,李虹的妈听说小伙子是铜西人,就安排我考察啦!"彭主任站在客厅中央,仍然以手叉腰,声如洪钟:"没问题得!我当时就拍着胸膛对李虹的爸妈说,没问题得!王庠胜的儿子,我看着长大的,没问题得!"

大姨看着我,也很高兴。

父亲像是惊呆了。好一会儿,他才反应过来,感慨地说:"我俩好了几十年,绕山绕水,哪想到绕到这屋来,成了亲戚。"

彭主任手指着父亲大笑道:"嫌我俩好得还不够,结一门亲戚来加个固!"

那天的拜会,因为姨爹的从天而降,增加了许多欢喜。父亲尤其高兴,他跟中学教师亲家之间,有了一个彭大炮,像是向上的阶梯中增加了一级跳磴儿。他从容了。那天的家宴上,他尤为动情。他对岳父和岳父的连襟彭叔叔说,我们因儿女走到一起,就是三兄弟。他说,我跟王伟他妈都是农民,没读过什么书,教育不成什么道理。小时候,他不听话,我就打。从现在起,王伟交把给你们二位了。他要是做错了事,你们就给我打。他转身对姨爹说,你也帮着亲家提携提携这孩子。他要是做错了事,你也可以打。

岳母温雅地说:"小王是个好孩子,我们舍不得打。"

我的女儿出生后,岳父母就来我家,帮我们带孩子,此后,一直跟着我们辗转奔波,指导扶助我们。有人跟父亲提起我,说我好话的时候,他就真心诚意地说:"那是亲家和亲家母教得好。我是把娃儿交把他们了的。"父亲对岳父母毕恭毕敬,对李虹也十分客气。有一次,父亲到我家,向岳父敬酒,动情地说:"二位仁义!王伟虽说是我们生养的,你们做的比我们多。你们是他的再生父母。"

那一次,四位老人都很动情。

16

我们姐弟仨的儿女在慢慢长大,都上了学。父亲停顿了下来。他把最后一个梁背交给母亲,请她把背带缝补好,拿到河边刷净,放到火塘边烘干,收起来。黄色帆布包洗白了,搭扣坏了,又破了洞。他自己修好搭扣,又请母亲把破洞补好,把包挂在卧室板壁上。他像一个战士,劳苦奔波半生,终于挂靴了。

起初,他也凡事都喜欢指导指导,提提意见,仍然是一家之主。一大家子也都很配合，无论他说什么，当面嘻嘻哈哈的，都答应下来。转身后，该怎么办还怎么办，不过是给了他一个面子。他很快看出其中的微妙，再加上母亲警告他少说话，他也适时地温和了。他血液里暴烈的火焰熄灭了，眼神里的专横也收敛了，他安静、慈祥，开口前先察言观色，说话谨慎周到，对我们言听计从。有人问他主意，他就答："这是娃儿们的事，你们问他们个人。"如果是家里的事，他就推给我的母亲："你们问樊玉香去。她是我们家的当家人。"特别地低调，特别地谦逊。他背着手，跟在母亲身后，陪母亲种菜、赶集、走亲戚。我们回家后，家里有亲朋来访，他安静地坐在一旁，把C位留给母亲和儿孙，自己恰到好处地保持了尊严，微微笑着，不发一言。他体面而有分寸地退了场。

我每次工作调动，都要接父亲和母亲过去住一段时间。我陪着他们到处参观游玩，有朋友和同事请二老吃饭，他们也很乐意。他每到一处都兴致勃勃，又表现得小心翼翼，带着乡间老于世故的稳重沉着和从容，以不变应万变。

像所有卸下担子又略识文字的农人一样，父亲晚年醉心于家族史的研究。他兴致勃勃，钻研很深。真正关心从哪里来，到哪里去。他不知从哪里搞来一本家谱，先是用毛笔小楷誊抄，无奈多年不提毛笔，写起来实在艰难，誊到一半只得放下。我给他复印了一本家谱，他很满意，表扬我：搞得好！

他带着家谱去王家的坟山访碑，蹲在墓前抄写碑文，对照家谱辨别勒刻在碑上的孝子贤孙，密密麻麻记了两大本，自先祖率族人来到官渡滩定居开始，把祖宗八辈脉络理得清清楚楚、利利索索，这棵大树，哪根枝丫在哪里又开了叉、散了叶，他也说得一清二楚。跟我讨论家族往事的时候，他叙述起来，用的是标准的家谱体："某某娶某氏，生子某某、某某、某某。"简洁、明了。这中间，有人来邀请他参加宗族大会，他就带着那本复印的家谱和他的笔记本，辗转渝鄂湘黔参加宗族会议，同族人交流信息，完善他的研究。

官渡滩王氏根在江西临江府，始祖王高之。八世后裔王金相公，才识渊博，举孝廉，被酉阳州冉土司招为婿，赐地四十里。王金相公辅政有功，后土司被刺，王金相公携眷隐居官渡滩避难，繁衍生息多年。官渡滩由此得名。之后，有七位先祖百年后归葬寨子后的荒坡，中有四人生前功名卓越，中武魁，任巡道、宪台、台谏等官衔，因此，荒坡被称"四官坡"。

到了我的曾祖父那一代，则彻底贫败，往下皆世代务农。曾祖父王文新，生两男一女。我的祖父王怀章是他的长子，念过私塾，种地，兼做布匹生意。祖父年轻时一表人才，可惜英年早逝——那年，父亲十五岁。少年失父，当务之急不是自己身体和精神的成长，而是担当起一家之主的职责。长兄为父，他帮助祖母抚养叔叔和姑姑，把家拉扯下去。他在地里卖命，闲时跟着学些手艺，修风车，织补竹篾器具。他凭这些手艺，偶尔在村寨给人做活，换回一两碗苞谷作工钱。

叔叔九岁那年，恰逢又一轮饥荒，家里实在挨不下去。父亲跟祖母商量，把叔叔送给贵州沿河洪渡岩一户姓万的人家放羊，算是给家里减了张嘴，把姑姑保了下来。姑姑七岁的时候，跟祖母到沿河县黑獭堡卖布，被买布的人家扣下当童养媳。幸亏祖母强硬，救出了姑姑。那以后不久，父亲在外做手艺，奇迹般地挣到十多斤稻谷，赎回了叔叔。这样，到1957年他跟我的母亲结婚的时候，他的母亲健康、弟妹双全，妹妹是给新娘打洗脸水的童女，弟弟则是给新娘背喜鞋的童子。

有一次，我陪他聊天。他说，祖父交给他的这副担子，他挑下来了，几十年里，他拉扯着这个家庭艰辛跋涉，一个都没有闪失。他心情复杂地说："我是对得住他的。"

过了一会儿，他又说："他那么早就撂下我们走了，他对得住我们吗？"

姑姑到了上学的年纪，恰好我的长兄(后来那位不幸的长兄离世了)

出生了。父亲就让姑姑留在家里背我的这位长兄,没能上得成学。他说姑姑因此恨他,他也很难受——人太穷了,只顾得上怎么活下去。他说他害了姑姑。他说姑姑年轻时强过很多姑娘。她欢喜过一个老师,但父亲不许,把她许给表兄弟,亲上加亲。直到2017年,我们家修房子,请姑父过来帮忙。姑父不小心踏了空,从三楼摔到院坝,不幸遇了难。在姑父的葬礼上他放声痛哭,承认他一辈子对不起姑姑。

17

姑父去世后,他迅速衰老了。每次回去,就看见他又老了一截。对,他是一截截老下去的。我们那里把哀伤叫"焦愁"。经常听到说谁谁谁耳朵焦聋了,眼睛焦麻了。只有那时候,我才知道哀愁对人的摧毁。他就是在那一年夏天失聪的。因为听不见,他失去了语言交流,成了一个聋子。他的白内障也是在那一年加重的,只影影绰绰看得见一米以内的事物。

他始终怏怏的。我回去看他,陪他坐在院坝里。他默默地抽着烟,好一会儿,忽然开口说话,说的也是姑姑。

"你嬢嬢小时候想上学,我让她留在家里背你大哥,诓她说给她买缝纫机。"

我比画着问他:"缝纫机买了吗?"

"没买,"他说,"人都吃不饱,哪来钱买缝纫机?但她就相信了。"

他说他对孃孃如父如兄。但是,兄长怎么比得上父亲?在父亲那里,女儿大过家族。在兄长那里,家族大过女儿。

他说,我们家四辈姑娘都是独生女,你姑婆,你孃孃,你姐姐,到了孙辈,是你的春雨。他说,我只有春雨这一个孙女。

我说老汉,春雨懂事,我跟李虹也会把她照顾好的。你就放心吧。

他说放心。

他听说,春雨有了男朋友,那男孩子还有个弟弟。他就提出,让那孩子来王家上门。

"女儿要放在眼前。"他说,"早晚看到,顾着,疼着,安心。"

然后,他语气强硬地说:"你跟你亲家说,王家倒贴房子,让他们把娃儿给我们家。"

这中间,他又摔倒一次,住了院,母亲寸步不离地照顾他。再起来时,像变了一个人,萎了。

他跟这个世界隔绝了。我们提出给他装助听器,做白内障手术,他都默默地,然而也是坚决地拒绝了。

母亲成了他的耳朵、眼睛、舌头和拐杖。他一生不事稼穑,也不擅炊煮,几十年都是衣来伸手,饭来张口。他事事依赖母亲,像一个犯了错误又被老师原谅的好学生。

哪想到母亲走在了他前头。

18

父母半辈子抱团取暖、相濡以沫,作为一个整体存在于我们的生命中。在我们的意识中,从没把他们认为是父亲和母亲、父亲或母亲,他们就是父母。母亲的离世,这个整体被剖开,露出截面,我们由此看见另一个人的软弱、单薄和无助。

起初的时候,父亲失魂落魄,像被丢弃的孩子,眼巴巴地等着大人回来招领,而拒绝被任何人收留。

最初的方案是,我们姐弟仨,他任选一家住。轮着住也可以,只要他愿意。

但他拒绝了。

我们又先后雇了人、请了亲戚照顾他,都被他婉转劝退了。他不习惯跟母亲以外的人相处,也不甘心我们的钱被别人挣了去。我们苦口婆心地劝说,好话说尽,他就只有三个字回我们:"我得行。"

最后,我跟他商量,怕说不清楚,他也听不清楚,我就在纸上写道:"爹,您找一个老太太,我们会孝敬她。如果您不愿意结婚,只是在一起生活,或者,只是让她来照顾您,我们都支持您。我们不介意别人的流言蜚语。"

他眯着眼睛看了一会儿,看明白了,瞪着我,忽然大怒,拿拐杖指着我,准备朝我戳过来。我也瞪着他,两人僵持了一会儿,他终于放下了拐杖,眼睛仍然瞪着我,看样子准备大骂一顿,一时又没想好骂词,最后,拄着拐杖出了屋,坐在桂花树下。

我跟出去,在他旁边坐下来。

他说:"你们妈就睡在屋后头,我丢下她,跟你们去城里享福,要是她哪天回屋来,想搭个话,都找不到人。"

我说不出话。

他又瞪着我,说:"你那脑瓜子,尽出鬼点子,你想得出,我做不出!"

我只好向他认错,给他点上烟。

他吸了一口,咳嗽起来,咳了好一会儿,才说:"以前,我无论好歹,都有你妈担待。你妈去了,我去你们哪家,都是拖累。我人老了,使不上力。不拖累你们,也算这副老骨头帮你们一把了吧。"

19

姐姐每隔一段时间回官渡一趟,清扫庭院,给他拆洗衣被、做饭,在后园栽菜蔬。姐姐很能干,干起活来像一阵风,忙乱处,让父亲帮忙递个菜苗或者水瓢。父亲听不见,不得要领,又不好多问,连猜带比画,就不免出错,要镰刀时,递了个锄头,要菜苗时,递了个水瓢。姐姐就抱怨,父亲听不到她在说什么,但看面色和表情,知道自己做错了,就很沮丧,低着头咕哝着,像犯了很大的错误。

他到桥上散步,一个年轻人骑摩托车,摁着喇叭飞驰而过,他听不见,来不及避让,被摩托车撞倒在地,小腿被撞破了,淌了一地血。堂兄押了那摩托车,要那肇事的司机负责。父亲坐在地上,摆手让堂兄放了那年轻人。堂兄请了卫生服务所的医生过来处理伤口。天太热了,伤口就发了炎,又红又肿,最后化了脓。

姑姑听说后,从茶园下来照顾他。哥哥的朋友带他去县城看了医生,重新处理了伤口,又开了药,由姐姐送他回家,跟姑姑一起陪护他。第二天,他就把姑姑和姐姐赶回了家。

我回老家看望他。他跌跌撞撞出门来接我,裤腿高高挽起,受伤的地方包扎着纱布块。

我跟他说话,他茫然地盯着我,很疑惑的样子,愣了一会儿,像是明白了,把话接下去,结果是驴唇不对马嘴。

有族亲和寨人请我俩去吃饭,他让我一个人去,自己婉转然而又坚定地拒绝了。我明白他出于自尊。请的人站在院坝里不走,坚持要他去。他摇摇头,不说话。人家好言好语再请,他再摇头,一点通融的意思也没有。

他不去,我就留在家陪他。我炒菜时,油溅到脸上,烫了一个泡。他起身出门,去院坝边摘了几片薄荷叶,搓融,哆哆嗦嗦地贴在我烫伤处。他盯着我的额头看了看,说,疤痕淡了。

我比画着问他,知道这疤痕的来历不?

不知道他是听到了,还是猜到了。他说:"那一次,我回家,看见你额头上涂了大块黑锅烟灰,像跳戏的花脸,吓了一跳。你额头被苞谷秆戳了,我心头也像戳了个洞。下一次回去,见你没发炎没化脓,只留了个疤痕。我当这是老天爷打的记号,这娃儿以后好养了。只有这样想的时候,心里才好受点儿。"

20

我带他到重庆，跟侄子王翼陪他在枇杷山，给他买助听器。店员推荐了一款，戴上后，跟他说话，他能听见了，很惊喜，很满意。一问售货员，要价一万多，就把助听器从耳朵里取出来，递给店员，掉头就出门。一出门就发怒，一边走一边回头骂我们，说我们是败家子，拐杖戳得地面笃笃响。他低着头，怒气冲冲的，也不看红绿灯，径直走到马路中央，四方来车像潮水一样涌来，在十字路口停下来，焦躁地摁喇叭。他一个人站在马路中央，像潮水里的一片叶子，回过头来茫然地望着我们。

我的眼泪涌了出来。我冲过去，走到他身边，把他的手攥在手里。那时候，他像个孩子，听话地由我牵着，跟着我回到马路边。

回到店里，他就顺从了，由我们把助听器买下来，塞进他的耳朵。

哥哥趁热打铁，说服他把白内障手术也做了。

还是由我送他回官渡滩。

重获视听，他并未像暴发户一样激动喧闹。在外人面前，他保持着有分寸的沉静和克制。但在我面前，他就不管不顾了:"河里跳起的鱼,我都能看见。对面山上的人影,我也认得出是哪个。"他兴奋得像个孩子,"像重新活了一遍!"

晚饭后,他趴在院坝的栏杆上,看着远山。我陪坐在他旁边。他指着河岸边那条弯弯曲曲的小路,说:"我从那条路上,出去回来,走了好多年!"那条小路在夕阳下顺着河岸爬到了老鹰岩上,不见了。

他说在外面走了几十年,但心里一直担心家里。母亲在家做一家人的活路,盘三个细娃儿,孝敬老人。栽秧打谷,家家出男劳力,拱挞斗上山。我们全家的任务就落在母亲肩背上。母亲吃得苦,吃得累,吃得亏,又不多说一句话。

"她活着的时候,我想到这个,觉得有福气。她走后,我再想起,只觉得难受。"

他说,年轻的时候不知事,难免发脾气,说起话来没个分寸,就说母亲厚道,没见识。在我们那里,厚道有愚钝的意思,是贬义。

"上年纪了,就晓得厚道是福。再说,你妈盘养了你们三个儿女,我个个都满意。我对她,是感恩的。"

我问他:"你在外面做手艺,好不好耍嘛?"

他说:"苦得很,哪有心肠耍!不过是走上那条路,收不回脚。"

他说，每次出门，你妈总要在背篼里放一双干净布鞋。无论在哪儿歇夜，洗脚后，就换上那布鞋，走得再远，心也不远。妈的手艺好。男子家出门，人家看你，是看脚上那双布鞋。只要鞋扎得精致漂亮，洗得干净，人家就看得出你家里人是哪个样子，你跟家里人的关系好不好。我走州过县几十年，从没被人看轻过。我个人呢，连心子蒂蒂都没轻薄过。

他说，王珍不是他跟母亲的第一个娃儿。在她前头，还有一个哥哥，白胖又俊。那娃儿两岁的时候，有次发高烧，母亲背着到处找医生望，越望越萎。那时候，他在外面修机器，娃儿不乖，母亲找人带信给他。带信的人到了他干活的寨子，他已经离开，到了下一个寨子。带信的人又到下一个寨子寻他，他又到了再下一个寨子。等终于得了信，连夜赶回来，见娃儿只剩气悠悠了。

"我把娃儿搂在怀里，整夜在屋里踱来踱去，不相信一个当爹的胸膛就不能把娃儿暖过来。天亮的时候，娃儿还是在怀里断了气。"

"自那以后，你妈空了两年怀。直到1961年底，才怀上王珍。你妈说你姐姐在那么难的年辰投胎到她肚子里来，只能说是命大，也跟爹娘的缘分深。第二年九月，王珍出生了，刚生下来时又黑又瘦又弱。你奶奶看是个孙女，就不说话了。我倒是很满意,管他是姑娘还是儿娃,投生到我们家就是福气。"

他缓缓地说:"王珍三岁多的时候,王琦出生,白白胖胖,你奶奶欢喜心慌了,说,这孙子,蘸生盐都吃得下。我倒担心,这细娃儿断不是能下力能吃苦的,长大后啷个过日子呢?后来也想通了,一人一命。他吃不得苦,就多走些弯路,总能把树巅的枇杷摘下来。"

我笑问他:"那么我呢,生下来就是吃苦耐劳的样子?"

父亲说:"你跟王琦,从小就不像一个妈生的。你生下来的时候,又黑又皱,像块麦粑,哭起像犟牛。长大了,也是一副借你谷子还你糠的样子。没想到到头来,是个好脾气,尤其对人好,仁义。"

说到儿子仁义,他非常得意。

他说:"有一次,大年三十,忘了什么事,我劈头盖脸地打你,一边打一边问你知不知错。你用手肘掩住脸,一声不吭。我气坏了,抓过扁担就打。你就往屋后山上跑。我操起扁担追出去,你一边跑一边回头看我,眼看我就要追上了,你捡起一块石头,回过头来定定地看着我,准备砸我。我死死地盯住你,你没盯赢我,扔了石头,'哇'的一声哭出来,一边哭一边朝茶园方向跑,跑出去老远,都还听得见你的哭声。我想你反正是去姑姑家，就没管你。你妈走了，你写那篇文章提到这事。我当时读到这里的时候，眼泪就包不住。"

河里戏水的孩子起了身。上山劳作的人也背着背篼从路上回来。夕阳从路上移到长满红薯的坡地上。

他说："我跟你妈也打过一次架，就是那年大年三十夜。"

我很意外。在我印象中，他们只吵过架，从没动过手。没想到我年少不知事，负气离家出走，父母居然为我打了架。

父亲说："你出门后，我心头不好想，也烦。你妈一个劲地嚷我。说我把她幺儿打跑了。如果明天不回来，她也不活了。我一糊涂，血冲上脑壳，霍地站起来进屋吼她：你那幺儿，人不大，犟拐骨长了满身！就是你给长的志气！不服打，还跑路！你不帮忙教育，还长志！你要把他教成哪样子！我说着，霍地站起来，用你妈的话说，像要吃人的样子。你妈愣住了，不晓得说什么好。她朝我走过来，我以为她要放我的踹，就推了她一把。她愣住了，她手里拿着高粱梢的扫把，准备朝我拦腰扫过来。从没动过手的人，扫把才举起，眼泪就漫了出来。"

父亲沉默了好一会儿，又说："以后好多年，我经常想起她朝我举起高粱梢做的扫把，满眼都是泪水的样子。我一想起，心子就疼。"

天黑下来。一只萤火虫飞过来，一高一低地在我们面前晃悠。父亲看得入了神,用手轻轻拂了拂小虫。我用手轻轻把小虫拢住,让它在我手心里一亮一亮的。过一会儿,父亲说,放了它。我就放了手,小小的萤火虫一亮一灭地,飞到桂花树那边去了。

父亲说,还有件事,他也对不起母亲。那是外婆遇难的时候,父亲恰巧帮外婆家背坛罐到龚滩去卖。来去几天,路上也没得到信。回来的时候,外婆的新坟已经垒起了。母亲瘦得像片叶子,人在那里,魂不见了。我喊她,她瞪着眼睛看我,连应声都不晓得了。

他慢慢地说:"你妈活到八十五岁,我也八十八了,要说,都不算短。"他喝了一口茶,慢慢地说:"两个人,要活得齐齐整整一样长,才叫长。一个抛下另一个走了,再长也是短。"

21

母亲去世后,父亲越来越财迷,把钱看得很重。说到钱,他认为是秘密,开口总要先说:"悄悄的!"生怕别人听了去。但他耳朵不好,说话声音就很大,每次说"悄悄的",周围人都能听到。

他过生日,哥哥接他到重庆,为他张罗了热闹的生日晚宴。那天，我也从北京赶过来为他庆生。家里人多，亲戚朋友也来了不少。他一目测，推算出那顿饭钱不是个小数目，就招手让我过去，凑在我耳边说："悄悄的！莫让别个听见！——这顿饭花钱多，你莫动手，让王琦去交钱。"他说话的声音很大，满屋的人都听见了。大家就笑了。

有亲戚和朋友送了红包，他推辞不过，只得收下。客人们一离开，他就把红包全部塞给我。他说："悄悄的！莫让王琦他们晓得！"

然而嫂子听到了。嫂子有心逗他，伸手就向他要红包，要他"一碗水端平"。他坚决不拿出来，也不怕得罪嫂子。他强硬地说："王伟没得工作了，我不帮他谁帮他！"

哥哥嫂子上班了，我留在家里陪他说话。他凑在我耳边说："悄悄的！"带着神秘又得意的神情。我侧耳恭听他的秘密。果然，他说："有钱啦，很多，比一辈子修机器、补桶桶挣的都多。"

我问有好多？

他看着我，慢慢竖拇指，一边伸一边观察我的表情。

我笑问："您成首富啦？"

"没有。"他摇摇头，又慢慢伸出小拇指。

我明白了：他有六万。

"钱从哪来的呢?"

他愉快地说:"积的。一屋老少给的钱,一分不花,全积了起来。"

我也吃惊了:"不到两年,就给了那么多钱?"

"当然没那么多。"他说,"我还有另外的门路编钱。"

"什么门路呢?未必还卖手艺?"

他瘪瘪嘴:"我那手艺早不值钱了!"似乎鄙夷的不是他的手艺而是我的见识。

我笑着看他。他迟疑一下,还是说了:"我把你们买的好烟拿到商店,换了便宜的烟,退了差价。钱就这样编来了。"

我又惊到了:"您抽的都是好烟啊!我都看见了!"

"装的!"他得意地说,"留了好烟盒,装了便宜烟。"说着,他从"中华"烟盒里抽出一支,递到我眼前。我瞧见了,是"朝天门"。

"烟、酒、茶咯嘛,不过吃个味儿,又吞不进肚子,吃那么好有甚用?"他说。

我听他还说到酒和茶,就问他:"你不会连酒和茶叶也卖吧?"

"卖。你给我买的钙片儿,我也拿去卖。"

他承认得爽快。

我又惊到了:"钙片是买给您治抽筋的啊!"

他说:"王一说晒太阳也治抽筋。他跟孙媳妇天天带娃儿晒太阳。我也天天晒,晒太阳不花钱,把脑壳都晒晕了,眼睛都晒花了。"

我哭笑不得:"商店敢收您的钙片?"

"就是不收嘛,他们说找不到买家。"他遗憾地说。

过了一会儿,他说:"我给你看看我的钱。"他从房间里拿出一本绛红色的存折,翻开来看了看,递给我。

一共存了三页,有六万零几百块。都是父亲的钱。

我问他:"这么财迷,存钱做什么啊?"

他又招招手,让我凑过去,在我耳边说:"给你妈买房子。"

我吓了一跳。

他说,母亲走的时候,因为疫情,仓促落葬,没给她办道场、烧纸扎房子,亏欠了母亲。他要补起来,给母亲办道场,烧纸扎。"大房大屋,香车宝马,热热闹闹的。"这一道场办下来要十五万。他说这个钱由他出,不盘剥儿女。算是给母亲送个礼吧。

我笑起来:"打算什么时候办呢?"

他调皮地朝我笑笑,说:"等我跟你妈会面的时候。"

我忽然冲动地问:"爹,如果有一天——我是说如果有一天——你真的会见到我妈吗?"

"那当然!"他用一家之主的语气毫不迟疑地答道,"不然,这一世不白过了?"

存到八万元的时候,族里有位堂爷家里遭了火灾。他把存折送过去,让堂爷全部取出来,用来补贴灾后重建。堂爷谢绝了。他说您都这么大年纪了,我们怎么硬得下心肠借用您老的钱?父亲说了好话,又说了气话,然而人家实在忍不下心。他只好拿着存折怏怏回了家。

22

侄子王翼给家里安装了云视频摄像头,"萤石"牌的,大门口一个,院坝一个,厨房兼火铺屋一个,屋后的菜园一个。隔着几千公里,打开手机APP,就能看见远在官渡滩的父亲。

早晨,我看见父亲端只小塑料盆,蹒跚走进屋后的菜地,摘了番茄、海椒,掐了菜叶。他在菜地边的水龙头下冲洗过,端进屋。家里装了液化气灶,但他习惯用柴火。这也是母亲的习惯。他哆哆嗦嗦地淘米,笨手笨脚地切菜,坐在火铺上,倾着身子在火塘里做饭。掺汤时,哆哆嗦嗦的,洒进了火塘,腾起一阵灰。他放下汤碗，拍身上、头上的灰，拍了好一会儿都没拍净。

我看见他放下水瓢，发了一会儿呆。又过了一会儿，像是准备重振旗鼓，拿起吹火筒，鼓着腮帮子吹火。等他终于把火吹旺，菜在锅里已经蔫了。一顿饭做了好半天，好像颜色和形状又不对。他端起碗吃了几口，像是没胃口，又放下碗，对着火塘发呆。

他出了门，进了院坝。

母亲活着的时候，院坝里鸡鸣狗叫，花红柳绿。现在，他一个人守望在偌大的家里。他让哥哥给他整点儿活物在家里。哥哥就给他砌了个鱼池，买了些大大小小的鱼放在池子里。鱼跟他一样，都沉默，都困在狭小的空间里。像是惺惺相惜，他对那群生物着了迷，久久地倚在鱼池边，拿根细竹棍在水里拨弄逗鱼玩儿。

有小货车拉着水果、蔬菜和食品进村，停在门前的桥上，开着小喇叭吆喝着售卖。他挂着拐杖下了院坝，买了几只米粑。他还选了一包小橘子。我看到他像是有些迟疑了一下，把小橘子放在手里掂了掂，又放下了。过了一会儿，又捡起来，在手里比来比去，最后还是买下了。他提着橘子和米粑走上院坝，装橘子的塑料袋忽然破了，金色的小橘子滚了一坝。他扔了拐杖，蹲下身捡橘子，费了好大的劲儿把四散的橘子捡拢，起身时，却忘了米粑。等他又蹲下身把米粑抓提在手里，拄着拐杖颤颤巍巍立起身，橘子又洒了，四散滚落。我看到他呆呆地看着满地红橘，像是不明白这些小东西为什么要这样捉弄他。

天气变化的日子，他整天小心地坐在火塘边，咳嗽着熬茶、喝水，预先吃感冒药，生怕受凉生病，给儿孙们添麻烦。

天气晴好时，他就长久地坐在院坝边上，两肘撑着栏杆，眺望河对岸的群山。他一坐一两个钟头，一动不动。院坝寂静，连一只鸟都没有，但云视频程序提示画面有变化。我以四倍速度回看。我看见一片云影从橙树上落到院坝里，在院坝中央移过，又翻过篱笆，游到竹林那边去了。阳光从院坝移上阶沿，又从阶沿攀上板壁，后来爬到板壁中间，院坝就暗下来了。光阴有脚，以肉眼可见的速度游走。而我的父亲，他还趴在栏杆上一动不动。

这让人心惊。

出官渡滩的路，从河边欠起身子，蜿蜒而上，在山坳时隐时现，最后消失在远山蓝色的烟霭里。我的父亲像一个斗士，自年少起，就沿着那条小路一次次出征，又一次次败回。他一生筚路蓝缕，披荆斩棘。末了，才发现时间是永恒的敌人。跟他并肩的战友潮水一样撤退了，时间撒下了包围圈，远远地包抄过来，他困守在中央，像一个孤独求败的王。

我在手机软件上慢慢转动摄像头，屏幕上依次出现新房，新房旁边的橙树，老屋，老屋的厢房。他的梁背，挂在厢房的墙壁上。他的脊背闲下来。他趴在栏杆上，腰背驼了下去，双肩还撑着。这多像多米诺骨牌，他在最前面勉力挺着，我们这一代，下一代，下下一代，一代代在后面，才站立不倒。

他二十岁结婚。在自己的儿女出生前，他就已经担当起做父亲的责任。我的祖父去世那年，他十五岁，叔叔四岁，姑姑两岁。在他和叔叔之间，还有过六个叔叔，但后来都没有了。他从八岁开始，就帮着我的祖父埋葬自己的弟弟。最后一次，天下起了雪。那是官渡滩少见的大雪天。路上落满厚厚的积雪，天空仍然雪花漫卷。我祖父抱着用席筒卷起的孩子走在前面，他拖着锄头，跟跟跄跄地跟在身后。这个少年在漫漫风雪中白了头，双肩也落满雪花。他一步一趔趄，费劲地把陷在雪窝子里的脚拔出来，跨出去，又小心翼翼插进雪窝，努力不让自己倒下去。

我想跑上前去抱住他，像一个父亲那样抱住他，把他搂紧，让他伏在我的怀里大声哭泣。

我的父亲。

第三辑

官渡

河流朝朝暮暮流淌,荡涤,同时也滋养浸润着两岸。然而,一切流逝的东西,人们都听之任之,信奉和崇尚的,却是岸边稳固恒常的事物。官渡人供奉的是土地、巨石、老树、古井、祖屋,还有埋葬先亲的,在树下或者地边一年年老去的坟墓。而打算放弃的,准备告别的,想要遗忘的,就带到河边,或者放在河上,让它顺水漂流。

……河流教给我流逝是世间最根本的事情。在一切流逝中留下来的,必定经历了千辛万苦。

1.河流

这条河叫董河。它的得名,缘于在其发源的山洞口,住了一户董姓人家。董河从董家门前流过,一路环山绕林,流得散漫,好脾气、慢性子。到了岩门底那儿,遇着一道一百多米高的跳水崖。这河水想也不想,一头跌下悬崖,落进深潭。接下去的路,山陡,谷窄,河水挤挤挨挨、匆匆忙忙向前奔流,像是赶着去做一件大事情。

直到进入铜西乡观音潭,两山向后退让,董河才散开来,漫成一片开阔的水域,像是一路走得急,累了,在这里缓口气,歇一歇。

河这边的山坡上,散落着一个小寨子,寨人都姓王。河那边的山坡上,也散落着一个小寨子,寨人都姓樊。河这边的人称对岸的寨子,叫"河对门"。河那边的人称这边的寨子,也叫"河对门"。

河上没有桥。河中间有石头堆起的跳磴,供两岸的人来往。春夏河里涨水,淹了石磴,人就守在屋里,朝河对门打望,也不着急。如果有急事要过河,就得沿着河岸向上走十来里,到岩门底那儿,过了桥,再沿着河岸向下走十来里回来。

这个地方，叫官渡滩。小时候，听寨里老古班子讲，原先这河里没得沙坝，也没得大石磴。河里能行船，捕鱼用鱼叉，对河对岸两排柳树几多大。官渡滩王氏先祖被酉州冉土司招为女婿，辅政有功。土司被刺后，先祖携家眷隐居此地避难。因先祖曾中孝廉，官渡滩由此得名。又一说是，先祖中，有中武魁，任巡道、宪台、台谏等官衔的。这些官赴任的时候，就是从寨前的滩口上船出去的。也有人说，其实官渡滩从来就没出过什么官，这个地方的得名，是因为这个滩口在董河上下游几十里中，是最宽的一个。旧时人们称大路为官路，大的渡口，当然就叫官渡了。还有人说，从这个滩出去，沿途汇合铜鼓河、甘龙河，从贵州小河口直接就进入乌江，就算进入官府要道了。

出没出过大官，连不连通官路，于官渡滩，都遥远得很，大多数人不甚了了，也无意晓得。人们沿河岸筑了一道道小小的梯田种水稻。在梯田上方的坡地，种苞谷、麦子、豆子。两岸的半山腰，各有小股泉水流出，养人畜，也养水田。春天田里蓄了水，梯田一摞一摞，明晃晃的。人吃水，就担着水桶，沿着溪沟走到源头的水井，挑水回家。

我外婆的家，就在河对门。我们那里有个习惯，长女一般都放得近，方便回去帮衬娘家。我母亲出嫁的时候，舅舅还在省立龙潭中学上学。母亲就三天两头,有时候甚至一早一晚回去帮外婆干活。后来舅舅高中毕业,外出工作,舅妈在家里种地、带孩子。这时候,又轮到外婆一心挂两头,忙了河那边又忙河这边,照顾了孙子又照顾外孙,比谁家老人都辛苦。外婆踩着河磴来去过河,步子急急的。有人遇见外婆,就说,你老把孙子外孙都拢在你翅膀下,有福气啊!

外婆愉快地答道:嗯哪!

天底下什么最软呢?是外婆的心。外婆心软,语气也软。她叫我姐姐"秀云儿",叫我哥哥"绪光儿"。我小时候叫绪华,大家叫我华子,外婆叫我的时候,后面还加个"哎","华子哎——",又亲爱又心疼。开春的时候,外婆过来帮忙收拾园圃。夏天挖土豆,外婆过来晒土豆片。秋天掰苞谷,外婆过来蒸苞谷粑。冬天红薯下山了,外婆过来,把红薯打粉,用红薯粉烙苕粑块儿给我吃。

苕粑块儿是我小时候能吃到的不多的美味,既解馋,又经饿。村里能享受这美味的细娃儿不多。村里舍得打粉的人家不多。打了粉,还舍得给细娃儿当零食吃的,就更少了。母亲也舍不得。但外婆说,大人少吃几口,匀出来把细娃儿的嘴哄了,细娃儿的心就踏实了。

母亲就不说话了。

外婆切一小片猪油在锅里一抹,把苕粉汁沿锅沿慢慢倒下去,端起锅四面一荡,哧啦,乳白色的苕粉汁很快就干了,成形了,透明了。外婆端起锅一颠,苕粑块儿在空中翻了面,稳稳落在锅里。外婆用锅铲把苕粑块儿压实,两边都烙熟,挑起来摊在筛子里。她把洋芋切丝,加点酸菜、辣椒、姜丝炒香,卷在苕粑块儿里,递给我。

烙苕粑块儿,火要大,锅要热,眼要明,手要快,稍慢一点就烙煳了。有一次,外婆烙苕粑块儿,可能火大了,手快燃着了,颠的时候,有点慌,锅沿磕了额头,她惊叫一声,手却没停下来。等把苕粑块儿烙好,递到我手里,我才看见外婆的额头被烫了一道红色的疤痕,像一张嘴巴。外婆去院坝边掐了几片薄荷叶敷在额头,笑着说:"外婆额头好吃,要抢我们华子的苕粑块儿吃了。"

站在我家院坝里,就能看见外婆家,一幢木房,隐在小片杨树林里。哥哥姐姐上学了,祖母和母亲去生产队劳动了,父亲又一直被队里派出去搞副业。白天我一个人在家,无聊的时候,就爬到院里的核桃树上朝外婆家望。外婆在推磨。外婆在吊脚楼下舂碓。外婆在院坝里晒粮食。外婆在屋边的园子里种菜。外婆提着猪食桶去猪圈喂猪。外婆担着水桶走下吊脚楼，走过屋前的田坎，往寨子边的水井沟走，去沟底的井里挑水。

每次看到外婆消失在水井沟的深沟里，我都会莫名感到又凄凉又恐惧。我骑在树杈上等外婆，直到看见外婆挑着水从水井口沟口现了身，我就大声喊外婆。外婆把水桶放在地上，把扁担卸下来，双手卷成喇叭筒，答应我："华子哎——，外婆把水挑进屋，就过来给你烙苕粑块儿吃哦！"

没多大一会儿，外婆就从我家吊脚楼下上来，上了院坝，像变戏法似的。

有一回，我去外婆家，几个表兄弟要带我进水井沟耍水。我心惊胆战地跟着他们到了沟口，山高谷深，沟底凉幽幽阴森森的。我们沿着溪边的小路进沟，往源头走，两边山崖嶙峋陡峭，连猴子都爬不过去。越往里走越阴森，一股寒气扑来，我不禁打了个寒噤。走到溪沟的尽头，见一个黑黢黢的岩坎下流出一小股泉水，汪成一个小水凼。原来这就是水井沟的水井。表哥樊鹰让我蹲下身子，两手浸在井水里。我把手浸在水里，水冷得浸骨头。樊鹰忽然大喊："龙王爷出来吃细娃儿啦！龙王爷吃的就是华子啦！"边喊边往沟口跑。几个表兄弟也一哄而散，跟在他后面跑。我吓坏了，一边哭一边追着他们往沟口跑。跑到沟口，再跑不动了，就坐在田埂上大哭。

外婆寻声找来，表兄弟们已经四处跑不见了。外婆拿根竹刷条在田坎上虚张声势地拍了两下，大声呵斥："哪个敢来吓我华子，我打他们！"

外婆给我揩泪水，说："别听鹰子哥他们吓你！我挑了一辈子水，从没见过龙王爷吃人。龙王爷是好人呢！"

我止了哭，问外婆："你怎么不去河里挑水呀？"

外婆说："水跟人一样，各是各的命。井水喂人、喂田，河水喂鱼。再说，"她笑着点点我的鼻尖，"你们洗澡的时候朝河里撒尿，哪家还敢挑河水吃？"

我不好意思地笑了。我跟孩子们在河里洗澡的时候，我们几个站在河边朝河里尿尿，比谁尿得远。我虽然最小，也尿进河里了。

但是，我还是害怕水井沟，害怕沟底的水井。

虽然守着一条河，天干歉收却是常事。稻田沿着河岸，一丘一丘往山坡上叠，直叠到半坡。稻田之上是旱地。庄稼和草木都高高在上，眼巴巴地仰仗晴雨过活，一副听天由命的样子。董河在下，一直往低处流，老老实实的，没一朵水花想爬上岸去喂一棵秧苗。河边也有水车，吱呀呀转，也只干些碾米磨面的事。官渡人习惯说，老天爷不下雨自有老天爷的原因，老天爷不晴也自有老天爷的原因。老天爷的原因究竟是什么，官渡人从不深究，跟坡上的玉米和麦子一样，也是一副听天由命的样子。

村里有人异想天开，说："人往高处走，让水也往高处，上山浇地行不？"

听到的人就一齐笑话，说："水又不长脚，怎么往高处走？那不是颠倒了？"

遇到旱得久，田里开了裂。田急，人也急。没办法，人就挑水上山。头一挑水倒下去，"哧"的一声，水没了。再挑一挑上来，倒进去，"哧"的一声，又没了。三挑，四挑，都不见影子。种庄稼就是这样，得把田地的嘴巴喂饱，剩下的才是庄稼的。等到八挑、十挑水倒进去，这时候，田喝饱了水，眼看秧苗下的泥湿了，稀了，水才懒洋洋地满田里泛开来，在秧苗底下，殷殷勤勤地浸着。那些小姑娘一样的秧苗沾了水，一下挺直了腰，昂起了头。人像是得到鼓励，干劲足了，挑水也有了力气，不觉累了。直到秧田盈盈汪起一指头的浅水，约莫能扛过一天的日晒了，又换另一丘田。

那段时间，每天一早一晚，从河边到山坡的路上，都是挑水灌田的人。

很多年，官渡就是这样的。

水利是农业的命脉。到了20世纪70年代初，县里来了一位新领导，提出要把命脉打通，修水库、堰渠，蓄水、引水灌溉农田。1973年初春，县里开修了当年第一条大堰，大堰从岩门底跳水崖崖坎上开始，沿着董河河岸修一道堰渠，顺着山走，过青树、官渡，再到下面的香树、石梁坝。大堰以开工年份命名，叫"七·三"大堰。领导为了鼓舞士气，还亲自题了诗：

"七·三"大堰长又长，
　修到香树灌石梁。

沿途的官渡、香树、石梁几个大队和生产队，把领导题诗用石灰写在村里河边的大石板上。领导站在崖上指点江山，手一点，"七·三"大堰就轰轰烈烈开建了，一时间，锣鼓喧天，红旗招展。自岩门底到青树村，沿途高山深谷，悬崖峭壁，民工攀在绝壁上，开山、凿洞、筑台、砌坎，一锤一锤地敲，一錾一錾地凿，一寸一寸地推进。虽然十分艰险，但人人都怀着战天斗地的豪情，一路都热火朝天。官渡滩和香树、石梁的人，都盼着大堰早日修通，好把董河水引过来，让山上的庄稼喝个饱。

"七·三"大堰修到官渡滩,已是第二个年头了。那年旱得厉害,秋天打谷子,多是瘪壳。等队里谷子打完,晒干,秋风就起了,满山黄叶缤纷,河水生凉。又是红薯下山的季节。收拾完红薯,桊籽又熟了,白花花的桊籽亮满枝头。

这时候,"七·三"大堰已经推进到官渡滩山层崖了。山层崖是一面高高的悬崖峭壁,连树草都不长。崖脚就是水井沟。男人们都抽去了工地搞突击。腰上绑着绳子,从崖顶吊下来,在半崖上你一锤我一锤打炮眼放炮。一块石头落下去,打炮眼的人呆呆地看石头往下滚,直落到河边着了地,心头才定下来。

老人们忧心忡忡地说,鬼都爬不上的悬崖,大堰怎么修得过去?

负责修堰的大队干部说:"人定胜天!"

剩下女人、老人和孩子们都去山上打桊籽。桊籽熟了不等人,人一慢,籽粒就掉田里了。天不亮就出门"打早"打桊籽,一个"早"要打到中午,才背上桊籽疲惫不堪地回家。这时候,太阳已经当顶,早饭还没吃呢。

那天母亲打早,晌午才回来。她到园子里割了两棵青菜,在院坝择菜时,朝河对门看了眼,说:"你外婆和舅妈也是刚打早回来。"

我嘴里啃着红薯，也朝外婆家看，外婆和舅妈正在院坝往晒席上倒桄籽。

母亲低头择好菜，站起身时，又朝河对门看了眼，说："你外婆又挑水去了！这下重力的活，哪该由她做？她就惯着你舅妈。"

我啃了口红薯，说："外婆是喜欢她家的新水桶呢！"

母亲有些恍惚地说："哦，新水桶是你舅舅在城里给买的呢，是杉木的……"

母亲进屋做饭。她把红薯拌上苞谷面在鼎罐里蒸好，就切青菜。那天母亲有些心神不宁，切菜时，切着了指头。她刮了锅烟灰涂在伤口上，喃喃地说："这几天不晓得啷个了，脑壳和手都不管事了。"等指头的血止住，她又开始切青菜。青菜还没切完，就听河对门有人大声喊她的名字，又急又乱。母亲放下菜刀就往河边跑，我也跟在母亲后边跑。母亲一边跑一边跟河对门的人喊话，才跑到河中央，就大放悲声。母亲哭，我也跟着哭。河那边的人都朝水井沟跑，闹闹嚷嚷的。母亲几乎是爬着上岸的。两个人拖着她，踉踉跄跄朝水井沟口走，几次扑倒在田里，又被人拉起来拖着走，鞋也掉了一只。我捡起母亲的鞋子，跟着人群跑。

到了水井沟沟口，见水井边空出来的稻田里围了一圈人，人群中央，用板凳搭了块门板，门板上铺了张晒席，晒席上摊了一个人，脑袋已经碎了，白花花的脑浆溅了满身。我的舅妈趴在门板旁边，双手捧起一大捧脑浆，想从脑窟窿塞回去，怎么也灌不进去。

这时候，我的表哥樊鹰提着被砸扁的水桶，号哭着挤进人群。我的母亲看见那水桶，新杉木水桶，她想喊什么，没喊出来，人就倒了地。

第二年秋天，我上学了。我的启蒙老师姓陈，瘦瘦的，戴副圆框眼镜。他教我们读语文课本上的诗：

> 高山顶上修条河，河水哗哗笑山坡。
> 昔日在你脚下走，今日从你头上过。

陈老师左手拿课本，右手拿竹教鞭，嘴里读着，教鞭在空中一点一点的，像放鸭的人在数鸭子。最后，他的教鞭数到了我，说："你，王伟，站起来，把这诗读给大家听一听。"

我站起来，低着头，不肯开口。陈老师说："这是一首豪情满怀的诗歌。你要把豪情读出来。读出来。来——"他的教鞭在我头顶豪迈地点了一点。我的眼泪涌了出来。课本上的那条河在我的泪光里打着转儿。这时候，教室响起了笑声。先是一声,后来两三声,后来五六声,最后,全班同学哄笑起来。老师的教鞭点到一个笑得最欢的同学,说:"你,站起来,说一说,你这么笑,究竟是为什么?"那同学站起来,捂着嘴又笑了一会儿,才收住,说:"王伟的外婆,去井里挑水,被修大堰滚下来的石头砸死了。"他说完,笑得更凶了,完全没注意到老师惊愕的神情。他笑了好一会儿,才说:"就是'高山顶上修条河'滚下来的大石头。"

多年以后,我去看望陈老师。他已经退休,在滴水岩老家养老。老师虽人在田间,但胸怀天下,尤喜谈古论今,逮上什么人就谈什么,无论谈什么都滔滔不绝。那时候,我已调到水利部工作。他见到我,谦恭地叫我"领导",那客气局促的样子让我难过。我告诉他,我只是水利部的一名干部,不是什么领导。他说,要当好"水利干部",不要当"水干部"。我请他坐下来,两人都百感交集。他说,他还记得小学一年级时,他让我读那首诗,我不读,只低着头,抿着嘴,眼泪一串串滴。"不知道你家里发生了那么大的事情。每每想起,十分愧疚。"

我想跟老师说几句话,但没说得出来。

陈老师说:"'七·三'大堰十几里长,修了两年,修到官渡滩,再也推不动了。工程太难了!"

我难过地说:"以血肉之躯,在千仞绝壁上开凿,这是以卵击石,以卵击石啊……"

老师说,那年头人活得苦,也悲壮。为了活命,不得不以卵击石啊!

我告诉陈老师,那天本来是我舅妈要出门挑水,外婆心疼舅妈,从舅妈肩上夺下水桶。

"她是替你舅妈去赴死的。"陈老师说,"这一路,有多少替人赴死的人啊!"

外婆讳名万翠芝,生于1912年,卒于1974年11月,享年六十三岁。她的墓在官渡滩水井沟畔的田边。近五十年过去了,墓碑已经下沉,碑石变青,碑上的字也模糊了。每年春节,舅舅一家和我们一家都会到外婆墓前拜祭。我想给碑上的字刷刷漆,让它们醒目一点。我的舅舅——一位退休的乡村教师——阻止了我。他说不用。那些字已经长进石头里了。

2.稻谷

我们那里,稻谷叫谷子。在官渡的土地上,一年四季,只有秋收,只有秋收中的掇谷子,才算得上盛典。

同样是秋收,掰苞谷都算不上盛典。那是一个人背着背筐就能完成的工作。一个单独的人,背着背筐进入茂密的苞谷林,窸窸窣窣从高大的玉米秆上,把苞谷一个一个掰下来,反手扔进背筐。秋风浩荡,苞林汹涌,一会儿被淹没,一会儿又浮起。这个单独的人在秋天里浮沉。这样的秋收,怎么算是盛典?

挞谷子就不同了,人多势众,既像是劳动,又像是狂欢。它需要一个力大无穷的男子拱着挞斗挪到田里;需要一排女人握着齿镰躬身割稻;需要四个男人抱着稻捆在挞斗上使劲摔打,"嘭嘭嘭"的声音响彻群山;需要两个老者跟在挞斗后面,把稻草束成捆,一个一个立在空下来的田里;它还需要几个小孩儿,蹲在空下来的稻田里捡拾稻穗。这么多人,一步步朝前推进,稻谷步步后退,大地终于现出本来的黄褐色。

我自穿开裆裤起,就进入挞谷的稻田。田里的泥还没干透,便深一脚浅一脚,跟在挞斗后捡稻穗。我手里握着小把稻穗,对未经劳作即有意外收获感到庆幸。它们像是人间额外的馈赠。我的母亲一边割稻一边对我说:"眼睛睁大点,手脚麻利点,捡了稻穗,晚上回去给你煮白米饭吃。"可是我从未在挞谷的当晚吃过白米饭。我至今仍然不知道捡到的稻穗去哪了。我猜多半被大人挞进挞斗里,成为生产队的粮食,或者被嘴甜的小姑娘、老太太哄去了。我两手空空,一个人坐在稻草上,脚趾头上停着蚱蜢,头顶歇着蜻蜓,一只老虎(稻田里的昆虫)从膝头跳上肩膀。

父亲一年四季被队里派出去搞副业,给生产队挣钱。他走乡串村修柴油机、面条机、抽水机,修一切半机械甚至机械的东西,忙得一年难得回家几次。可是每到挞谷时节,无论多远,他必定赶回来参加挞谷,像远游的人赶回家过节。在官渡,挞谷是件真正的大事。父亲常年不做农活,挞起谷子却特别卖力。他不割稻,不束草,只挞谷。男人都喜欢挞谷,那是有力量、有气派的劳动。父亲挞谷很有气势,他抡起一捆稻子,高高扬起,在头顶的斜上方稍稍停顿,像是在估量谷子的分量和成色,然后,再使劲朝挞斗板摔拍下去,谷子脱落下来,落在斗里,发出铿锵的声音。父亲挞谷子又准又猛,挞得特别净。他扔在田里的稻草上,一粒谷子都不剩。父亲挞一会儿谷子,便忍不住停下来,两手插进带着热气的谷子,好一会儿舍不得抽出来。他很享受双手淹没在谷子里的感觉。

父亲常年走州过县,有许多见识,又能说会道。他参加挞谷子,田里的气氛就很活跃。大家一边忙碌,一边向他打听他走过的地方,询问当地种种风物人情。父亲嗓门大,气派也大,又乐意有人向他请教。他得意地说着在异乡的种种见闻,一边说一边笑闹。挞谷的人说:"庠胜哥回来挞谷子,田里就像过年。"

我的二叔常年在官渡的土地上劳动。本是同胞兄弟，二叔的性情跟父亲却不同。有什么不同呢？用我祖母的话说，她这个小儿子带点妇人气。"你看他对庄稼，尤其是对稻谷，又耐心，又周到，就像慈母宠爱娇儿。"我们那里有个说法，带点妇人气的男人福旺。我的祖母对二叔到底有福没福这事，也说不清楚。但她肯定地说："论惜福，官渡滩哪个都比不上我的庠星。"

我二叔叫王庠星。包产到户前，二叔是生产队会计，能说会道，也有架子。但他一近庄稼，尤其是进了稻田，队长的架子就没了。春天，他躬在明晃晃的水田里栽秧，灵巧利落赛过年轻媳妇。他好半天不直起腰来，腿肚子扎进几只蚂蟥，腿上鲜血直流，也腾不出手来把蚂蟥拍落。到薅秧时节，二叔不用薅秧耙，挽起裤腿就下田，脚趾头探到秧苗的根部，像给稻秧挠痒痒似的，把秧苗根的泥轻轻刨松。他捻线似的一根一根扯净田里的稗草和荸荠草，一丝都不放过。小满时节，稻子灌浆，二叔就更情深意长。他拈起一枝稻穗，一粒一粒地数颗数，又用手指轻轻捏稻粒，看浆灌得是否饱满。挞谷的季节，二叔在稻田里，男人的活和女人的活他都干，割稻、挞谷、束草，样样干得麻利。等谷子挞过，他蹲在田里，寻找遗落下的稻穗。稻穗已经被老太太和孩子们捡净了。看见掉在湿泥里的谷子，他就像老妇人一样一粒一粒拈起来，攥在掌心。捡了一小把，他就放进衣袋里悄悄带回家。

祖父去世的那一年，父亲十五岁，二叔四岁，姑姑两岁。长兄若父，父亲帮着祖母拉扯二叔和姑姑。像是种庄稼需要间苗，祖母跟父亲商量，托人在贵州沿河县洪渡区洪渡岩村寻了一户姓万的人家，把二叔抱养过去。对外的说法是，万家家境殷实，无子嗣，且慈良，二叔过去算是给人家立门户，也继承家产。二叔离开那天，我的祖母牵着姑姑，父亲牵着二叔，送到河边，看着二叔跟洪渡岩来的人消失在河对门的拐弯处，并且做好一生见不上面的准备。

在我们那里，只有谷子和苞谷才算得上粮食。这中间，又只有谷子才上得了台盘。细娃儿出生，外婆率家族的女眷前去送祝米，箩筐里挑的，是谷子。姑娘出嫁，娘家瓢在枕头里的，也是谷子。进了婆家门，婆婆的赏赐，也是两碗谷子。起新房上大梁，要用红绸系一袋谷子随大梁升到房顶，永远吊在梁上。如果一个人在尘世忍受完劳苦，安然睡去，出殡时，长孝子摔掉棺木上的米碗，谷子撒了满地，宣告他在尘世的吃米生涯至此结束。棺椁应声抬起,载着逝者匆匆踏上另一趟旅程。在棺木内,他的枕边,放着一小袋谷子。那是他在另一世界的荣华富贵。

挞谷是队里的一件大事。吃上白米饭,同样是一件艰辛的事情。要先吃尽土豆,吃尽玉米,吃尽红薯,入了冬,队里才开仓分谷子。分谷子后,河这边、河对门,石碓响个不停,此起彼伏,家家都舂新米吃。白米饭如此受人尊崇。过年了,有白米饭吃。来客人了,有白米饭吃。家人生病了,有白米饭吃。受宠的人,有白米饭吃。

哥哥小时候长得又白又俊。祖母活着的时候曾得意地说他这个长孙:"蘸点盐,打生都吃得下。"哥哥爱说一句话:"没得意思得。"那是跟插队的重庆知青学的,他说起来有点拿腔拿调。当他有头疼脑热时,母亲就会用熬茶的小陶罐在火塘里煨半罐白米饭给他吃。哥哥用调羹一勺一勺地舀着白米饭,一边吃一边说:"害个毛病,就吃这么点白米饭,没得意思得。"我在一旁眼睁睁地看他,他就把碗推给我,说:"有的吃,有的看,没得意思得。"等我端过米饭两口扒完,他又说:"一碗饭,俩人吃,没得意思得。"

哥哥觉得啥都没得意思得,干活也磨洋工。栽秧时节,队里的人在田里沉着头挥汗如雨,他却坐在桐树下看着天空发呆。他幻想通过参军或者招工的方式跳出农门。他说有一种生活，不栽秧也能吃上白米饭，不受日晒雨淋也能清清爽爽地活下去。我问那是什么生活呢？他朝我笑笑："吃商品粮呗。这都不知道啊？你没得意思得。"

说起来秧苗是个宝贝，人家命里有水，生来就得长在水里。夏天，秧苗发蔸分蘖，一天都不能缺水，水一干，秧苗分不了蘖，到秋天只有独秧秧抽穗、酿籽。老天偏偏又晴多雨少，家家排轮子放水，轮到的人家派人盯水，坐在田边，防止被别人家截流。这截流，叫"偷水"，罪名不小。

放水时节，寨人为争水吵骂甚至打架的事情都常发生。

小时候，我脾气偏，很能骂人，打架也从不服输。我家在中寨，轮到我家放水的时候，经常已是夜晚。母亲就派我夜里守秧水，让哥哥给我搭伴儿。哥哥在田埂上铺好蓑衣，咕哝着"没意思得"，一会儿就响起了鼾声。被蚊虫叮咬，他烦躁地咕哝道："睡瞌睡都不得安生。没得意思得。"

我一个人坐在稻田的进水口，星空下听着流水汩汩注入稻田，蛙声、虫声繁乱，也十分烦躁。忽然水声停了。我打着手电，沿着堰沟一路往回查看，一边走一边大声叫骂，说逮到谁偷了我家的水，就得捶成稀泥。走到半途，见水流到另一户人家的田里，那家的孩子守水决边。我冲上去抓住那孩子就打,边打边骂:"排好的轮子,龟儿子才插轮子。"那孩子也不软,一边迎战一边骂:"哪家儿子不是人养的?哪丘秧子不是人栽的?我家秧子快干死了,龟孙子才让我家排轮子了。"死不相让,握着拳头朝我鼻子打过来。我脑袋嗡一声的同时,还不忘推他一把,他跌进了他家秧田里。

我打着手电,满脸是血,破口大骂,一路小跑护送秧水到我家田里。哥哥被蚊子叮醒了,烦躁地坐在田坎上抽烟,手电朝我扫过来,见我满脸是血,一下子跳起来问:"哪个龟儿搞的?给我说,我去把他搞死球起!"我疲惫地摇摇头,在水边洗净鼻血,在田坎上躺下来,不想说话。哥哥见我只是鼻子出了血,就觉得没必要去"搞死球起",说了声"争个秧水就打架,没得意思得。农村没得意思得",又躺下睡觉了。

遇到大旱,泉水枯了,我们就去河里挑水上山灌田,相当于救急,一家老少都上。哥哥挑担,我年纪小,挑担时水桶杵在地上,就用堰桶背。挑水灌田一般选在早晚。我跟哥哥挑到深夜,累极了,扔了蓑衣,人就瘫在田坎上。哥哥忧伤地说:"磨骨头养肠子,没得意思得。我是没意思了,你才十来岁,就要把一辈子搭进去。没得意思得。"

我也忽然悲伤。我跟哥哥头对着头,仰面躺在田坎上。哥哥久久不说话。星空高远,虫鸣汹涌。我感到曾经淹没先辈们的一切，还要再一次将我们淹没。这片土地上曾经的悲伤、困苦，到我们这里，还要原封不动地再经历一次。

抱养二叔的那户人家，实际情况跟中间人的介绍有很大出入。人家也相当窘迫，只是居于深山，悄悄砍了山烧火焰，辟了边角地出来种小谷。二叔在人家，上山看羊子，每天有三五个烧土豆吃，不至于饿死。

我的父亲长大了，队里派他出门做手艺活搞副业。有一回，他在龚滩公社红花大队修面条机，大队没钱结账，就以18斤谷子抵了工钱。父亲接过谷子欣喜若狂。他来不及回家，把谷子装进一只布袋，布袋系在腰上，外面罩着衣服，从龚滩红花大队走到彭水善感乡，在周家寨码头等渡船过洪渡。他一路想好了给万家的说辞："我们有谷子了。我们家养得活弟弟了。让我把弟弟接回家吧！如果不接回弟弟，老母亲在家里也活不下去了。"我的父亲一路默念这几句话，又欣喜又紧张。他甚至打算，如果万家不松口，他就把谷子分一半给万家。

父亲在码头遇到一个人。那人牵着一匹马，中山装没系扣，披在肩上。那人见了父亲，主动过来攀谈，语气神情和气又耐心。父亲跟那人一起上了渡船。父亲一路心花怒放，他主动说起洪渡岩的弟弟，说起弟弟离家后，母亲夜夜流泪，眼睛都快哭瞎了。他说这一年太难熬，寨里已经饿死十几个人。"老天有眼。"父亲说到这里，十分动容，"弟弟若不是送到洪渡岩，我家怕也有人饿死了。万家是我们的恩人哪！"那人笑着点点头，对父亲的话表示赞同。"谢天谢地！"父亲越说越得意，一得意就忘了形。他解开外衣，让那人看他腰间的谷子。"这年头，有几个人有谷子？把弟弟接回去，混点菜叶熬米汤，挨到小春是没问题的。我家不会饿死人了！"那人又笑着点点头，再一次对父亲的话表示赞同。

船过乌江，到了洪渡。父亲跟那人下船，上了岸。父亲脸上泛着甜蜜的笑，跟他道了别，看他翻身上马，进了洪渡街，消失在拐角处的骑楼下。父亲这才扛着稻谷爬坡上洪渡岩，寻到了万家。

万家真是好人家。听父亲说要把二叔接走，竟也依了。夫妇俩留父亲住了一晚，第二天早晨，送两兄弟上了路。下了山，到洪渡码头时，太阳已升高了。父亲带着二叔正要上渡船，头天遇见的那人又骑着马来了。父亲又惊又喜，上前跟他打招呼，抻了抻二叔的衣袖，告诉那人，这就是弟弟。骑马的人微微一笑，下了马。他自报家门，他是洪渡区公所的干部，下乡执法，遇见父亲非法持有稻谷，区公所决定予以没收。他从父亲腰间取下粮袋,搭在他的马背上,像从左手腾到右手那么自然。他翻身上了马,把谷子拢在胯前,马蹄嘚嘚,载着他进了洪渡街,消失在街角的骑楼下。

很多年后,父亲向我提起这件往事。他至今也不明白,那干部抢走他的谷子时,他怎么没去争夺。"当时完全呆了,等想起来,那人已经骑马走了。再说,他是政府。"父亲跟二叔在江边坐了一夜。天明时,他又送二叔上山,回洪渡岩。兄弟俩爬到半山腰,父亲一步都迈不动了。二叔独自上山回万家。山上有雾。二叔往山上走,不断回头哭着喊"大"。最后,小小的身子消失在雾气中。

2012年春天将尽的时候,我回老家探望生病的二叔。那时候,他喉癌已到晚期,时日无多。我的哥哥把他接到重庆市人民医院治疗。我的兄长李华副院长说手术已经没什么意义,让我们接回家好好尽孝。我的堂弟绪阳告诉二叔,他得的是气颈包,就是农村常见的大脖子病。这病不当紧,休养一段时间就好了。不知道二叔是真信了,还是心有不甘,总之仍然抱着不死的信心。他声称病好后要跟我去北京,看看天安门,看看毛主席。他陷在一张藤躺椅里,周围塞满了绒被、枕头。家人小心翼翼地护在他身边。

我陪坐在二叔身边。他挣扎着坐起来，要告诉我"一件大事"，一件从未说出口的大事。他费劲地张着嘴，一边比画，一边哈着嗓子。彼时，他喉咙里只有气，没有声了。他说洪渡岩万家对他很好，但他对不住人家，每晚趁人家睡着，就悄悄从谷桶里偷一小把稻谷放在衣袋里，放羊时带出门，藏在后山的一个山洞里。他想等到存满三五斤稻谷，就当作盘缠，偷偷跑回家。有天去洞里，谷子不见了。

我问："谁偷了您的谷子？"二叔慢慢地摇头，摇了又摇，最后费劲地说："那不是偷。"

我说拿走您藏好的粮食，就是偷。二叔还摇头，说："野地里的东西，谁见了就是谁的。再说，那年头，谁拿了粮食，都是去救命的。不算偷，人家不算偷。"

我一时无话。

"真的小偷是我。我对不住万家。"二叔说，"那是万家延命的粮食。"

二叔是被我滂沱的泪水惊醒的。他从来没见我哭得那么伤心过。他先是有些诧异，后来就明白了。一明白，他眼里的光就暗了下去。好一会儿，他才哈着嗓子说："一个人，在世上能吃多少米，是命定的……我本该在当细娃儿时就饿死……偷活了这么多年，是额外的福寿……"

我哭出了声。二叔抓住我的手，要交代我一件事。他要我代他去洪渡岩万家看看。"万润生。"他在我手心里写下这三个字，那是他养父的名字。"可能得一世人了。"他说，"替我去二老坟前磕个头。万家在进寨子的第三户人家。院坝有棵大李子树。肚子饿的时候，养父打李子给我吃。"

葬别二叔后，到了夏天，我去黔东北出差。工作完毕，顺道去了沿河洪渡岩，寻到那户姓万的人家。二叔的养父母已经作古。他们在二叔返家后很多年，又收养了一位子孙，算是把万家那一脉香火续了下去。那位养孙、我的兄长带我到二老的墓前焚香跪拜，感谢他们的恩情。他的妻子，一位健壮的农妇，热情地炖了鸡，斟了自家酿的醪糟酒。我跟兄长都喝醉了。我请兄长带我去看看二叔藏谷子的山洞。"哪还有山洞？"兄长醉醺醺地说，"洪渡岩这几年开山修路，把山洞都炸平了。"

黄昏时兄长送我出门，俩人都摇摇晃晃的。我记得院坝里那棵李子树高大壮硕，挂了满树青果。

又一年栽秧季到了。桐花刚落，鸢尾开了满坡。一丘丘水田蓄满秧水，明镜似的叠在山坡上。栽秧的第一天，叫开秧门。这是一件大事情。这天，官渡滩人要杀鸡备酒祭祀，敬天地，告先亲，还要跳栽秧锣鼓。一年最重要的耕种开始了。歌师傅提着锣鼓，在田埂上敲打，且歌且舞。栽秧的人排成一行，躬身在田里，和着歌声一边栽秧一边后退。秧苗横平竖直，整整齐齐立在水中央。我的父亲来到田埂上，满眼喧腾，沉默不语。我看到我的二叔，我的祖父母、外祖父母，还有更远的家亲和先祖，他们结队而来，站在盈盈的田边，亲切又怜爱地看着水里单薄的绿秧苗，像是远行归来，又像从未离去。

3.麦子

在官渡，玉米像数量众多的女儿，卑微、坚韧、粗糙，挺拔在山洼、台地，无论地肥地瘦，都蓬勃昂扬。头顶粉红的嫩穗，披搭下一缕粉缨，让玉米显出几分娇柔、几分嫣然，有了女儿态。但玉米梭镖一样凌厉、泼辣的叶片，护住腰里长出的青壳棒子，像长姐卫护幼弟。而水稻像晚来的独子，金贵、宠溺，占尽一家最好的田地，是一家人最核心的心情。秧苗插进田里，还来不及慢慢拔节、分蘖、扬花、灌浆，就已白花花地香在一家人的心头。

麦子，就像已经长成、即将出阁的妹妹。这妹妹上有兄嫂，下有侄儿侄女，她正好处在中间。这妹妹又像半个客人，人还在家里，一只脚已经跨出门。麦子的生长也是这样，她处在头一年秋收后，第二年春播前。那时候，土地和季节都进入秋冬沉寂阶段，空了下来，也静了下来。这时候，麦子出场了。麦子安安静静、不声不响地铺陈在大地上。

麦子自种下，到麦黄前，几乎感觉不到它的存在。它安安静静地生长，安安静静地拔节，安安静静地孕穗，安安静静地瓢籽。那段时间，人跟麦子各忙各的，互不打扰。到来年春后，家里储粮的桶和缸已搜干刮净，秧苗刚下田，玉米也才挂穗。这时候，麦子黄了。麦子的黄恰逢其时。

收麦子一般在五月。麦子是官渡的第一轮收成。虽不及秋收声势浩荡，但动静也大。收麦子是一年中最累的时候。地里的麦子要收了，麦子黄起来像着火一样急，从低处向高坡蔓延，金黄的麦芒在初夏烈日下，明晃晃、火辣辣地扎得人的心火烧火燎的。人不急吗？再说，插秧也紧了。要赶在端阳雨下来之前把麦子割了，束成捆背回来，铺在晒坝上，点起马灯抡起连枷打麦子。这是夜以继日、争分夺秒的时节。你看在晒场上抡着连枷打麦子，风车簸麦子，背麦子。人已经累得散了，心头却是愉快的。在玉米成熟之前，肚子不会空着了。麦子承上启下，继往开来。

新麦出来，家家忙着吃新。摘了新鲜的桐叶蒸麦粑，煮麦疙瘩，或者磨成麦面掺饭。不过，这都不是麦子的最高使命。麦子只有做成面条，才算是实现了它的最高价值。

面条对于乡村，像半个客人，也像礼物，它偶尔来到乡村少年的生活里，浮在灰白色贫穷之上，成为最深刻的童年记忆。

在我们那里，相邻几个寨子，共用一个面坊。面坊是乡村生活的圣地。后来我读到的许多关于爱情、伦理、争战、复仇的乡村故事，起初都发生在面坊。在那些故事中，面坊只是一个场域，一个背景，带着乌托邦式的审美。人才是故事的主角。

在我们官渡的面坊里，面条就是主角。面坊的师傅，背着麦子前来换面条的人，一盘水车带动的大石磨，一台面条机，一块大案板，两只面盆，一杆秤，两把剪刀，十几排横竹竿，都是配角。麦收后，这些配角聚在面坊里，目睹一篓褐色的、闪着光的麦粒如何被粉碎、融合、塑造，最终成为面条的过程。这过程说来也是牵心挂肠，让人百感交集。

童年时，去面坊看出面，是我们的节日。我们那里的面坊，就在我们生产队。面坊的两边都是厢房的吊脚楼，楼前有片大晒场。面坊有两个出面的师傅，一个是真正的师傅，另一个是他的学徒。面坊整天机声嗡嗡，这对师徒系着白围裙，戴着白袖笼，面粉雪花一样落在肩头，落在头发上、眉毛上、鼻尖上，看起来就像风雪夜归人。俩人在嗡嗡声中劳动，一天也难得对上两句话，技艺的传授，艺德的养成，全在眼手间。

师徒俩在一面大案板上和面。面和好，成了粉子，徒弟端起来，倒进轧面机，粉子在机槽里起起伏伏、吞吞吐吐，像泡沫一样浮动。这时候，师傅打开面条机的出面口，尺把宽的面皮就源源不断地下来了。师傅坐在机口前接面皮，用一根粗木棍卷面皮，一边接一边卷，把面皮卷成筒，拿剪刀剪断面皮，把面筒立在案板上，又拿根木棍接第二张面皮。到第二轮，徒弟在机槽口扶住两卷面筒，把两筒面皮叠上，一起喂进机器，师傅坐在机器口接面皮。这样两层轧成一层，面皮就筋道、有韧性，熟了。轧过第三遍，就可以出面了。

师傅在出面口装上刀片。徒弟把轧熟的面皮喂进槽口，用手抹着转轮转动面条机，机器肚子里咕噜咕噜地响。孩子们蹲在机器前看出面。这是见分晓的时刻，是激动人心的时刻。

面条出来了。面条们姗姗而下，丝丝缕缕，袅袅娜娜，娇滴滴的，软绵绵的，格外地楚楚动人。

师傅左手拿一根长竹筷，右手拿一把大剪刀，把一排软软的面条高高挑起来，用大剪刀"咔嚓"一剪，徒弟赶紧上来接过面条，奔跑到一边的竹竿旁，两根筷子一分，把面条披挂在长竹竿上，然后拿着筷子跑回机器旁，交给师傅，又回机器边抹着转轮转动面条机。就这样，面条源源不断地下来，不一会儿，面坊的竹竿上就挂满了柔软的面条。师傅跟徒弟一人一头，抬着竹竿爬上梯子，把面条晾在高处。面条们高高在上，孩子们在面条底下，仰望雨丝般的面条柔柔软软、清清爽爽、晃晃悠悠，心里像是有了着落又没得着落，不由学着大人唱情歌：

> 天上有雨噻——又不落哦，
> 情妹有话噻——又不说哦。
> 是好是歹噻——说几句哦，
> 叫我回去噻——心底落哦。

等师傅把和好的面粉都出成面条，挂好，他的脸上才活泛起来，扯下袖笼拍打头上、肩上的面粉，跟人打招呼。面坊安静下来，只剩水车在面坊脚下转动的咕噜声。

一斤麦子换七两半面。师傅跟学徒抬起秤，称人们背来的麦子。称好麦子，倒进巨大的桶里，就去收竿子上的干面了。那面是前两天出的，在竿子上晾了两天。师傅把一薄竹片擦着竹竿朝上的一面穿进去，往上一挑，干面条就挑起来了。面条横放在装麦子来的帕袱里，把帕袱的对角扯紧扎上，称好，交上一两毛的加工费，给人背回家。面条焦脆、松散，放在背篼里，走路的人小心翼翼，生怕把面条的细腰闪了。

在官渡，面条不是寻常物，是给客人吃的，给老人吃的，给病人吃的。面条背回家，母亲不慌不忙地给面条过秤。我跟哥哥姐姐眼巴巴地盯着面条，馋极了。

母亲自言自语地说："家里来人来客，要下碗面算添个菜。大人细娃儿有个头疼脑热，吃碗面就好了。寨子里哪家贺生、送祝米，也要面条配礼。"说着，在我们眼目睽睽下，把面条放进柜子里。

每一段人生，都有一个主题。自出生到1980年那十来年间，我的主题就是饥饿。我小学二年级快念完的那一天，我的同桌，一位叫樊统禄的在我耳边说，他刚去了一趟他姑姑家，姑姑给他下了一碗鸡蛋面。干巴巴的一大碗，打了两个鸡蛋，香死了。

这句话石破天惊，点燃了我身体和肠胃对于美味、对于饱足的狂热欲望。整个下午，我坐在桌前，课本上的数字，1变成了面条，0变成了鸡蛋，1和0合在一起，就是一碗鸡蛋面。

它们搅和在一起,相互提味,相互生香。

被震惊的不是我的心而是肠胃。每当我在大脑里虚构那一大碗鸡蛋面,我的肚子就会咕噜咕噜十分积极地活动起来。"在姑姑家吃了一大碗鸡蛋面。"樊统禄的话像神谕一样启发了我。那是端午后,四处的麦子正在收割。收得早的人家,已经晒干了麦子,背到面坊换回香喷喷的面条了。

当天放学后,我问母亲:"我想去嬢嬢家看看行吗?"母亲此时正在晒场边捡拾麦粒。几只鸡过来,伸头望颈的,也想去啄掉进泥土里的麦粒,母亲恼怒地拉起响篙朝鸡砸过去。她显得相当疲惫。听到我说想去姑姑家,她回头望了我一眼,答非所问地说:"嬢嬢家的麦子也晒干了吧?"

那是我第一次单独去姑姑家。姑姑家在茶园,离我家有十来里山路。沿途看见收割后的麦地,像被潮水洗过一样荡气回肠。两山的高坡上,还有一些麦子熟在地头,金黄的麦芒在农历五月的阳光下,像火焰一样灼烧着我的肠胃和心。

走了两个多小时的山路,到茶园时,已是黄昏。我先上前向姑婆打了招呼。姑婆是姑姑的婆婆,也是我的亲姑婆。我们家两代女儿,嫁到茶园同一个家庭,做了婆媳。姑婆对王家去的客人十分客气。我打过招呼,就悄悄在他们家四处寻找鸡窝。在屋后的鸡窝里,摸到两枚鸡蛋,余温尚存。我把鸡蛋揣在口袋里,一边一个。我坐在阶沿上,任姑婆怎么劝说邀请,也不肯进屋。我不知道口袋里的两只鸡蛋,是交给姑婆,还是等姑姑回家交给姑姑。两只鸡蛋在我袋里捂着,都要捂出鸡娃了。最后,我把鸡蛋拿出来,一只手一只,我告诉姑婆,我捡鸡蛋了。然后,我跌倒在地,两只蛋破了,蛋液从壳里流出来,淌了我满手掌。

姑婆过来扶起我。我举着两手,蛋液从掌心流出来,顺着手腕流进袖口,凉凉的,有股淡淡的腥味。

姑姑收工回来了。捡了几个鸡蛋,打在锅里煎成两面黄,又摘了黄瓜切丝,下油锅炒香,加汤煮开,等鸡蛋和黄瓜丝的香味出来,姑姑端出面条,拦腰撅断,下进汤锅里。那排面一下进锅里了,腰就软下来了,特别的慵懒,特别的雍容,特别的惹人怜爱。

当晚待客的饭,是鸡蛋面。我一碗,姑婆一碗。表弟冉明也有一碗。姑姑和姑父则是吃洋芋。

姑婆端过面,见表弟的碗里只有半碗汤水和不多的一点面,就说:"这几天的鸡蛋腥味重。年纪大了,吃不下腥啦!"说着,把鸡蛋拨了一个到我碗里,剩下的鸡蛋和面,倒进表弟碗里。她坐到姑父旁边,拿过洋芋就吃起来。姑姑说了句客气话,也由着老人了。姑父坐在灯影里,一言不发。

许多年过去了，每每想起那碗面，我仍然百感交集。它太香了，太醇了，太浓了，太旺实了。鸡蛋和面，真是绝配啊。那碗面，颠覆了我对面和鸡蛋的想象，也颠覆了以后我对面条的所有想象。在以后的许多年里，我吃过许许多多的、各种各样的面，但都吃不出当初那碗面的香味了。

我经常跟妻子提起姑姑家给我煮的鸡蛋面。起初，我的妻子对此不以为然。她说，一碗鸡蛋面有什么好说的？

是没什么好说的。

我要说的是，在那以后的好些年里，为了那碗鸡蛋面，我一次又一次踏上去茶园的路。后来去双河中学上学，每周末返校，也要绕道茶园，吃了姑姑煮的鸡蛋面才飞奔下山，赶当晚的晚自习。

我要说的是，我和我们王家三代人，在以后的很多年里，每当有困难，首先就是求助于茶园的姑姑和她的家人。那个家庭在以后的几十年里，曾以羸弱之力不顾一切地帮衬了我们，喂养了我们，收留了我们，最后，把性命也搭了进去。

我还要说的是，我的姑婆、姑姑，她们像一株爬藤，藤蔓远天远路地牵缘到了婆家，但根还扎在官渡滩。亲戚间流着同一支血脉。只要我们需要，她们就回溯血液，供我们吮吸，供我们勒索，直到最后瘦成一把枯枝。

我的亲人啊!

在以后的许多年里,我的妻子经常在周末的早晨买来筒骨、鱼虾、海鲜,熬制鲜汤,给我煮她能想到的五花八门的面条。那些洁白晶莹的面条安静地卧在乳白的浓汤里,上面盖着肉片、鱼片或者别的她认为高级的各种片。老实说,到了这时候,面条的意义已经相当稀薄了。我的妻子端着面递到我面前,她在对面坐下来,歪着头看我把一批又一批面条扒进口里,脸上是几十年不变的少女神情。

她问我:"好不好吃?"

这时候,我的心就像面条那样软下来。

我说:"好吃!"

4.豆儿

在我们官渡,大宗的粮食后面,都缀一个"子"字,稻谷叫谷子,玉米叫苞谷子,小麦叫麦子,荞麦叫荞子,大豆叫豆子。这个"子",既表示普通、平常,又表示轻贱。然而,带"子"的粮食,都是"当得了顿"、可以依靠的,是活命的。只有豆儿例外。这个豆,是除大豆以外的小宗豆类,巴山豆儿、绿豆儿、红豆儿、胡豆儿、豌豆儿等。豆后面缀个"儿"字，表示小，也表示少，表示亲昵，一个"儿"字让人格外牵肠挂肚。

豆儿是庄稼的补充和边角，是点缀，专门为了丰富庄稼的品种。官渡人种苞谷、麦子，插秧，栽红薯、洋芋，是正事，也是大事，是需要全力以赴投入的。收工后，在田埂、土边、地角、岩旮旯，顺手用锄头掏几个小土窝，撒几颗无论什么豆儿，随便刨点土盖上，就算种豆儿了。

在官渡的土地上，每一棵庄稼都理直气壮，月光下"咔嚓咔嚓"拔节，太阳下气势汹汹生长，到了时节，一夜之间就轰轰然排山倒海地成熟了。

只有豆儿是静悄悄的。它们在田边、地角，婉婉约约，纤纤秀秀，伸一片叶，爬一枝蔓，探头探脑，又娇滴滴的。胆大的、心长的，就调皮地朝苦蒿、苍耳攀缘，搭上了就一圈一圈地缠上去，人家往上长一截，它也跟着长一圈，在人家身上开花、结荚，静悄悄地孕一排嫩嫩的仁儿。

在官渡滩，豆儿是属于老婆婆的。老婆婆已经从土地上退场，不再参与主要的耕种收割。她们只在田边地角种几把豆儿。种下豆儿的日子，老婆婆人在家里头，心却牵挂着山里的豆儿，白日夜里，心随着豆儿藤缠来绕去的。夜里，年轻力壮的人随着禾苗拔节的节拍在沉酣中做着梦的时候，老婆婆在黑暗里睁着眼，心里想着岩窠窠的那丛豆儿该牵须儿了，田埂边的那行豆儿该开花儿了，地角边的那排豆儿该瓢籽儿了，苞谷林边的那绺豆儿该饱米儿了。立秋后，白日里太阳烈，夜里却微凉。秋虫繁密如雨。老婆婆心里都有数呢，她晓得她的豆儿正东一棵西一棵成熟，此一处彼一处乍裂。

在我们官渡，老婆婆总是慢吞吞的，老赶不上时间。年轻人的嘴里一口一个洋词儿，老婆婆还说着土里土气的方言。年轻人今天"斗资批修"，明天"打倒孔老二"，风一阵雨一阵的，老婆婆脸上还是又静又慢，陈旧又安详。年轻人穿上了驳克领、对尖领、方角领、翻领，老婆婆还是黑布褂，胸前系青布围腰，围腰上缀着兽形银片。

在我们官渡的老婆婆那里，围腰兜还是一个特别的家什，相当于随身的包袱。捡菌子，拾麦穗，摘果子，掐菜叶。围腰是布褂的一部分，也是老婆婆的一部分。

在官渡滩，庄稼是属于成年男女的。从种子播下开始，他们就在土地里与庄稼相互纠缠，汗水与庄稼的汁液相互浇灌，相互浸泡，蓬勃的禾苗与健旺的身体相互耕耘，相互纠缠。苞谷的成熟是排山倒海的，在八月的烈日下，苞谷们一片一片地熟了，宽阔犀利的苞谷叶像被火焰炙烤过，一片一片地黄。苞谷收过后，秸秆也砍了，土地像潮水退尽，空旷下来。

剩下豆儿们在田边地角，在山的背阴处，安安静静、一心一意地黄。豆儿的黄是东一下西一下的，是此一处彼一处的，窸窸窣窣的，像老婆婆的窃窃私语。

粮食从地里一挑一挑进了寨子，轰然倒进粮仓。雄迈的肉身劳累至极，却不敢疲怠，队里丰收的高潮还未到来呢。

九月是队里最意气风发的日子，比八月秋收还要豪情满怀。这时候，粮食都晒干了，接下来，要把最好的粮食筛选出来。社员们怀着赤诚与虔敬筛选，每一粒选出来的粮食都经得起掂量，经得起追问，都饱满硬实，掷地有声，金黄锃亮，就像社员的赤胆忠心。

送公粮的日子是队里的节日。一大早，晒场上敲锣打鼓、喜气洋洋。女人腰上系着红绸，男人戴着红袖章，马的头上戴着大红花。打头的扛着旗，男人挑着担子，女人背着背篼，马背上驮着麻袋，送粮的队伍出了门，扬鞭催马、号子翻天，浩浩荡荡地往公社去。人人脸上堆着笑，心里却打着鼓：收成不好，这又敲锣打鼓地送，剩下的就不多了。分到每家每户，劳力少的人家，又有个把月接不上趟了。

人都走空了，寨子静了下来。这时候，老婆婆挎上竹篮悄悄出门捡豆儿了。

褐色豆荚比麻绳粗不了多少。豆荚裂了，里面安安静静卧着一排豆儿，整整齐齐，喜眉喜眼。老婆婆一见那豆儿，也喜眉喜眼了。这时候豆荚脆，焦，蚂蚱跳过去都会惊得乍开。老婆婆心里喜气，又不露声色。她老腿儿蹲不下，就半蹲半跪在豆丛里，身子跟苦蒿、苍耳一样高了。这时候，她还舍不得马上捡豆儿。她的眼睛恰好跟豆儿对上了，她眯起眼睛把那豆儿好生看了一会儿，直到认熟了，才一只手捧住豆荚，另一只手拇指和食指捏住豆荚轻轻一捻，豆儿就落进老婆婆的掌心了。等手掌心装满豆儿，老婆婆就放进围腰。有调皮的豆儿蹦出来，落进土里。老婆婆手指笨，从土里拈不起来，就很懊恼，连哈气都小心翼翼的了，生怕又惊着一枚豆荚。

捡了半围腰豆儿，老婆婆的腿支不住了。她一手牵住围腰兜，一手扶着腰，颤巍巍立起身来，把豆儿倒进篮子里。

豆儿捡回来，倒在晒席上晾晒。豆儿不多，只铺了半席。几场爽朗的焦太阳一晒，晒到午后，豆荚就此起彼伏地乍裂，豆儿咯嘣咯嘣地跳。到黄昏时，老婆婆用竹刷把扫拢一堆，还藏在荚里的豆儿就不多了。老婆婆像对待生得晚的孙子，一点儿都不急，把那荚一只一只细细捻开，把豆儿一粒一粒剥出来。

豆儿怎么吃呢？磨成面，掺在洋芋里蒸饭，或者磨成面蒸粑粑、煮面糊糊。最直接的，就是煮豆儿。青黄不接的时候，谷子吃净了，苞谷也见底了，有的人家急了，扒了树皮，掘了草根，凡是能吃的都扒下来了。这时候，老婆婆悄悄端出藏在桶里的豆儿，端到媳妇面前，磨成面，混上野菜，蒸成粑粑，或者煮一锅糊糊，掺半筛子野菜，一家人的肚子又有食了。

我的祖母四十岁就寡居。她一个人拖儿带女，耕地犁田扛挞斗，男人能做的她都得做，栽秧挞谷更不在话下了。我出生前，祖母一直在队里劳动。到我出生，她才从土地上退场，一心一意在家照看我。她人在家里，却不甘心，强悍地为家里的肚子们机关算尽。吃树皮草根的时候，山上的枇杷树都被剥光了皮，母亲剥了屋后的柿子树皮蒸粑粑，差点把她噎死。她悄悄在屋后种了几垄瓜，那几株绿苗刚开花就被割了资本主义尾巴。几乎是悲愤又秘密的，她在后山的地边撒了一把豆儿种。

我是祖母背大的。也许是照看一个婴儿让她强悍的性子柔软了下来。在我们姐弟三个中，她明显对我要疼得多一些。哥哥姐姐上学后，祖母就在火铺的铁三脚上架只小鼎罐，悄悄煮豆儿给我吃。

煮豆儿时，祖母一直靠在火塘边打瞌睡。她的老年，总是在不断地打瞌睡。我就守着柴火等豆儿熟。煮豆儿像变魔法，只是过程需要耐心。加水，下豆，捂盖，烧火，只听罐里"咕嘟咕嘟"响，水汽"扑哧扑哧"朝外扑，两巡柴火燃过，揭开锅盖，先前一把硬邦邦的豆儿，现在粒粒都绽开，像一锅白花花的姑娘，挤挤挨挨，喧喧嚷嚷的。

十岁那年，我考到双河中学上初中。学校离家远，平时住校，周六上午还要上课，午饭后回家，周日再去学校。祖母晓得我在学校吃不饱，就把豆儿煮开花，加海椒炒香，装在瓶子里，临出门时，悄悄塞给我。自从我上学后，祖母当着人，叫我王伟。背着人的时候，就忍不住叫我华子。"我华子吃不饱，紧倒长不开。下自习，饿了，舀两勺嚼，抵抵饿。"

哥哥姐姐知道祖母给我豆儿瓶，但俩人都一声不吭。

上初中一年级，临近期末考试时，有天姐姐请假回家。三天后返校，给我带了碗豆腐渣。那豆腐渣是加了油盐和海椒炒的，香得很。我拿勺子舀豆腐渣吃，没在意姐姐的眼睛又红又肿。我顺口问姐姐，不年不节的，家里怎么做豆腐吃了。姐姐的眼泪夺眶而出。过了一会儿，她才说，家里办席，推了豆腐。

我问办席做什么呀?

姐姐哭出声来。她说,奶奶不见了。

一团豆腐渣卡在我喉咙,吞不下,也吐不出。

周末我跟姐姐哥哥回家,路上经过祖母的坟。四周是静静的田野,麦子在灌浆,油菜在结籽。世界蓬蓬勃勃,没有一点儿伤心的样子。祖母的新坟在热烘烘的田野里显得又突兀又茫然。我扒着坟堆上的石头和新土,一声声叫她,可是她一声也不答应我。

5.红薯

在官渡的庄稼地里,什么开花最好看,又最愁人?是红薯花。六、七月,红薯藤在地里牵来绕去,爬成繁茂厚实的绿毯,绿毯上张开一串又一串浅紫色的小喇叭花,微风吹过,满坡响起浅紫色的风铃声。姐姐到苕地里割苕藤,摘了几朵小喇叭样的好看的红薯花别在发际,背着苕藤回来,被祖母看见,大骂一顿。

我的祖母一见红薯开花,就像撞见仇人。"红薯开花,夫妻分家。"官渡人说红薯花是灾花,一提起就害怕。红薯开花虽不常见,但哪年遇上,不光当年红薯减产,下一年也是不旱就涝,大春小春都没指望了。她蹲在红薯地里,一边掐花,一边咒骂,其恶毒不亚于咒骂仇人。她骂完,把满篮子花倒在路上,用脚死劲儿踩躏,一边踩躏一边嚷:"过路的人都来踩呀,踩掉灾性长红薯呀!"

红薯开花的时候,外婆就会忧愁地说:"今年难了。"她叹了口气,又说:"不晓得明年又是哪样光景?"

忧愁归忧愁,红薯花能吃,外婆才不愿放过。她提着篮子去摘红薯花,浅紫、浅蓝、粉红、粉白的喇叭样的小花装了满篮。回家用开水焯过,加点油盐和干海椒炒熟,就是一碗香香的下饭菜。

不管红薯开不开花,红薯减不减产,红薯成熟的日子都会如期到来。

挖红薯的日子,队里的人背着背篼,提着撮箕,扛着锄头,拿着镰刀,一起上山。男人抡着锄头挖,女人蹲在后面捡红薯,把红薯上的泥抹净,扔进撮箕。天冷了,天日也短。挖的人满头大汗,捡红薯的人手都冻僵了。人们就在地边捡枯枝和干草燃起篝火取暖。大家围着火堆,用镰刀剡生红薯吃,丢红薯到火里烤,都不说话。等队长和会计算好账,当天挖下的红薯就在地头分到各家。天快黑了,各家陆续分到红薯背回家,已经是傍晚了。冷风从后山刮下来,吹得寨子呜呜响。

那段时间，生产队的人忙着收红薯、存红薯、吃红薯，想赶在红薯烂掉之前把红薯吃光，好省下玉米和谷子，用来应对即将到来的冬天，以及冬天过后，更为严峻的春天。官渡吃红薯有多种方式，蒸红薯、烧红薯、红薯拌饭，还把小个的红薯削皮洗净，放大锅里蒸熟，再铺在火炕上烘成红薯干，就是孩子们的零食了。

我的祖母对红薯的态度沉稳从容，把红薯吃得行云流水。

我长到三岁时，能满地跑了，祖母就不再带我了，她又加入生产队劳动。她倔强，强硬，以一种近乎悲愤、决绝的态度对待土地和庄稼。她不肯放过哪怕一块土块。她把它们揉捏粉碎，想从中间揉捏出粮食来。在家里，凡是能当饭吃的，她绝不当菜。因为菜是附属品，可以随便凑合。只有粮食才是饱腹的，才能活命。红薯是霜降后的当季粮食。她不允许一只红薯改变性状和使命，降低它的功能和价值。

祖母跟我们分开过，单独住在我们旁边的厢房里。红薯下山后，我的祖母上顿红薯，下顿红薯。她吃红薯永远只用一种方法——洗净上锅蒸熟，剥皮吃。她老人家认为这种吃法浪费最少。祖母剥红薯皮非常仔细，吃红薯吃得极为专注，她嚼得很慢，咽得也慢，那神情像是享受，也像在受难。

官渡土薄，又沙，种出的红薯很面。祖母吃红薯时常常被噎着，红薯哽在喉咙，吞不下，也吐不出。她一只手举着半只红薯，另一只手捏成拳头朝胸口不住地捶，绝望地干呕着，老泪流了一脸。她痛苦的样子让我害怕。"华子！"她叫我，"快给奶奶捶背，奶奶要哽死了！"我攥紧拳头在她背上使劲捶。捶了好一会儿，祖母才缓过气来。她剥一只红薯递给我，说："奶奶把我华子吓着了哦。奶奶不得死。有红薯吃，人嘟个会死呢？"

祖父去世的时候三十八岁。村人提起他，都替他惋惜，说王和章好不容易熬过一轮又一轮饥荒，眼见新时代来了，结果被一场病要了命。按说那病起先不重，不至于致命，但他在床上躺了一年，他是被一点点耗尽的。据说当时他曾流着泪请求祖母替他延请医生。然而吃的都没有，哪还有钱请医生？

祖父去世后，二叔抱养给沿河洪渡岩万家。姑姑在家里，在寡母和长兄的照拂下，慢慢长大了。她跟着祖母学习做家务，学习织布、染布。

祖母是织布能手，三五天就织下一匹布。她在缸里给布煮染了青色蓝色，就带着姑姑上路卖布。那其实是半卖布半逃荒的路程。娘俩沿着董河上行,过铜西,到丁市,经万木、铺子,在沿途的村庄售卖布匹。在灾年,那些悲哀的村庄气息奄奄,活下去成了人唯一的目标,至于穿用,已经没人关心。娘俩沿着董河一路走,一路望,夜里就歇在庄稼地边废弃的窝棚里,捡秸秆烧红薯充饥。娘俩一直走到贵州沿河黑獭堡——多年来,我对贵州省沿河县心怀感恩,那个县的两个村子,黑獭堡和洪渡岩,曾在艰辛年代收留了我的两位亲人——终于有一户人家买了她们的布。买布的人家没有钱,连稻谷和玉米也没有,只有红薯。祖母用布换了一柜子红薯。一柜子红薯太多了!祖母背不动,又喜又忧,就跟买布的人家商量,先背一百斤红薯回官渡滩,其余的留下,把七岁的姑姑也留下,吃红薯。让她把剩下的红薯吃完,祖母再去接她。

三个月后,祖母沿着董河又到了沿河黑獭堡,到了买布的人家。姑姑在那户人家吃了三个月红薯,人长高了一头,脸也圆了。

但祖母带姑姑回家时,遇到了麻烦。那家有三个儿子,想把姑姑留下当童养媳。那家的男人说话软中带硬。他说,你们娘俩说来卖布,其实这年头,哪个出门不是逃荒?看起来,我们只是出了一柜子红薯。这红薯在平时呢,也不算稀罕。遇到灾荒年辰,谁说这不算救命呢?

我的祖母真是女中豪杰。她说起话来，也是软中带硬。她说，按理说你们对我有恩，我是记恩的。但自古恩有轻重，各有各的报法。她说，她一共生养了九个儿女，其中六个不是饿就是病，都没熬得出来，小小年纪就急急忙忙走了。他们的爹最后也跟了去。这时候，她的泪水涌了出来。她说："我在人世还有两个儿子一个女儿。我的第二个儿子，也送给了人家。我身边就只有一个儿子和这个女儿了。如果你们把这孩子从我身边拿走，我也活不下去了。"

买布的人家在祖母的背篼里放了半筐红薯，送祖母和姑姑上了回家的路。

还是沿河县。有一年，父亲做手艺到了沿河县，过了沙子场，又到了孙家寨，夜里在一户姓孙的人家歇脚。那户人家端正仁义，跟父亲很投缘。父亲就提出跟他们结干亲，让姐姐拜认那对夫妇为保爷保娘。那以后，每年大年初二，姐姐就带一瓶酒，两斤面条，由我或哥哥陪着，去孙家寨给保爷保娘拜年。姐弟俩一人背一只背篼，清晨从官渡滩出发，沿着祖母和姑姑当年卖布走过的路，爬四官坡，翻小岗，在码头乘渡船过河，就进了贵州沿河县。再翻几座山，爬几道垭口，路过沙子场，才到孙家寨，到保爷家时，天就黑了，保爷屋里点着灯，一家人正等着我们一起吃晚饭。

保爷家偏僻，土地宽广，又瘠薄，不出稻谷和玉米，种红薯倒是适宜。红薯多，当季吃不完，又存储不下，保爷保娘就把红薯切成粒，晒干，存在柜子里。

姐姐给保爷保娘拜年，得到的打发，不是压岁钱，也不是布料或者衣服，是两背篼晒干的红薯籽。这在保爷家，是寻常物，对我们家，意义却相当重大。来年三四月青黄不接的时候，红薯籽就派上了大用场。加水发开，又是一季口粮，要一直吃到五月里打新麦。两背篼红薯籽背回家，拌上麦面、苞谷面或者荞面，够我们撑到新麦出来。

我十一岁那年，陪姐姐去沿河孙家寨给保爷保娘拜年。那一次不知怎么了，临出发时，母亲只给了我们一角五分钱。到了小河的五堆过河时，我跟姐姐一人花了五分钱坐渡船，剩下五分钱，姐姐小心地揣着。在保爷家，姐姐一直忧心忡忡的。离开保爷家时，姐姐跟我都不好意思找保爷要五分钱坐船。返程的路上，到码头的时候已是午后了，天又阴又冷。我和姐姐把红薯籽背到船上，给船老板说好话，要他让我也坐渡船过河。船老板不答应。我脱了衣服递给姐姐，就下到水里，泅水过河。正月的河水冷得浸骨。我一边凫水，一边转过头去看船上的姐姐。她趴在栏杆上，大声地喊我的名字。快游到河中央时，姐姐喊我，要我泅到船边，抓住船舷。我凫过去,抓住船舷,任由渡船拖着我向前,感觉没那么冷,也没那么累。正喘气时,船老板一篙打过来,把我的头打进水里。

等我的头从水里再浮起来时,我看见姐姐站在船头,抱着我的衣服放声大哭。

那次姐姐是一路哭着回到家的。她告诉母亲,打死也不去保爷家拜年了。母亲很诧异,追问她原因,她却不肯说一个字。

第二年大年初二,姐姐由哥哥陪着,去保爷家拜年。

挖红薯的日子,外婆收拾完自家的红薯,就过河来,帮着母亲收拾我家的红薯。她把个头大的红薯下到苕窖,中个头的红薯堆在屋角做当季的口粮,小个的和被锄头挖伤的红薯,寨人一般都喂了猪。外婆舍不得。她背到河边刷洗净,削了皮,小镰刀剜去伤口,背到粉坊打浆。

入冬的天色暗得早。外婆把苕浆背回来,倒进大木桶,舀水一遍遍淘粉,直到桶底沉淀了厚厚一层红薯淀粉。外婆拿铁勺挖出苕粉,用帕袱包上沥水后,摊晾在一面大簸箕里。

苕粉晾干,外婆开始烙苕皮。她在锅里烧开水,水面上仰浮着大铁盘,外婆调好粉汁,倒进大铁盘,盖上大锅盖捂一会,揭开锅盖,雪白的粉汁成了透明的苕皮。外婆挑起苕皮,摊在筛子里,又朝铁盘倒上粉汁,盖上锅盖,就拿刀把苕皮切成粉条,挂晒在院里的竹竿上。

刚挂好粉条,锅里的苕皮又熟了。外婆调粉,烫皮,切粉,忙得脚不沾地。不到半天,院坝的竹竿上挂满了晶莹的粉条。过路的人看见,赞叹:"华子外婆讲究、大方啊!"

外婆就温和地答:"华子家常年人来客往的,添个菜,桌面上看起也像样点。"

祖母坐在她家的门槛上,冷眼看着亲家母为自己的儿孙忙碌,院边的竹竿上挂满了粉。她瘪瘪嘴说:"几大筐红薯,就烫成这几根丝丝……糟蹋粮食!不会过日子!"祖母越说越气:"我看她是忘事啦,忘记她男人是咋走的啦!"

多年后,我跟舅舅聊天,聊到外公的死。舅舅说,外公不是饿死的,他是累死的。他其实不是背脚仔。他是小河铁器社的工人。新中国成立初期,"三线建设"需要大量硝磺做炸药。外公身强力壮,被征到运磺队当背脚。外面硝磺需求大,要得急,里面的背脚仔赶路就急。从大盖坪到小河,来回两百多里,背两百斤硫铁矿,两天要走一个来回。超负荷的劳累苦寒,再加上饥饿,许多背脚的死在路上。我的外公也成了其中的一个。外公被发现死在雪地里时,是1960年冬月初三,时年四十一岁。

我的舅舅提起外公就痛心不已。他听官渡滩一同背脚的三公说,我外公背着硝磺路过菊花坝的时候,又冷又饿又疲惫。他到地里刨开土垄,想找一只遗漏的红薯,一连刨开几条土垄,一无所获。舅舅说到这里就忍不住眼泪:"肚里有垫底的东西,哪会冷死?累死?他爬了几台土垄,想刨开厚雪找一个红薯,手抠出了血,也没找到。"

霜降后,红薯都下了山,该窖藏的窖藏,该烘干的烘干,该打粉的打粉,都收拾好了。这是冬闲的日子。

每年到这个时候,我的姑婆就会从茶园来我家。

姑婆是我的姑父用背篼背着来到我家的。她缠脚,走不了山路。她站在姑父的背篼里,头发抹得光光的,眉毛扯得细细的,青布衫的盘扣也扣得一丝不苟,脸上带着阅尽人世的表情。我的母亲迎上去,把她从背篼里抱出来。她双脚落了地,在阶沿上站得笔挺,笑盈盈的,怀里抱着一只青花小瓷坛。

姑婆是我祖母的小姑子。她是坐着花轿嫁到茶园的。她是我们家族唯一坐花轿出嫁的姑娘。她嫁给伪乡长姑公冉隆清做小,为奴为妾十多年。我的姑姑嫁到姑婆跟前做了儿媳妇,姑婆跟我的祖母,又成了姻亲家母,亲上加亲了。

我的姑父，也就是姑婆的儿子，他管我的父母叫大哥大嫂，他们三个人，在年少的时候，就失去了父亲。但他们都顺命，平静、温和，毫不恓惶。他们在一起的时候，不像亲戚，倒像三个手足。他们的母亲——我的祖母、外祖母、姑婆，这三位姻亲，她们在一起的时候，像三姐妹。

我的姑公死于1961年的荒年。那一年，我的姑父十八岁，大体也是我的父亲失父的年龄。

旧日子过去了，我的姑婆和她的家庭仍然保留着痕迹，为人处事谨慎周到，日子过得齐整细致。家里整洁干净，衣着虽旧，但平整熨帖，一丝不苟。虽是粗茶淡饭，但比别家的做得细致可口，同样是红薯、土豆、玉米，进了这家门，总会被姑婆揉捏调弄出不一样的花样和滋味来。

红薯下山后，姑婆踮着小脚，把红薯洗净，削皮，上大锅猛火蒸熟后，用木勺捣成薯泥，撒上切碎的麦芽，薯泥就渗出青黄色的糖水。姑婆把薯泥盛进干净的布袋，使劲地挤压布袋，把糖水挤入大锅，滤掉薯渣，留下一锅糖水。接下来，姑婆整夜寸步不离地守在生着文火的锅边，不停地用勺子在糖水中搅拌。从深夜熬到天明，直到糖水熬成浓稠的糖浆。姑婆把糖浆搅缠在筷子上成团，又放进锅里。又搅缠成团，放进锅里。如此反反复复，直到糖浆变成韧性十足的焦黄色薯糖。

我的祖母对姑婆客气又不失分寸地责备道:"一大堆红薯熬下来,就得一小坛糖。费时费力不说,还费红薯。不过,话又说回来,"祖母的语气又婉转了,"大户人家讲究,让我孙子和外孙都见了世面,也喂了肚子里的馋虫。"

姑婆听懂了祖母的潜台词。她微微一笑,说:"一堆红薯,如果不把它们熬成糖,那红薯有哪样意思?"

姑婆把我和堂弟绪阳叫到她面前。"把眼睛闭上。"姑婆命令我们。我跟绪阳弟弟闭上眼睛。姑婆又说:"仰头。"我们仰起头。姑婆继续命令:"把嘴巴张开,舌头伸出来。"我张开嘴,伸出舌头,感觉舌面中央,降临下一缕细细的清凉的甜。我不禁一震。我睁开眼,看见姑婆用筷子高高卷起一团薯糖,糖像丝绸一样垂下来,琥珀一样温暖透明。

我吃了那么多红薯,只有在那个时候,才感到了红薯的魂,琥珀色的魂。

6.嫁妆

在一个弟弟看来,姐姐出嫁,就好比玉米从地里掰下来,剥了壳,抹了籽,装进布囊,叫人拎走了。

好在父母心疼姐姐。姐姐自小劳苦,出嫁时不能"光人"

出门，要置办一堂嫁妆，一起陪送过去。多年以后，我回想起当初做嫁妆的情景种种，不禁怅然。那过程，像是精心缝制布囊。我的姐姐像玉米装在布囊里，体面地被人拎走了。

一堂嫁妆主要是木器和花铺盖，得请木匠和弹花匠来家一件件打制。

做嫁妆是个漫长的过程。官渡滩嫁女儿一般选在十冬腊月。做嫁妆从五月就得开始。这时候，麦子割了，油菜也打了。秧苗下了田，玉米也薅过二遍，快冒缨了。最忙的时节已经过去，秋收还有两三个月。这是农家相对闲散，也是天日最长的时节。这时节，木料最干燥，打的家具不变形，弹的棉被也更蓬松。

父亲在灯下对母亲说："该给王珍打嫁妆了。"

最先上门的是木匠。父母为姐姐请的木匠是官渡滩的章和大爷。章和大爷带着两个儿子、一个侄子。这三个年轻人，我都叫叔叔。这四位木匠组成一个团队。这支木匠队伍人品好、手艺好，也肯吃苦，请他们修房造屋或者做嫁妆都很吉利。木匠进门时，打头的章和大爷背着黑亮的背篼，三个年轻木匠也都背着背篼，恭顺地跟在身后。我正在院坝跟堂兄弟们玩耍打闹，看见木匠进了院坝，赶紧住了手，奔进屋，向父母报告，木匠来了！

父母恭迎木匠进屋。父亲把老木匠的背篼接下来，放在堂屋。其他三位木匠的背篼也依次摆在堂屋。木匠的工坊就设在这里。堂屋已经安起两座木马，相当于木匠的机床。木匠们从背篼里取出锯子、钉锤、斧头、推刨、凿子、墨斗，一件一件摆在八仙桌上。我在大人们身边转来转去，好奇地打量。即将到来的铺张和热闹让我兴奋了。

打嫁妆的木料早备好了，就堆放在吊脚楼下。父亲陪着木匠查看清点，商量要做的家什。我跟在他们旁边凑热闹。别看都是板材，宽窄、厚薄、密度和硬度不同，使命也不同。宽的、没有疤痕的柏木用来做桌子和柜子的面子，水红和梨木这些硬一点儿的做方子。方子又分为横方和立方，横方就像房子的抬梁，立方好比房子的柱子。泡桐、银杏和杉木最轻，用来做内台板、背板和侧板。像岩桑这种最硬最重的杂木用来做桌腿和柜子腿。没有图纸，也不用计数，但全堂木器，粮柜、碗柜、衣橱、八仙桌、条凳、书案、火盆、洗脸架，都大大小小、高高低低、清清楚楚地站在木匠心里了。

木匠们吃过，就开工了。寨人听到"乒乒乓乓"或者"嘭嘭嘭"的声音，还间杂着拉锯的"呼哧"声，就说，庠胜家给王珍置办嫁妆了。

做木工有四个步骤，一是裁料，二是刨板，三是凿榫，四是合榫。有的人家讲究，木器还有雕花，就是五道工序了。老木匠把每件木器的式样、高矮、宽窄、厚薄，哪块木料安排在木器的哪个部位，跟三个年轻人交代好，就开始作业了。

最年轻的木匠是小儿子。他刚入行，力气也大，负责裁料。他把一块木料放在木马上，拿尺子量好长度，墨尺划了短线，就一只脚踩紧板子，操起锯子沿着墨线裁料。裁好料，那位侄子，也就是三木匠接过去，拉起墨线弹出长线，操起斧头沿墨线劈毛边，然后递给二木匠刨板。

老木匠的长子三十多岁，技艺成熟，说话也沉稳，算是二木匠。二木匠刨板是最有趣的事情。他把裁好的板的一端卡在木马的马口里，两手扶着推刨的两只柄翼，躬着身子朝前推，"哗"的一声，刨口清清脆脆地吐出刨花卷。木匠来回推，木板平了，光滑了，露出温静的本色，清晰的纹路也露出来了。

在木工坊里我来劲得很，每一道工序都兴致勃勃。小木匠睁一只眼闭一只眼弹墨线的时候，我就帮他摇墨斗放线、收线。三木匠锯长板的时候，就让我骑坐在板上压着，不跑线。

二木匠刨木板时，我凑近去看。一块板刨好，我把手掌贴上去，反反复复地摩挲，感受到了光滑的凉意。鼻子凑上去，闻到一股木材的香气。二木匠把推刨递给我，让我也来试试。我兴奋地接过来，二木匠手把手教我，让我两手握着推刨的柄翼，使劲朝前推。我力气小，推起推刨来是飘的。二木匠就把手压在推刨上，我感到重了，使劲推，刨口吐出的是刨花渣子。二木匠把板取下来让我看，板面凹凸不平，像狗啃的。木匠说，把我刨过的板上在姐姐的嫁妆上，婆家的人看了，还不牙齿都笑掉。我慌了，赶紧把推刨还给木匠。木匠做好一块板，我就上前帮忙，跟木匠一人一头，把板抬到堂屋板壁边，小心翼翼地把板立在屋角。

我蹲在刨花里，盯着木匠们的手，目光在推刨、锯子之间游来移去。过了几天，我跟木匠们已经默契了，知道哪位木匠需要锯子，哪位需要推刨，哪位需要墨斗，哪位又需要曲尺，不需要指点，我直接就把家伙拿过来递到木匠手上，十分熟练。

老木匠不怎么说话。他整天沉着头，划线，凿榫，查看各个徒弟的活儿。遇到有含糊的板，老木匠接过去，睁一只眼闭一只眼一瞄，拿过推刨推两刨，就平了。

最年轻的木匠刚从学堂毕业，长得好看，年轻，心浮气躁的，有时候难免出些小差错。两位哥哥暗中包涵着，却瞒不过老木匠的眼睛。趁主人不在家，老木匠当着儿子和侄子的面,严厉地训斥了小木匠,末了,又拿过锯子、刨子,三两下修改了差错。训完话,像是明了小木匠的心思,语气也软和下来,说,学手艺急不得的,你急了,手艺反倒跑了。小木匠脸上像是不服气,手上却仔细了。

前面的几天里,几个木匠只是在锯、刨、凿,竖起一堆木板。地上积了一地卷曲的刨花,还有一堆锯下来的形状各异的边角料。小堂弟绪阳过来和我在堂屋里耍,拿那些边角料当玩具。有的当手枪,有的当风车,有的当车轮。绪阳腕上缠着刨花卷,头上、脸上沾满锯末,兴奋得很。我端着废弃木块当机关枪,口里"噼啪噼啪噼啪"地叫着打鬼子。我把他摁在锯末粉里,让他投降。我们耍得兴致勃勃,完全想不到,几个月后,这些家具将陪着姐姐一起被娶走,那时候,接亲的人群散尽,我留在落满鞭炮碎屑的空地上,成为一个伤心的弟弟。

几天过去了,长长短短的木板在堂屋四周高高低低立了一大圈,门边还堆了一大摞板,但还看不出家具的样子。我也乏味了,倦了下来。这时候,我开始打量姐姐。

我的姐姐高大、健壮,相貌也很漂亮。提亲的人家不少。父亲都不中意。后来有个亲戚介绍了姓冉的人家。那家的子弟在乡供销社工作,人长得斯文。他父亲很早就没了,母亲也走得远。介绍的亲戚说,这不必受公婆的气。父亲一听,就觉得是门好亲事，当天就打了酒，去供销社找到那子弟。一老一少坐在供销社后院的米蜡子树下喝酒。一场酒喝下来，亲事就定下了。父亲很满意这门亲事，让母亲去问姐姐的意思。姐姐其实心里有了喜欢的人，但父母允下的亲事，她也依了，没说一句话。

姐姐高中毕业后，在铜西场上开了家小小的裁缝店，给人打衣服。自从木匠进屋后，姐姐就不去裁缝店了。她每天留在家里给木匠和一家人做饭，料理家务。她比先前更沉默、羞涩。她头总是低着，听到有人说了好听或者好笑的话，她抿嘴微微一笑，马上就收住了。她变得沉稳、持重，也柔和了。我从小跟姐姐感情深，很喜欢姐姐。姐姐留在家里，我整天跟她在一起，既开心，又踏实。

方子、面子、背板刨好后，就该凿榫了。有意思的是，长端的榫，无论凹凸，都是一条直线出头。短端的榫，却要凿成榫齿。榫有公榫和母榫，合榫就是把公榫插进母榫里，长端的榫卡紧，短端的榫齿与齿之间咬牢，两块板组合起来，然后组合成柜子。板与板之间的连接，不用钉子，就靠合榫，这样，一件家具就成了。

合榫是一件大事。四个木匠一起上，"乒乒乓乓"的。最先合成的家具是大衣橱。作为一堂嫁妆的门面，大衣橱是主角，它安上了镜子，明晃晃地立在堂屋显眼处，既沉稳，又傲娇，代表木匠脸面，率先接受主家与村人的评价。有人上门来参观，仔细查看柜子的木料和做工，用手摩挲着，夸赞章和大爷的手艺，同时也夸赞我父母的大方和对姐姐的厚待。父母跟木匠都矜持而谦逊地应着，心里却得意。我目睹了柜子形成的整个过程，比谁都兴奋。我一会儿抱着柜体，一会儿把脸贴在柜面上，一会儿又把鼻子贴在柜板上，嗅木板的香气。最后我打开柜门，钻了进去，蹲在里面，人窝着，就像是幼时挨打受委屈了，躲在姐姐的怀里。

四个木匠继续工作，锯、劈、刨、凿、合。一件又一件家具出来，立满了堂屋，这就叫满满堂堂。大功告成，木匠们收拾好行李告辞了。留下满堂嫁妆，高高低低，大大小小，各有各的香气，各有各的纹路。在淡淡的木香中，那些木纹像水波荡漾开来，寂静、妩媚又清凉。

正是苞谷黄熟时节。庄稼黄一季，日子又往前赶一程。姐姐白天跟母亲上坡掰苞谷，累了一天，晚上进了堂屋，静静打量着衣柜，用手摩挲着，打开门，连柜子里面也慢慢摩挲着，轻轻地，不易察觉地叹了口气，又满意，又忧伤。

是漆匠红一刷子绿一刷子惊醒了我。漆匠挽着袖子，冲了几盆红红绿绿的水，拿刷子蘸了水，在柜面上横一刷，又竖一刷，那些家具挤挤挨挨，红红绿绿的，像戏开演前被推了前台。

那时节秋高气爽，空下来的苞谷地平整好，种上了荞子。那年荞子种得比往年宽。母亲说，王珍的期辰，要擀荞面当消夜，怕要两三百斤荞子呢。

那是家里第一次说到期辰。姐姐的嫁期越来越近了。

漆匠给家具上好色，就开始熬漆了。他在阶沿边架起一只炉子，炉上坐一口大锅。漆匠坐小板凳守在锅边，拿大铁铲不停地搅，锅里翻江倒海，油烟袅袅，浓烈的腥味飘得满寨子都是。说是熬漆，其实并不全是漆，是桐油，里面加了一点漆。熬漆是个细致的慢活，像出豆腐。微妙处只有漆匠自己才能掌握。我帮着漆匠往炉子里添柴火，拿漆匠的铲子帮着漆匠在锅里搅和，不一会儿，满脸满身密密麻麻长了漆疮。天太热。炉子里火光熊熊。我全身红肿痒痛，又被腥味熏吐，满脸是泪。这是整个制作嫁妆的过程中，让我感到最难受的地方。姐姐打来井水，帮我擦洗干净，涂上清凉油。我眼泪汪汪地看着姐姐，第一次感受到了哀伤。

漆熬好，冷在大木盆里。漆匠给上过色的家具上漆。家具亮起来了。到最后，漆匠拿起一包毛笔，在柜子上、箱子上、洗脸架上、镜架上描花。漆匠描了很多花鸟,有牡丹、梅花、喜鹊、凤凰,花朵艳丽,鸟儿像要飞起来,喜气洋洋的。我心情才又亮起来。

有一天,家里来了两个人,一个是未婚姐夫,我叫他书全哥,另一个是他的堂哥。吃过饭,两人就去查看嫁妆。他们摸着那些木器,看上漆的颜色、光亮和描摹的花纹,又打开门,从里面看木料的种类、成色,用指头敲打着,试木头和密度,又抬起一张桌子,估量重量和牢固度。这些嫁妆立在我们家堂屋,书全哥那架势,说起来像已经成了他们家的。漆匠站在一边,矜持地看着他们,偶尔回答他们的提问。姐夫一直喜笑颜开。他一边看,一边跟他堂哥计算嫁妆一共有多少抬,到时候要准备多少抬包杠,要请多少名杠夫。那架势就像谋划着一场抢劫,连同姐姐一起抢走。姐姐静静站在一边,一言不发。

我却有些恼怒。

直到弹花匠进场,我才又开心起来。我们那里,嫁姑娘,或者娶媳妇,问到嫁妆的时候,先问铺盖有多少床。可见铺盖是嫁妆的硬指标。弹花匠来自茶园,说起来也是亲戚。但因为那里离场镇近,再说,弹花匠不像木匠石匠那么多,每个弹花匠都走过很多地方，有些还是属于另一个省的。弹花匠就有一种走州过县的意味了，举止言谈有了别样的气质和见识。到底有什么不同呢，一时也说不上来。

弹花匠有两大武器，一是肩膀上斜挎的一只巨大的弹弓，二是腋下夹着的篾片卷，那是弹席。弹花匠带着这两件武器上门了。

弹棉花也新鲜有趣。我们那里，把棉花称为花，而把其他所有能开花能结果的花，称为花儿。弹花匠在堂屋里架起案板，三折篾片打开，铺开六尺宽、七尺长的弹床，在弹床四周插上竹片，形成一圈十公分高的栅栏。堂屋靠板壁高高低低立着上了红漆的家具，弹花匠立在中央，就有点精心构造一张床的意味了。相对于木器制作的硬铮铿锵来说，弹棉花要柔软得多，也要抒情得多。动作是单调的，重复的，声音也是有节律的，不变动的。那一招一式，让人陶醉。这么说来，木匠是粗重的力气活儿，而弹花，也费力气，但软得多了。

弹床布置好，弹花匠把一绞绞网线绕在锭子上，用一根竹竿，竿顶挑着线，沿对角打来打去，挂在竹钉上，给棉被铺网线，竖经横纬的。他挑起竹竿牵网线的样子，又轻捷又灵巧。

铺好一层网线，换个方向，再铺一层，一连铺了三层，均匀、疏而不漏的网线就铺好了。方格又密又整齐，让人赞叹。

网线铺好，把母亲买的一捆捆花打开，扯散成一团一团，撕开成一绺一绺的，均匀铺在弹床上。这时候，弹花匠开始弹棉花了。我也有些兴奋。我看到弹花匠把背弓背在背上，挑住巨大的弹弓，弹弓的一端系在腰间，左手扶住弹弓的木柄，右手握锤，黑亮的弹花锤在弦上空弹几下，试了试弦的松紧，调好弦，倾下身子，把弦吃进棉花里。那弦一吃进棉花，声音就沉闷了。他把弦陷在棉花里，弹了两锤，把花弹散，又立直身子，长弦沾满棉花，"咣咣"弹拨两下，发出"铮铮"之声。"梆梆梆""咣咣咣"。弹花匠的头发和眉毛上落满雪白的飞絮。

我站在弹床边给他打下手。弹花匠让我跑来跑去帮着扯网线，挂在栅上。我也想试试弹棉花。弹花匠就把花锤递给我，他蹲下身子，够下来，把弦吃进花里，让我拿花锤弹。花吃得很深，我弹了几锤，弹不响，声音很小，像孩子怯生生的。我就不好意思了。花匠又抬高弦，我弹起又是空弦，声音还是空洞洞的。我不好意思，就把花锤还给弹花匠了。但弹花实在有意思。我拿张小板凳在旁边坐着闲看。说起来，弹棉花也是个累活。但花匠背上背着弓，怀里抱着弓，左手托着弓，右手握着锤子，"咣咣咣""梆梆梆"，又清脆又好听。在漫长又疲倦的夏日里，敲得人昏昏欲睡，我在这声音里，躺在门边的长木上睡着了。

醒来时看见姐姐倚在门边看弹花匠弹花。"咚咚咚"的声音敲在她的心上。满屋嫁妆，花红柳绿的，说到底，棉被是最温暖、最柔软的，只有棉被才是中心，是脸面。被子是贴心的，又是暖心的。弹花匠在飞絮纷飞的堂屋，弹得风生水起，棉真的开成花了，云朵一样堆积在弹床上。花匠卸下弹弓，又挑起竹竿牵网线，用网线把云一样翻涌的棉花罩住，粗针穿了麻绳，把两面网线缝拢，再用圆凳压平，叠起来，用红绳捆住，抱过去交给姐姐。

弹花匠干起活来勤快又踏实。每隔两天，就弹好一床棉被。官渡人讲究满十满载，嫁女一般要做十床喜被。等十床棉被弹好，弹花匠收起工具，放进他的背篼。这时候，太阳还没下山呢。弹花匠摘下口罩，拿块肥皂，肩膀上搭起毛巾，去河里洗澡。等他洗得清清爽爽的走上岸来，走进院坝，像换了一个人。姐姐和我都有些吃惊了。

时间过去多久了啊。

弹花匠离开的时候，荞花开得满山雪白。

接下来，就是我们一家人自己筹备嫁妆了。母亲开始忙碌起来。多年来她一直在忙碌。姐姐出生不久，她就开始积攒姐姐的嫁妆，毯子、被面、枕头，像燕子衔泥，一件一件地积攒起来，整整齐齐地放在柜子里。这天，母亲请来有德行又儿女双全的二婶帮忙给姐姐绗花铺盖。母亲把积攒珍藏了十几年的被单线毯被面翻出来，花花绿绿摊了满床。母亲记得哪床红线毯子是姐姐刚扎上羊角辫时买下的，哪张雪青色缎子被面是姐姐上小学那年置下的。一张湖蓝色床单也是姐姐上小学那年置下的。那一年，七岁的姐姐到远山割阳雀树皮卖，换的钱交了学费，还剩下几块钱，母亲就买了那张床单。还有一张大红的丝绸被面是姐姐高中毕业那年置下的。那年，父亲外出做手艺，挣了点钱。本来家里花钱的地方还多，但看着姐姐长大了，母亲一咬牙，就花了大钱买了这床被面。母亲看着这些，入神了。姐姐1962年出生。那一年大家都在咬牙渡难关，姐姐却不顾人世凶险，投生而来，躺在褓褓里，粉头粉脸地冲着母亲笑。长女劳苦，姐姐在成长的岁月里，帮着做农活，做家务，带弟弟。这个家里，多亏有姐姐帮衬。而现在，姐姐却要出嫁了。

姐姐更沉默了。我跟她说话，她也有些心不在焉。她有时候忽然扑哧一笑，有时候忽然眼里泪光盈盈。

母亲和姐姐不断从集市上买回瓷器、织物。父亲也加入进来。这就使得姐姐的嫁妆跟别家的姑娘有些不同。有一天，父亲从外地做手艺回来,很晚了,背篼里背了一台新缝纫机。母亲帮着父亲把缝纫机从背篼里抱出来,放在吃饭的大方桌边,两人在灯下围着缝纫机看了又看。母亲用手抹着缝纫机的转轮,机头那里的针头就"咔嚓咔嚓"地跳。母亲不住赞叹。最后,还是做裁缝的姐姐坐在机器前,试了试,说:"比店里的机器好。"父母就很满意。

下一次,父亲回来,怀里抱着一台录音机。"在县里买的。"父亲很得意。

嫁期临近了,父亲回家也更勤了。又一日,他回来,从衣袋里掏出一块上海牌手表。父亲打开表盒,把手表小心翼翼取出来,替姐姐戴在腕上。姐姐迟疑又羞涩。那表带是牛皮,有点生,表带针穿过去时有点慢,父亲笨手笨脚的,戴了好一会儿才替姐姐戴好。父亲流了泪。

离愁就是从那时候开始的。

日子越来越近了,每一天都像在离别。姐姐比平时更忙碌勤快,也更温柔。我想不出家里如果没有姐姐,日子该怎么过。有天晚饭后姐姐在灯下洗碗,母亲说:"王珍,你一去,我的臂膀就少了一只。"

姐姐说:"你让王琦赶紧娶个媳妇进屋,有人帮你做活,你就会松活点。"

哥哥坐在灯影里,不说话。

母亲说:"我是心头不好过。"

过了一会儿,母亲又说:"像心子被剐掉一块肉那样不好过。"

姐姐朝母亲挨过去,把头靠在母亲肩上,先抽泣起来。母亲任姐姐哭了一会儿,她把姐姐的头抱在胸前,大把大把地抹眼泪。

姐姐出阁那天早晨很冷。客人很多。姐姐的嫁妆一一铺排出来,红彤彤亮闪闪摆了满院坝:衣橱、碗橱、书橱、粮柜、大饭桌、小方桌、茶桌、书案、方凳、条凳、椅子、洗脸架、箱子。每口箱子上放了一床花铺盖。毯子和床单则蒙在桌面柜面上,上面再用红绳系扎上杯盘碗碟筷匙。缝纫机、收音机则放在最显眼的地方。总之,所有陪嫁都显露在外面。贺喜的亲朋来了一轮又一轮,鞭炮也炸了一遍又一遍。我跟几个小孩子满地捡炸漏的哑炮,放了满裤袋,又在院坝追打。我喝住他们,让他们停下来。

我说:"如果你们蹭坏嫁妆哪怕一点皮,我就剥你们的皮。"孩子们被吓着了,赶紧跑开了。

一位堂祖母过来,对我说:"王珍这嫁妆办得热闹啊!官渡滩好些年没办这么热闹的嫁妆了!"

我本来想说句话，想了想，没说出来。

那堂祖母说："再好也是别人家的。养女儿就这样。再热闹的嫁妆也会被人抬走，送到别人家。连同女儿也成外姓人啦！"

我听不下去，扭头就走。

这时有人过来，说姐姐让我过去。我进了姐姐闺房，见母亲和几个亲戚在陪着姐姐说话。姐姐见了我，叫了声"崽弟儿"，就泣不成声了。我看着我的姐姐穿红着绿，辫子上扎着红缎带，整个人僵硬不自然。姐姐哭了一会儿，站起来，把礼物一一点给我：从嫁妆里拨出来的一床被子；一支自来水笔；一段蓝色的确卡，留给我做身新衣服。这是姐姐从办嫁妆的经费里省下来买给我的。

接亲的唢呐奏响了。鞭炮也炸开了。我从姐姐房里出来，站在院坝边让冷风吹一阵。姐夫家带来的杠夫忙着用竹杠和绳子捆扎嫁妆，"乒乒乓乓"，又忙又乱的，像抢劫。我看见姐姐拜辞了祖宗和双亲，从堂屋跨出门，垂着头走下阶沿。姐夫垂着手站在阶沿下等她。唢呐奏得又高又急，鞭炮炸翻了天。杠夫们抬着嫁妆，潮水似的裹挟着姐姐出了家门。

母亲和族人站在院坝边，含泪目送姐姐跟着接亲的队伍消失在河湾处。

我一个人站在落满鞭炮碎屑的空院坝里,哭了。

7.草木

祖母活着的时候常说:"一棵树,一根草,也是一条命。虽然走不得路,说不出话,人家也会疼,会流血、流泪。"

我们听了总是忍不住笑。有一次,祖母火了,霍地从刀架抽下柴刀,抓住我的手作势就要砍。我吓得大哭。祖母气恨恨地说:"还没砍就哭?你也晓得怕疼?那树们,那草们,就不怕疼?"

母亲对祖母这些神戳戳的论调不以为然。她说草木跟人一样,各有各的任务,各有各的命。有的生来就是栋梁,有的只配进灶膛。有的让人掐花,有的让人摘果,有的给人剥皮。

整个冬天,我们都在砍阳雀树剥皮卖。阳雀树长在山尖山上。山尖山,是十几里外的王屋山上的一座石砫,又高又陡,三面是石崖,只有一条路上去。阳雀树长在崖上的石窠里,靠薄薄的腐土和落叶生长。说是树,其实是矮小的灌木,枝条繁茂,柔韧,皮绵柔,纤维长。烘干的阳雀树皮卖到供销社,一毛三一斤。

哥哥姐姐和我去山尖山砍阳雀树,清早出门,天黑尽了才回来，一人背一捆阳雀树。夜里母亲烧开大锅，把阳雀树枝折起放在水里蒸。等阳雀树蒸软，青皮变黄，姐姐就帮着捞出来，摊在地上，沥干水。我跟哥哥姐姐揉掉外面那层红色的膜，再轻轻一撕，阳雀皮就剥下来了。一大堆阳雀树，剥下来只有一小篮子皮。母亲和姐姐把阳雀树皮放到火炕上烘烤，我跟哥哥才疲惫地去睡觉。

剥过皮的阳雀树像弃儿，光着白生生的嫩身子，堆在吊脚楼下。等晾干了，就是烧锅的好柴火。祖母抱柴火的时候，喃喃地说："早化灰，早投生，投生投到原先的根。"那语气像哄小孩子上床睡觉。

真如祖母说的，我们砍过的阳雀树，开春后又发起新芽。到四五月，树上开满吊钟样的小黄花，很好看。到了冬天，我们再去山尖山，见阳雀树长出繁密的枝丫，就像未曾被砍割过。

庄稼地边的林子里，有崖樱桃、羊奶子、野枇杷、山核桃、野板栗、刺梨子。这些山果，说不出来历，因为长在公地里，所以算是公共的。我们小时候饥饿时、馋嘴时，能向山野索取，都有些迫不及待，恨不得搜干刮净。野毛桃还没红嘴，就摘光了。野柿子还没黄，就一竿子打净。还有些老树，像山核桃、斯栗子，长得高，够不着，扔土块也砸不到，就抱着树干摇，果子"噼噼啪啪"落了满地。这些不经栽培和耕耘，未曾被汗水浸泡的果子能饱腹、解馋，让人惊喜，简直是老天爷的恩赐。孩子们对林子里每一棵结果的树都熟悉，熟谙它们生长的位置、脾性、汁水的多少、味道的酸甜，甚至记得它们的大年和小年。那些树在荒年，喂饱了人的饥肠，也慰藉了人的心灵。在最难的时候，官渡人上山挖草根、剥树皮。枇杷树首当其冲，被剥了皮，炒熟磨面，帮寨人熬过了冬天。第二年春天，野枇杷仍然开了花，枇杷黄时，笨拙的枝头支起一簇簇黄澄澄的枇杷，衬着五月的蓝色天空，感人至深。年景再难，毕竟是人与草木一同挺了过来。大地一贯沉默，却不忘在朴素处给人以慈悲和恩情。

一个寨子，它允许一些树平白无故地长在路旁、屋边、地角、墙缝、院坝。这些树，有檬子、楠木、桂花。它们像穷亲戚一样长在寨子里，与人和牲畜互不惊扰，也互不指望。这些树，不知道是什么时候，怎么嵌入寨子的。可能是启祖落业的时候先辈顺手植下的；也可能是一阵风把种子吹了过来；也可能是一只鸟衔着一枚种子飞过的时候，不慎落了下来；还有可能是，另一棵树的根从地底下爬了过来，恰好在这里拱了出来，长出枝叶，成为一棵树，而原先那棵树，却老得不见了。总之，它们以各种各样的理由，在这个寨子里，毫无作为、无所用心地长着，一年年抽枝、长叶、壮干，鸟在树上垒了窝，树上又寄生了另一种树。有的树还一轮又一轮开了花，结了籽，却没人留意到。除非树荫茂密，遮挡了屋瓦，人们会砍去一些树枝。又或是树根壮大，撑破了墙基，就会砍去那棵树。砍了也就砍了，过不了多久，砍去的枝条又长得围拢来。砍去的树根上，又冒了新芽。这些都是命好且有耐心的树。因为无用，也无碍，可以在寨子里长到老，长到自己都懒得再活下去，巨大的树干空了心，里面藏得下二三个玩耍的孩童，寄生的树枝繁叶茂，树冠盖过了半爿屋瓦。春天里，一棵树上开好几种花，风头和香气盖过了正身子树。这些树目睹了一轮轮生老病死，因而通了些人性。寨人们呢，也觉得它们是通了神，平时想不到，也视而不见，但不可不敬，不可指指点点，言语不可亵慢，不可指责。有的树过于古老，空了心，枯了半边枝丫，还被尊为神。这些是活得足够久远的生命。它们虽不言语，但承担了寨人与诸神的信息沟通的任务。如果花事繁盛，当年则五谷丰登。如果花开得萎靡，人们便为一年的收成忧心忡忡。

这些都是通神的树。即使狂风暴雨电闪雷鸣，近旁的树被雷劈了枝丫，被天火烧焦，这些通了神的树也岿然不动。只是有一次，那时候我的祖母还活着，她老人家在河边的沙地里锄草，忽然雷鸣电闪，下起了瓢泼大雨。祖母拖起锄头就往回跑。跑到龙洞沟那里时，路边的老楠木树被雷电劈断了枯枝，落在祖母面前，拦住了她的路。祖母正准备撅断枯枝，背回去当柴火。正当她老人家在大雨里忙活时，前面忽然传来更大的声音。她无比震惊地看见，路前方十来步远的地方，一片山坡像长了脚似的，泥石从半山上整片塌陷滑下来，滑到路中间才停下。巨大的泥石堆在路面上。我的祖母惊魂未定，亲人一样抱着那根楠木枝，泪水和着雨水流了满脸。

几天后，祖母带了香烛，到救命的楠木树下，虔诚地道了谢。

相对于这些树来说，成材的树木，意义就更加重大了。这些树还长在地里，就被人盘算着日后可以做房屋的梁柱，还是儿女的家具，或老人的寿材。

有一些树，因为一些特别的机缘，承担了崇高的使命。做大梁的，被大木匠认定后，早早被系上红绸。待到柱、檩等这些材料都齐了，才被从山上请下来，一路不沾尘泥，请到家，成为栋梁。还有一些松柏，它们天生祥瑞，又恰好与一个上了年纪、安心准备退路的人相呼应。只要人硬扎地活着，树就得耐心地活下去，一棵树为一个人活着，一个人也为这棵树活着。那个人有时间了，就去那棵树下坐下来。到了这时候，风吹过，枝叶说话的声音，他都听得明白一二。这时候，人和树像一对兄弟。

哪家的日子不是靠有用的树木支撑起来的呢？一个儿子一栋房，一个女儿一套嫁妆，上百根木料，都得一根梁、一根柱、一块板，燕子衔泥样凑拢来。官渡人爱每一棵树，看树的目光里藏着温情，也藏着锋芒。这些树，生来就是为了献身。因为具有实用价值，所以，村里的树木经常成为纷争或者恩义的载体和缘由，为一棵树失义或者生恩的事也不是没有。

春天里，什么是寨子的主角呢？是盛开的桃李。在许多年里，我都没注意到官渡春天的花树。官渡的四季是以庄稼的耕种和收获为标志的。春天，菜花明亮的黄，小麦浓厚的绿，东一块西一块，高高低低铺在村后的坡上。开在村寨中的桃李，却被人忽略了。它们长在院坝边，牛圈外，菜地旁。你看到一枝枝桃李伸到屋檐下，伸到院坝里，树枝头叽里咕噜冒出密密匝匝的蓓蕾。春天真是不计厚薄啊，再穷再辛苦的树，也有浑身劲头，抑制不住勃勃生机。白日里，人在坡上种苞谷，桃李花蕾在寨子"噼噼啪啪"绽开。从远山眺望官渡，你看见绿树青瓦间浮起一团又一团粉的、白的烟霞，轻盈柔软得像要飞升。这情景让人格外感动。在春天，天下桃李都有相同的荣盛，都开了满树繁花。

贵州沿河盛产李子。我的二叔从沿河洪渡岩万家回来的时候，万家送了两棵李子树。父亲和二叔把树并排栽在院坝里。李子树真是好树，易活，枝丫繁多，年年三月，满树繁花，到六月，青翠的空心李子结了满树，果子又脆又甜。日子艰辛，但一家人毕竟团聚了。兄弟俩互相帮衬着，把日子平静地往下过，直到兄弟俩儿孙满堂。2011年，矮一点的那棵李子，先露出衰老的迹象，花开得稀稀落落的，父亲就起了些疑心。腊月里，二叔说喉咙疼，去寨子边的丛林里扯了把名叫"开喉箭"的药草来嚼，不知道是开喉箭的麻醉起了作用，还是心理作用，二叔的喉咙疼时好时坏。父亲约上二叔去重庆看望我的哥哥一家，兄弟俩再顺便做个检查。父亲没事，二叔的检查结果出来，喉癌晚期。哥哥开车送父亲和二叔回家，一路上父亲心事重重，二叔却一无所知，只知道他的喉部因为缺碘，甲状腺膨大，就是早年常见的大脖子病。他说，回家后让二婶天天炖海带吃。

到了家，那棵李子树，竟有些枝丫从顶部开始枯萎。这时候，兄弟俩同时怀着心事，又都不言语。

二叔离世的时候，矮的那棵李子，从根到枝，枯尽了。父亲让绪阳堂弟起了树，平了地，他坐在阶沿上看绪阳把那树抬走，人又老了十岁。

有些花的香气，对艰辛困顿的人心是一种慰藉。桂花、栀子是一种，柑橙花是另一种。我家屋后菜地边有棵青柑树，那棵树真大啊，树冠遮盖了半片菜园，树荫又伸过来覆盖了屋瓦。我后来到过许多地方，再也没见过那么大的柑橘树。青枝绿叶间开满玉簪一样的雪白的花，那香气洁净、清冽、澄澈。许多年里，我都觉得那香气像不知从哪儿飘过来的云，在五月偶尔歇在我家。那香气跟树下的杂草，泥土里疲惫生长的禾苗格格不入，跟人和牲畜走过时路上溅起的泥泞格格不入。五月里，我们跟祖母坐在橘树下。橘树满树繁花，花间缀满青橘。不知道这棵树从何处来，为何站在我家园子里，一时间有些恍然，不知道置身何处。蜜蜂在花叶间嗡嗡鸣唱，提醒我们是在人间。

青柑又酸又涩，我们小时候一尝，酸得全身起鸡皮疙瘩。祖母说，青柑不是果子，是药。每年霜降后，祖母就带着我和堂弟绪阳打青柑切片儿晾晒。我跟绪阳一人拖张晒席铺在院子里，祖母把刀板搬到晒席边切柑片。我跟绪阳守在刀板边，祖母切一只酸柑儿，我们就把柑片儿摆在自家的晒席上。谁的手快，谁家晒席上的柑片就多。

青柑晒干后，祖母带着我跟绪阳背到供销社去卖，换来的钱，给我俩一人买只大麦饼，剩下的就充当我们的学费了。

青柑片到了供销社后，又去了哪里，用来做什么？

我们一直不知道。

2012年，我到府右街一条深巷尽头的一家中药坊为岳父抓药。那时候，岳父被结肠癌折磨得形销骨立，但仍不失尊严。那段时间，每当我在外应酬，遇到席上高营养的份菜，我就不动一筷子，请服务员打好包，带回家给岳父。他努力地咀嚼，咽下去，又吐出来，再咽下去，又吐出来，最后长叹一声。西医治疗对他的病已经失去效果。这时候，一位朋友推荐了李老先生。我坐在老先生的药铺里，看着白发美髯的先生亲自抓药，其中有一味青柑片，散发出我熟悉的寒香。

我很意外，向先生请教："我以为，治疗沉疴必用猛药，而青橘是这样平常。您知道，我岳父的病……"

李先生说："青橘平常，因其性温，与身体相宜，能治百病。苦能泻燥，辛能散，温能和。同补药则补，同泻药则泻，同升药则升，同降药则降。"

我提着药包出了老先生的药房。我又想起老家屋后的那株青柑，隔着几千公里，它格外让我感到心安。

8.手表

有一年，官渡来了一个同志，也姓王，大家叫他王同志。

王同志是从上面派下来搞社会主义教育的。他驻扎在队长家,跟贫下中农同吃同住同劳动。

村里来了同志,不是稀奇的事情。那之前,生产队也有同志来驻队,先是李同志,后是陈同志,之后是胡同志。这些同志穿解放鞋,裤腿沾满泥,讲话粗声大气,骂骂咧咧,下地干农活不输官渡人。遇到矛盾,这些同志就挽袖子捞裤腿,摩拳擦掌的,三下五除二就摆平了。

这王同志跟先前来的同志不同。王同志穿得干干净净,长得斯斯文文,戴着眼镜,灰色中山装的四个兜整齐熨帖,左胸的口袋盖上,插着一管钢笔。王同志一来,就由队长陪着,挨家挨户搞访问,作调查研究。他每走一户人家,先问了人口,检查存粮,查看房屋,又查看猪圈和牛棚,就坐在院坝跟人聊天,身边围了一圈看热闹的人。他坐在人群中央讲话,一边讲一边打手势,袖口那里露出来一只手表。那表明晃晃,亮晶晶的,配着银白色钢表带,妥帖文雅地戴在他的腕上,使得那手腕就像长了思想,长了学问,不只是血肉之躯的一部分,显得格外高贵,格外优雅,格外抒情。他讲到兴致来时,那手腕随着语气和情绪晃动,手表在袖口处时露时隐,时明时暗,特别的迷人,特别的撩拨人心。他讲的什么,村民们不甚了了,倒是他腕上那块手表像长了吸石,吸得大家的眼珠子随着那表忽上忽下，忽左忽右，心也被搞得闪闪烁烁的。

当天夜里，官渡滩的人躺在床上，每个人眼前都有块明晃晃的手表晃来晃去。

王同志和他的手表进入官渡，是件大事情。官渡滩的时间因此被重新定义了。

以往，在官渡，有一套特别的计时系统：婚娶看年庚，农事看节气，日期问甲子，一天中的时刻就掐时辰。一天中的时辰，夜里听鸡叫，鸡叫头遍、鸡叫二遍、鸡叫三遍。白天看太阳，太阳出来了、太阳当顶了、太阳打偏了、太阳落山了。太阳出来一尺高，太阳出来一丈高。太阳差一丈落山，太阳差一尺落山。若遇阴天或下雨，就以三顿饭来计时，吃早饭的时候，吃晌午饭的时候，吃晚饭的时候，外加点灯的时候。三顿饭之间，又叫早饭过后一杆烟的时候，早饭过后两杆烟的时候。在官渡，每个人都能掐时间，有的掐得准，八九不离十。有的呢，掐得十之差八九，不过也无所谓。

自从王同志戴着手表进村后，官渡滩旧的计时系统退场，新的计时系统登场。"七点半"代替"太阳出来了"，"十二点"代替"太阳当顶了"。太阳落山叫下午五点半，鸡叫头遍叫凌晨三点。除了这些时辰，出太阳到太阳当顶这中间，还有九点、十点、十一点这好几个钟头。每个钟头间,还有一刻钟、两刻钟、三刻钟等。总之,王同志的手表让村里的时间被重新命名,有了新奇的意义。时间复杂了,详细了,科学了,也紧迫了。六点半,村人还在残梦中,王同志就让队长敲着锣喊:"起床啦!出工打早啦!十分钟后在大桂花树下集合!去梨家沟栽红薯!"干活到十一半点,王同志让队长在地头喊:"十一点半啦!收工回家做早饭吃啦!"这表鼓舞人心,催人奋进。

官渡人没事的时候,就去队长家里找王同志看手表问时间。王同志,现在几点钟了?王同志,娃儿放学是几点钟?王同志,离天黑还有几个钟头?王同志放下手里的书或本子,抬起手腕看了看表,很认真地、带着宣布的意味说,现在三点零八分,黎家村小放学是三点半钟,现在离天黑还有三个钟头,等等。

有时候夜深了,还有人去问时间。

王同志,现在几点钟了,我浸谷种晚不晚?

王同志,几点钟了,我熬苕麻糖,现在下麦芽来得及不?

有人还问王同志:王同志,三点钟下不下雨?

又有人问王同志:我家母牛要下崽了,你看几点钟下?

每当遇到这样的问题，王同志就大笑："本朴、天真！本朴、天真！"

王同志跟先前的同志们不同，他不怎么干活。薅二遍草时，队员们在玉米林挥汗如雨，他一个人蹲在土埂上，拿个牛皮纸记录本，在上面写写画画，写了几行，又抬起手腕看看表。稻谷灌浆时，遇上天旱，队员挑水灌田，他不挑也不背，蹲在田边，手指头试水深水浅。官渡人说，同样是同志，现在的同志戴手表，不干活，像先生。"不过，"官渡人厚道，"反正我们也不靠同志们干的那点儿活。"

小孩子们也对那手表好奇。我们悄悄拿了哥哥姐姐的钢笔，在腕上画手表。那时候我捡哥哥的旧衣服穿，手长衣袖短，手表掩也掩不住，就担心被人嘲笑，被大人责骂。

大人为什么要骂呢？一是浪费钢笔墨水；二是脑子里装满稀奇古怪的东西，耽误放牛和砍柴；三是手表是同志们才戴得起的。戴不上的东西，就不该想。

我的母亲看见我画在手腕上的表，没说什么。她疲惫得不想说话。父亲倒是丢了一句："有本事长大了去搞块真手表戴。"

真手表是怎样的呢？大家都没看仔细过。我可能是寨子里的孩子中胆子最大的一个。王同志再来我家搞访问的时候，我毕恭毕敬地给他上了盅茶,问:"王同志叔叔,手表是怎么晓得时间的?"

"靠齿轮运转。"王同志笑着说。我惊了。我以为一切呼应人间的东西都是得到了神谕启示。王同志笑着说,"手表的道理就这么简单,就像水车的齿轮,一个齿轮咬住另一个齿轮,另一个齿轮再咬住下一个齿轮。一个转,全盘都转起来了。你看太阳在不停地升起、落下,升起、落下,一天也不偷懒。手表齿轮一圈圈地转,一刻也不偷懒。"

这只手表跟太阳有这么深刻的对应关系,我更不明白了。王同志把茶盅放在地上,大方地把手表伸到我眼前,让我看个仔细。我看到表盘里一根针一跳一跳地转圈,另两根针看不出在动。我看着那针转了一圈,关于手表,我实在提不出别的问题了。这时,王同志把表转过去,让我看背面。表背盖是透明的,手表的脏腑历历在目,原来真的是一盘又一盘齿轮,互相咬合,在转动。"咔嚓"一声,王同志把表解下来,又"咔嚓"一声,戴在我的手上,用手卡住表带多余的部分。手表贴上我手腕,我的心一热,而后,又随着表针"咔嚓咔嚓"地跳,跳得我满手心都是汗,跳得我心都要从腔子里蹦出来了。

过了一会儿,王同志把表从我腕上解下来,又"咔嚓"一声,戴在自己手腕上。

我看着他的手表,问:"你们上边,都只看手表,不看太阳吗?"

王同志又笑了,笑得愉快又爽朗:"都看,都看。在大城市里,要看太阳,也要看手表。"

那年多亏了王同志和他的手表。队里的人掐着时间赶活,事事走在前头,庄稼比哪年都长得好。王同志是栽秧前来村里的。八月里谷子才挞完,还没晒干,王同志就回上边去了。官渡人说:"新米都没吃一口。"

王同志一走,官渡的时间也跟着他走了。进九月了,天天秋雨连绵,整个寨子灰蒙蒙、湿漉漉、散垮垮、软塌塌的。用哥哥的话说就是:"一点意思都没得。"寨子又恢复了以往的计时系统,夜里听鸡叫,白天看太阳,阴雨天就按三顿饭来计时间。那些被王同志的手表命名的时间,不,那是跟"时间"对应的生活种种,忽然涣散了,所有事物重新归类,重回古老、缓慢、模糊的旧时光。

我也觉得一点意思都没得了。早晨放牛回来,裤腿沾满露水,再赶到学校,迟到了。夜里在稻田边守水,蛙鼓聒噪,我被蚊虫叮了满脸的包,也不敢撤退。烦闷了,我经常一个人到河边散步,流水的声音擦洗着虫鸣,也擦洗着满天的星子。

每当这些时候，我就会想起王同志，想到他开阔、爽朗的笑声，想到他腕上的手表，想到他把表扣在我手腕上，那凉意瞬间滋得我浑身冰爽。想起他戴着手表的手一挥，沉默缓慢的事物瞬间被激活，从此具有新的意义，眼前也由此展开一个新的世界。王同志就在这个世界的中心。他是上边的人。然而上边到底在哪里呢？

那以后，我在村里念完了小学，又到区里念中学。班上有个坐我后排的同学戴着块手表。这同学袖子高一只低一只，即使在大冬天，左袖也高高挽起，露出亮铮铮的手表。我常盯着那块表出神。

初一下学期时，照相馆的人进了学校。好些同学都照了相。我找那戴表的同学商量，请他把表借给我戴上照张相。

那同学说，老汉说了，手表儿不要借给别个，搞烂了不好。

我说就戴上照个相，照完就还，不得遭搞烂。

那同学说你本来就没手表儿，戴上照相有啥意思。

我说戴表照相行势（在我们老家，行势是指与众不同、高人一等，是阔气的意思）噻！

你没表儿借表儿，再行势都是假的。我们家花钱费米，买个表儿来借你戴起行势，冤不冤？不晓得的还以为你真有表儿呢。一分钱不出，白得个好名声，我不帮你搞。

没办法，我只好光着手腕照了个相。

那是我人生的第一张相片。

期末考试，戴表的同学愁眉苦脸，来跟我商量，他把表儿借我戴戴，我把答案借他抄抄。

我说不搞。抄答案得高分，不知道的人还以为你真能念书呢。你一颗汗水都没流，白得个好名声，我不帮你搞。

虽然算是报了一表之仇，但那表始终像明晃晃的太阳，灼烧得我心里又热又痒。

周末回家，我吞吞吐吐把借表的事告诉母亲，母亲会错了意，叹了口气，说，你从小就不肯服穷、不肯服弱、不肯服命。你这脾气不好，要遭吃亏的。

我没理她。

有一次，父亲回来，我绕山绕水地说起一块手表带给我的屈辱和委屈。父亲大人一听，再看我躲躲闪闪的眼神，就明白了。他说手表有么子意思？早晚啊，快慢啊，时辰啊，都在心头，都有个数的。戴个钢圈圈在手上不嫌多余？那都是上边人搞的玩意。

我又气又怨，扭头就走，走了几步，又回头丢了句话：

"你等着看吧,我会到上边去的。我会戴手表的。"

后来我工作了,又从乡里调到县里。父亲大人就得意洋洋地说:"我家老幺到上边去了。"

在"上边"的日子里,我一边努力工作,一边努力找对象。同事朋友们都很热心地给我介绍一个又一个姑娘。在介绍人的见证下,两人见过一面,如果心仪,我就给姑娘写信。我练过书法,也读过些文学作品,写的信也很过得去。但找对象这事就像通关,过了第一关、第二关都不算成功,甚至到单位做了调查,这些都过了,都不算成功。接下来姑娘的父母做家庭考察,一听说小伙子家在农村,脸上的笑容就矜持了,事情往往就此打住了。过多的失利挫败了人的斗志。几轮相亲下来,我蔫了。

母亲说:"就在官渡附近几个寨子挑一个吧,还能生两个。"

我们县是少数民族自治县,农村媳妇是能生两个孩子的。

然而父亲大怒。整个寨子的人都听得见他的咆哮。他大骂那些不识相的"亲家母"。他说,那些婆娘真是有眼无珠!一个农村的孩子能跳出农门岂是等闲之辈?"等着吧,有他们后悔的时候!"我沮丧地垂着头不说话。他朝我骂道:"没志气！去找！去找！我给你钱，你去买手表！戴上手表给我找！我就不相信我王家这么踏实勤快的小伙子，连个老婆都找不到！"

父亲大人并没给我买表的钱。我决定自己攒。

还没等我攒够买手表的钱，李虹就嫁给我了。结婚后，我们一起辗转了好几个地方，经历了好几种不同的生活。我们过得匆忙而精准。我们都戴手表，每天的时间以钟头计，甚至以分秒计。经历了生活的种种，年至半百，我才明白，真正的时间，从来不在一块表盘上。手表是对时间机械的、笨拙的模拟。真正的时间，其实在天地间、人心里。它是日夜，是晨昏；是四季，是枯荣；是青春与衰老，是别离与相逢；是思念，也是爱；是永不忘记。

9. 流水

河流从深山峡谷劈路而来，到了观音潭口，就松散开来，河水散散漫漫地流，形成一片宽阔的水域。

我小时候，听族里的老人说，当初，先祖带着族人，沿着河的崖岸跋涉，一路披荆斩棘，到了此处，看见河流开阔平缓，河水清澈，水中游鱼如织，两岸山坡碧绿，遂就此驻足。

先祖在河岸搭建木屋，筑了稻田，车水灌溉，在河里汲水、戽鱼，在屋后的坡地种苞谷、土豆，一代又一代，繁衍生息。

那时候，河流还没有名字，河岸也还未形成寨子。

春夏时节，河流水涨，常常淹没了稻田和房屋。先祖的儿子成年后，就把新屋立在老屋后坡。儿子的儿子出生，长大成人，又把新屋立在父亲房屋的后坡。这样，一代又一代，半山坡就形成了寨子。房屋不断后靠，稻田也跟着筑到了半山腰。族人在半山腰的泉源处淘井饮用，又引溪水灌田。先祖最初立在河边的老屋，不见了。河边的沙洲和稻田，也成了滩涂，废弃了。寨人养殖禽畜，先前在河里戽鱼的生计，也放弃了。这个寨子，虽然临水而居，跟河流已经没有多大联系，寨人也是实在的山里人了。

一个寨子，如果没有一条河流经过，是多么焦灼又枯燥的事情。试想，这个寨子，松松落落地散在一面山坡上，背后是山，前面是山；左边是山，右边也是山。村里的人和事，在草木荣枯和生老病死的旋涡里，越陷越深，越来越陈旧。

如果有一条河淌过，就不同了。河流带来上游的影子和气息，从村里流过，把两岸的疲惫和梦想映进水里，又流到下一个地方。一个地方如果有河流，就不是孤立的，它跟上下就是贯通的，这个村庄，就跟广阔大地上的万事万物有了联系。

水在低处流,水又往低处流。在一个村庄里,河流在下,田地、禾苗、房屋,一切都在河流之上。下河洗菜,洗衣服。下河洗澡,下河捞鱼。草木庄稼在河岸,一摞一摞叠到山顶。需要河水滋养的生命高高在上,生长、酝酿和结实,一切仰仗半山的泉水和老天的晴雨。

河流对一个村庄的作用是什么呢?它只负责到来,跟人相互激荡,然后离开。

盛夏,庄稼和人都疲惫,河流也疲惫。只有河滩上的孩子,光着黢黑的身子,叽叽喳喳的,梭子一样钻进水里,激起高高的水花,过一会儿,从另一处冒出来。又钻进去,又冒出来,使这个疲惫的乡村有了些生气。这些梭子一样精瘦灵巧的小小身躯,在漫长的成长岁月里,不停止地在河里沉浮,从水里获得或者舍弃。他们的命运与河流相互纠缠。有的留了下来,有的顺水漂流。

我在这样一条河边出生和成长,幼年至少年,所有的梦都贯穿着流水的声音。年轻的时候,我站在岸边,看河流日夜不停地拍着河岸匆匆流逝。我以为,对于官渡滩,河流是过客,奔流不息的过客。当我年过半百,看着族人一个接一个老去,又一个接一个离去。年轻一代一个接一个出生,一个接一个长大。目睹了许多生老病死,经历了许多离别相逢,才明白,只有流逝才是永恒。人只是河流永恒的过客。是的,星空和大地教给我永恒,四季教给我轮回,而河流,教给我流逝才是世间最根本的事情。多年以后,当我回望故土和亲人,回望一条河流流经的岁月,心里就会涌起湿漉漉的忧愁。我的妻子说这就是乡愁。乡愁是轻盈的,具有审美主义的质地,是闲愁的一种。而我的乡愁,因为这条河流,以及河流两岸的土地,它沉痛,而且悲伤。

一个村庄的生活,是相对孤立的,是片段式的。是河流让一个村庄与另外的地方连接起来,并形成难以解释的因果关系。河流带来上游的消息。有时候水浅了,是上游旱了。有时候,官渡滩风和日丽,风平树静,河里却浊浪滚滚,从上面隘口卷着波浪奔流下来。过了隘口,河面开阔了,流水散漫,洋洋洒洒的,水面浮着木柜、衣被、晒席、柴火,还有猪羊或者鸡犬。有时候,水上漂浮着人,衣衫散在水面,一漾一漾的。官渡人站在岸边,不住叹息,说,上游的董河还是宜居,又有一户人家散了。

像一切居住在河流岸边的人,对河流冲下来的浮财,都怀着意外的惊喜。耕种太艰辛,有不经劳苦而来的东西,为什么不抓住?

有一年端阳，河里涨大水，上游漂下来一批浮木。那一年，我的一位堂叔三十二岁，正为建新房子四处筹措木材。堂叔一大早就扑进水里忙活，捞起一根又一根浮木，凫水到岸边，递给他的弟弟，晒在太阳下。

那天堂叔收获丰硕得很，河岸上摆了一堆木材。他看了看，差不多了，堂婶煮的粽子也该熟了。他抱着一根浮木，往岸边凫。这时，一根更大的浮木逐浪而来，撞在了他后腰上。堂叔撒了手，向前一扑，沉进了水里。他的弟弟在岸上看着，想哥哥水性好得很，在水里扎个猛子，不一会儿就能浮上来。等了好一会儿，不见人浮上来，只有那两根木头在水里一漾一漾的，一时聚拢，一时又散开。他的弟弟这才回过神来，大声呼喊哥哥，这时候，更大的波浪挟裹着浮木、牲畜、衣被下来，漂在水面上，久久不肯顺着河水流走。

我常想，这些浮在水面的东西，顺水流到下游的香树坝、一两丝，进入小河，到了五堆、沿河，最后进入乌江。岸边会不会有人，像堂叔那样，跳进水里，舍生忘死，最后顺水漂流？

这是激流中的董河。

除去洪波汹涌的时候，董河平日顺和平静。老婆婆们在河边搔洗青麻。母亲和婶娘们在河边洗红薯，洗洋芋。姐姐们在河边洗衣、洗菜，整个冬天，满手都是麻皴子。听见有人叫，她们应声回过头来，红扑扑的脸上是温和安静的笑容。这是那条河给我的安慰和温暖。

一条河流，给予男人的乐趣远远多于女人。男人们在水里洗澡、捞鱼，孩子们耍水。一到夏天，两岸的男孩就整日泡在水里，搬螃蟹、摸鱼。河里满是鱼虾，人却没有吃河鲜的习惯。即使在荒年，村人啃光了树皮草根，甚至有人饿死，纯良的官渡人却不曾从河里打鱼上来活命。

我小时候挨饿不少，也不吃鱼虾和螃蟹。虽是好东西，但缺油少盐，腥味重，闻着气味就吐。但铜西场上的人吃鱼。他们有多余的油，把鱼煎得焦黄，把鱼汤炖得又香又浓。孩子们在河里摸到了鱼，就飞快地穿上衣裤，用细篾丝把鱼穿成串，提在手里，走十来里山路，到铜西场上去叫卖。见到工作同志模样的人，就跟在人家屁股后，一边走一边问："要鱼吗？刚从董河摸上的鱼，瞧，尾巴还在摆呢。大的五毛，小的三毛。要鱼吗？"

摸鱼毕竟靠运气。心狠的孩子就朝河里扔雷管和土炸药炸鱼。小时候我也跟村里的伙伴们去河里炸鱼，一包土炸药扔下去，"砰"的一声，就有大大小小的鱼翻着白肚皮浮起来。炸鱼很危险。炸药包扔早了，惊得鱼群四散。扔晚了，在手里爆炸，炸掉半只手腕、几根手指，也是有的。至今，村里还有几个缺胳膊短手的人,就是幼年炸鱼炸掉的。

我一生也不敢告诉父母的一件事,是童年,我也曾为一点小利舍生忘死,差点儿送了性命。

夏天,久不下雨,河水消了,中间就露出一片沙洲。十一岁那年暑假的一天,我跟同伴们下河炸鱼。一起炸鱼,却分得最少,我愤愤不平。等同伴离去,我就在沙洲的一侧用石头筑了坝,留一个窄窄的决口,用竹子编成一个梭子箭船,安在决口处。箭船是我跟哥哥发明的捕鱼的器具。河水哗哗,鱼顺着河水游进箭船,回不了头,困在箭船里扑腾。运气好的时候,两三个小时,就能捕到十多斤鱼。

安好箭船,天晚了。我就卧在沙洲上守鱼。河水拍着沙岸,发出轻微细碎的声音。前面是水,后面是水,左边是水,右边也是水。我仰面躺在沙洲上,像躺在轻轻晃动的船上,不一会儿就睡着了。两岸的灯火都熄了,星空高远,夏虫繁密。谁都不知道一个十一岁的少年躺在夏夜的星光下,梦里全是活蹦乱跳的闪着银光的鱼,跃出水面,在星空飞来飞去。

是冰凉的河水鱼嘴一样啄着我的脚背,我才醒过来。醒来愣了一会儿,才意识到是在河里。箭船已经不见了。河水快速上涨,不一会儿就漫过了沙洲。又一个浪头打过来,我跌进水里,呛了一大口水。我想站起来,本能地用脚踩地,但已经踩不到底了。河水越来越深，越来越急，我拼命朝着岸边游，却被波浪打进水中，被大口大口地呛水，又死命地凫出水面。我爬上岸的时候，裤子没有了，背心也被撕成绺绺。我横趴在路上喘气，心想被父母知道了非打死我不可。趴了好一阵，缓过劲儿来，我站起身，光着身子进了院坝，推门进了屋。父母的房里响着鼾声。我摸索着进了我跟哥哥的房间，站在床前，牙齿咯咯打着战，全身筛糠一样发抖。哥哥醒了，在黑暗里问："搞到着没？"我颤抖着说："起先是搞到着了，搞到了两条大鱼。我去捉，没捉住。最后，遭滑脱了。"哥哥说："大鱼就爱打滑，捉不住，你说日怪不？好东西都打滑，捉不住，没得意思得。"

河流朝朝暮暮流淌，荡涤，同时也滋养浸润着两岸。然而，一切流逝的东西，人们都听之任之，信奉和崇尚的，却是岸边稳固恒常的事物。官渡人供奉的是土地、巨石、老树、古井、祖屋，还有埋葬先亲的，在树下或者地边一年年老去的坟墓。而打算放弃的，准备告别的，想要遗忘的，就带到河边，或者放在河上，让它顺水漂流。

我的一位堂叔，有一个三岁多的儿子。有一天晚上，这孩子忽然不见了。整个官渡滩倾村出动，分成两路寻找，一路上山，在寨子后面的庄稼、山林和草丛间翻找。另一路下河，顺着河岸一路走一路呼喊。那孩子的叔叔跪在河岸的一座土地庙前，祈求土地菩萨保佑，许愿找到了孩子，要给土地重修一座庙。

最后，孩子的叔叔在山层悬崖上的一个石窟里找到了孩子。这事至今让人迷惑的是，悬崖上没有路，一个三岁多的孩子，如何能沿着河岸上行五六里，又攀上悬崖，最后窝在那个石窟里？孩子的叔叔抱起孩子，看见石窟里就有一座土地庙。这个叔叔抱着孩子就跪倒在土地庙前，放声大哭。

秋后打了苞谷，家家都有了点余钱。做叔叔的上门跟孩子的父亲商量，说菩萨救的是你的儿子，这土地庙该你修。土地庙是怎样的呢？就是三块石板支起一个尺余高的岩硫，岩硫里面立个木片做的神牌，花不了多少钱的。孩子的父亲却不买账，说谁许愿就该谁修，不信你去问菩萨。这位叔叔很生气，说哪有这样做父亲的？土地菩萨救的是你的儿子，修不修是你的事。

谁都以为这事就这样过去了。第二年开春，这位叔叔的女儿在河边采刺莓，脚下打滑，掉进河里，还来不及呼喊，就被河水冲走了。后来人们说起这事，很为叔叔和他的女儿鸣不平，说堂叔仁义，他女儿走得冤枉。后面那句，厚道的官渡人却忍下了,只说,地上的一切都归土地菩萨管,河流也是。河流是土地的儿子。

河水散散漫漫地流,流了两三里地,流过官渡,到了寨子下面的白杨滩那里,两岸山崖向中间围夹、收紧,河道断了,河水轰隆隆进入氽洞,不见。要翻过白杨山,才看见河水从山脚一个洞里涌出来,像是一条新的河流。

我的父亲,一位略识文字的农人,常常翻着家谱数给我们看,在二三百年里,官渡滩王家有哪些人沿着河岸向下,到白杨滩那里上山,去往外面的世界。那中间,有做官的,有背脚的,有抓丁的,有念书的。父亲提起他们的名字,就说:"山高有柴烧,路远有米吃。"

我离开故乡三十多年了。三十多年里,每年都会回家几趟。如今,河水浅了,河上架了大桥,河两岸也高高低低起了些新楼。岸边的地里,还是长着谷子、苞谷、红薯、洋芋。水井还在汩汩流着。河的右岸睡着我的外婆,左岸睡着我的祖母和母亲。我的父亲一个人住在老房子里。他的耳朵听不见了,眼睛还好。一提起母亲,他就沉默不语。河流教给我流逝是世间最根本的事情。在一切流逝中留下来的,必定经历了千辛万苦。

第四辑

茶园，或所有路的尽头

几十年岁月长啊,那些来到他们中间的人和事,有的已经退场,有的也去了远方。剩下这对兄妹,留在这个院子里,像是潮水退去,留在沙洲上的两条鱼,又一次相濡以沫。

像从未经历中间的几十年。像祖父离世时,他第一次像父亲一样把她搂在怀里。那时候,她两岁,他十五岁。

1

清明节那天,家里来了一位年轻的女性客人。她是我妻子的小闺密,刚从四川攀枝花探亲回京,带了一篮大樱桃过来。"今早从姑姑园里摘的,请你们尝尝鲜。"其时,我的妻子正跟女儿在京郊踏青,我奉命招待客人。作为答谢,我打开一个长竹茶筒,用竹匙舀了一小勺新茶倒进杯里,冲上开水,端到她面前。

"这是我的姑姑亲手种植、手工炒制的明前茶。每年,姑姑的茶叶总是与清明一同到来。"茶叶在开水里翻滚激荡,不一会儿,就沉落杯底,卷曲的叶子缓慢舒展,洇出缕缕绒絮状的浅焦糖色,在水里弥漫开来。略带焦煳的茶香随即散发出来。

客人端起杯子,轻啜一口,不失礼貌地赞叹:"香!"她说:"茶叶手工制作,是一项民间文化。您的姑姑,她一定是一位民间艺术家。"

我不知道跟这位年轻的女子说什么好。我想起我的姑姑。她生活在离官渡滩十几里外一个叫茶园的寨子。她不是什么艺术家,她就是一个农妇,是母亲、祖母、外婆,是姑姑。

她生于1949年,与共和国同龄。两岁时,她的父亲离世,被寡母和长兄抚养成人。她自幼年开始,就帮长兄长嫂带三个侄儿女,多年后又收留了其中一个侄子的儿子。她被长兄——就是我的父亲——嫁给她的表兄,育了三个儿女,其中一个残疾。后又给儿女们带大三个孙子。她没上过一天学,不识一个字。她曾经有过丈夫,后来没有了。她是我的另一位父亲和另一位母亲,是我在世上的另一处安顿和收留。

她的名字叫王淑云。

2

母亲活着的时候告诉我,我是在姑姑出嫁的那天晚上出生的。作为长嫂,我的母亲挺着呼之欲出的大肚子,协助祖母和父亲为她操办了朴素且周全的出阁之礼。据说她在辞拜高堂时哭得极为沉痛,让观礼的族亲不胜唏嘘。让村人印象极深、多年后仍被屡屡提起的,是那位等在阶前的新郎——这个人在几个钟头后成了我的姑父——也心疼得哭出了声,其动情之状,不像迎娶新娘,倒像在告别远嫁的知己。

而她的兄长——我的父亲,彼时侍立在祖母身旁,也忍不住落了泪,但这位乡村聪明人并不悲切。长兄如父,他把这个妹妹抚养大，并把她嫁到亲姑姑膝下做儿媳，这是合乎王家规矩的，也是合乎官渡习惯的。肥水不流外人田，亲上加亲，婆婆聪明解事，夫婿厚道慈良，总的来说，这是桩不错的亲事。至于哭嫁，那都是情之所至。哪个姑娘出阁时不哭呢？

母亲可能是因为操办婚事太劳累，当晚，办喜事的席棚还没撤尽，我就在她的肚子里挥拳踢腿了。后半夜，我挥舞着拳头，愤怒地哭着，来到人间。

我的出生，弥补了姑姑出嫁带来的失落和冷清。祖母笑逐颜开。"去一个，来一个，这算双喜临门。"她抱起我，"这娃儿是在攥他嬢嬢的脚呢。大妹、二毛都是嬢嬢背大的，我这三毛也想要嬢嬢背了。"在我们那里，管姑姑叫嬢嬢。

第三天早晨，她在姑父的陪同下回门。在堂屋向祖先行过礼，进了屋，见到祖母，眼里噙了泪。我的父亲迎上去，她叫了声"大"，把头别过去，眼泪落了下来。

我的姐姐和哥哥很高兴，两人一边一个，拉着她进母亲的房间，去看刚出生的小崽弟。她抱起我，用哭嫁还没消肿的脸贴在破褴褓上轻轻蹭着，喃喃地说："你啷个这么小啊，小得像个啷粑儿呀！你啷个这么小啊！"她那亲爱又心疼的样子，像捧着她的心肝儿。

彼时，她的新婚丈夫，那个被我们叫作姑父的年轻人，恭敬地站在我父亲面前。他幸福得一塌糊涂，对他的这位大舅子兼亲表哥感激不尽。他掏出一支纸烟，毕恭毕敬地给父亲点上，然后紧张局促地搓着手，不知道说什么好。于是，他朝院子里四处打量，想找点儿活儿来干。终于，他看到吊脚楼下有只断了腿的犁辕。像是新手上台找到一个救场的道具，他搬出犁辕，又找出斧头、锤子等工具，坐在阶沿上，就开始修理起这只犁辕。在以后的几十年里，他每踏进这个院子，就四处张望，见有什么活儿就马上找出来干。最后，他死在这个院子里。

3

我出生后，我的祖母就从土地上退场了。那年她才五十多岁，但长年的劳苦和艰辛，让她老得不成样子。她回到家，负起了背我的职责。她把姑姑曾经用来背哥哥姐姐的旧摇背笼拎到河边，浸在水里涮洗干净，立在河滩上晾干，用破布把背带缝补修整好，把我放进摇背笼，背到了背上。

官渡滩的小孩子都是在背笼里长大的。小孩子生下来，刚满月，母亲就得下地劳动。奶细娃儿睡在竹编的摇背笼里，由老人或孩子在家里看管。摇背篼安了背带，背在背上，远天远地地去地里找母亲喂奶。我们那里屋里潮湿，多蚊虫，夏季还常有蛇虫蜈蚣出没。背孩子的人在家里，也把摇背篼背在背上，做饭、喂猪、洗衣服，连上茅厕都不放下来，背奶细娃儿、干活两不误。待奶细娃儿稍长，勉强能坐了，就把孩子放进一种"座背"里背。奶细娃儿在座背里长到能站立了，又换一种叫"梁背"的背篼。梁背就是贴在脊梁上的背篼，不到三尺高。这种背篼编织精致，造型讲究，在背篼中是体面的一种。这时候，娃儿站在梁背里，头脸和肩膀露出来，如此，一直背到孩子能走能跑。

姐姐打猪草、洗衣服，哥哥放牛。八月里，苞谷掰了，苞谷秆也砍了，打成捆盘在桊子树下，地里剩下锋利的苞秆茬，半尺来高，棵棵带着锋利的刀划口，像古战场上排布好的短枪矛。苞秆茬间种的黄豆还没熟，豆荚饱了，豆稞还青着。要再晒几天太阳，等豆稞黄了，才能收豆子。

有人喊，我哥哥放的黄牛在河边地里吃豆子了。

祖母背起我就朝河边跑，她一路跑一路喊，到了地边，拍着手又喊又叫，愤怒地咒骂那牛。我在背篼里也很来劲儿，跺脚摇手，嘴里"嘘嘘"地叫着，为祖母帮腔。但是那牛毫不理会，一张大嘴就像收割机，舌头一卷，一大丛豆稞就不见了。祖母躬下身子，从地里捡起土块，远远扔出去砸那牛，全然忘记背上的背篼里站着两岁的孙子。

我从梁背里倒栽出来，落地时，额头被苞秆茬戳了个窟窿。祖母扯了把青蒿，放嘴里嚼融，一把按在我冒血的伤口上，才大哭起来。偷吃豆荚的牛停了下来，默默地看着我们。祖母抱着我，牵着牛，一路哭着回家。她的哭声苍老破败，河两边的寨子都听见了。

到了家，祖母从锅底刮了烟灰，一把按在我的伤口上。

第二天早晨，姑姑就从茶园来了。我至今不知道她是怎么得知我受伤的消息的。她一进门，就把我搂在怀里，不说话，只是不住地流泪。

我们那里，治疗伤病自有一套紧急办法。病了，吃火药面面；受伤流血了，就涂黑锅灰。至于破伤风什么的，村人一律没听说过。不知道这是什么原理，但我的血确实止住了，伤口也没发炎。伤口愈合后，额上留下了很明显的疤痕。父亲回来，抱着我，仔细端详这疤痕，说："这娃儿好养了，老天爷做了记号的。"

多年以后，在一个深秋的午后，天下着雨。一位绵羊般温顺的姑娘把我抱在胸前，流着泪吻我额上的伤疤。她一边吻一边揉我的后背、耳朵、脸颊，她吻得那么深切，揉得那么温柔，差点儿把我骨头揉碎了。我在她怀里轻飘飘软绵绵的，想要流泪。

是她的父母及时止损，中断了我跟她的爱情。这位姑娘带我上门拜见她的父母。在饭桌上，她的母亲关切地问起我额上的伤疤。这位农机厂会计听我汇报完伤疤的来历，又对我的家世进行了询问。得知我的家族都是农民，且现在都还在官渡那片土地上种苞谷和红薯，这位聪明的母亲夸张地说："哦哟，到了赶场天，我们家可顿不了（放不下）那么多背篼！"

姑娘的父亲则委婉得多。他说："年轻人还是先立业，再成家。先立业，再成家。"

从姑娘家出来，雨下大了。我甩甩头，走进雨中，假想自己是一个英雄，孤独求败，气概豪迈。那时候我还年轻，还没练就一副铁石心肠。我在雨中走着走着，就忍不住回头望向她家的小院，那位绵羊般的姑娘拿着一把雨伞站在院门口，她没有叫我，我也没有叫她。

在以后的很多年里，我时常在镜中端详额上的伤疤。它是童年留给我的礼物，是苦难的桂冠。我戴着这顶桂冠在汹涌人潮里前行，艰辛的时候心里想，我是被苦难加冕过的，眼下的困难又算什么呢？

4

我受伤后,姑姑回娘家就勤密了。很明显,她不放心祖母带我。她一进门,就把我从祖母背上的梁背里抱出来,仔细看我额上的伤疤。她听说生姜祛疤痕,就把生姜洗净擂融,在伤疤处一遍一遍地擦。擦完,又把我放进梁背,背在背上干活儿。祖母的双肩解放了,默默地坐在灯影里抽着旱烟。姑姑背上背着我,替下做饭的姐姐,菜刀在菜板上切得飞响,菜在锅里"噼噼啪啪"地炸,就连火塘的火苗也燃得比平日旺。她一边干活儿一边跟祖母和姐姐哥哥说话,忙碌又喧闹。母亲从地里回来,筋疲力尽,见家里收拾得齐齐整整,饭菜香熟,一双儿女干净整齐地坐在灯下,最小的站在小姑子的梁背里喜眉喜眼,她的小姑子在灯下笑吟吟地忙碌着,像未出阁时那样。

我的姑父也经常陪姑姑一起回来。那个拘谨的年轻人,已经心安理得地享受了他的婚姻。在我们家里,他不卑不亢,但更忠诚,更勤劳,就像一家人似的。他每次来,先是一口气把水缸挑满,再把院坝边的柴劈好,码成方垛。然后看有什么农具、篱笆、猪圈需要修补的,就修补好。我们家的活儿,就像长在他手上似的。他跟我家那些锯子、刨子、戳子、錾子、斧子也像老熟人,使用起来得心应手。我的父亲有时候回来,看着他的这位新妹夫忙忙碌碌，说了两个字："仁义。"

姑姑和姑父在我们家里，各忙各的，不怎么说话，就像两个客人从不同的地方赶来，恰好在我家相遇。吃饭时，姑姑客客气气给姑父盛饭，吃完饭赶紧接过姑父的碗，双手给他筛上茶，跟对待一个外客没什么不同。

姑父干完活儿，就带我在院子打马马肩儿玩。他蹲下身子，让姑姑把我放到他脖子上骑坐好，把我两只小手撑举开，架着我在院坝里一颠一颠跑圈子，嘴里喊："飞高高喽！飞高高喽！"我也非常兴奋，嘴里"嘚嘚嘚"地叫着，像张开翅膀飞翔。姑姑在一旁看着，紧张地喊："小心点儿啊！别把细娃儿摔着啦！启平，你要小心点儿啊！"

只有这时候，他们两个才像共同呵护一个孩子的夫妻。

她生下了表弟冉明，刚满月，跟姑父带着奶细娃儿回娘家。她长胖了，更白了，浑身被一股洁白温暖的奶香充盈，她安详下来，也心安理得了。姑父跟她默契了。是婚姻、生育以及共同的劳苦，让他们在尘世认领了自己的命运，从而相依为命、相濡以沫起来。两个人都松弛下来，在我们家里，也妥帖而自然。两人之间也有了些亲昵。她叫姑父"哎——"，姑父叫她也是"哎——"。她坐在院子里，撩起衣襟给婴儿喂奶。两个人的目光都被那个吃奶的孩子吸引去了，都不怎么互相看一眼。但言语和眉眼之间,仍然掩饰不住默契和温情。

那时候我四岁了,还在吃奶,但我母亲的奶水已经没什么滋味和营养了。姑姑的奶白白胖胖,小表弟叼住一只,另一只就不住朝外冒奶水。她拿手帕使劲按着奶嘴,很难受的样子。她对我说:"来,华子,你过来吃这只。"我害羞,不肯过去吃。哥哥在一旁吓唬我说:"吃了孃孃的奶,长大了要上孃孃家当上门女婿哦。"我其实不晓得上门女婿是什么,但是吓得大哭,更不肯吃了。

她于是很惆怅地说;"姑侄姑侄,还是鸡蛋隔层皮哦……"

这时祖母就发话了。祖母十分愉快地说:"亲戚中,孃孃是老子,姨孃是娘。哪有老子给儿子喂奶的?"

那以后,她再也不提给我喂奶了。

5

我母亲活着的时候,对她这位半是女儿、半是妹妹的小姑子既感激,又爱怜。

母亲说,淑云是她看着长大的。她嫁过去那天,这细娃儿穿着洗净的旧布衫,头发在头顶扎两只朝天椒儿,欢喜得很。等新嫂子拜了堂、进了洞房，这细娃儿给新嫂子端上了进门的第一盆洗脸水。母亲说，她给了细娃儿一毛二的喜钱。那年，那孩子八岁，眼睛又大又亮。

母亲说，淑云从小怕她的大，却跟她亲。母亲说，当时只道是帮着父亲把这个小姑子盘养大。哪晓得这辈子，小姑子帮她，比她帮小姑子多得多。母亲说："你们嬢嬢是我们家的恩人。你们哪个都不许对不起她。"

母亲说，我们那位长兄出生时，姑到了上学堂的年龄。她天天闹着要上学。但是我的父亲不许，要她留在家里背我那位长兄。母亲说，那位长兄出生时又白又胖，满满一背篼。那时候姑姑比背篼高不了多少，背上婴儿时，竹篾背带在肩膀上勒出两道血印子，脖子拉得老长。

长兄长到快两岁时，得了一场伤寒。那个可怜的长兄夭折那天，她哭得比我母亲还伤心，仿佛是她的罪过。

两年后，我的姐姐出生时，她自然而然地担当起了背姐姐的责任，像是等待了很久终于等到，只字不提上学的事情。等哥哥出生的时候，她已经像一个熟练的小母亲，孩子一生下来她就接了手，一把屎一把尿照顾奶细娃儿，侍候母亲坐月子。母亲满月后加入了队里的劳动，姑姑就手里牵着姐姐，背上背着哥哥，做着繁重的家务，拉扯着这个家庭。

等哥哥姐姐都已经长大,上了学,她的肩背不再背孩子,就背柴火、背水、背粮食,像官渡滩的每个女孩子一样,在繁重的劳作中,长成了一个大姑娘。由于从小营养不良,再加上自小就劳苦负重,她个子不高,但相貌俊美,手脚麻利,性情也十分温顺。虽没上过一天学,不识一个字,但聪明伶俐,眼水好,凡事看得到方向,行事做人也很有分寸,处处先想到别人。

这时候,提亲的人家就上门了。

有一次母亲背着父亲,悄悄跟我说,当初姑姑欢喜的不是姑父,而是岩鹰头一户人家的亲戚的儿子,那年轻人在彭水鹿角中学教书。但我的父亲不许,要把她分到茶园,到她亲姑姑膝下做媳妇。

母亲说,当初姑姑要死要活,又是跳河又是上吊。父亲眼皮都不抬,一个字都不松口。姑姑又绝食,不吃不喝关在屋里好几天,跳了好一阵子。母亲说,莫看你姑姑平素乖顺得像只羊,犟起来比牛还横。但你老汉是什么人?他定下的事情,哪个能拗得转?

母亲说,一个姑娘生得好看又聪明,要是没有一副好命来配,就好比金元宝装在破布袋里,不是金元宝把布袋刮破,就是布袋子把金元宝蒙蔽了。

6

我五岁那年,经历了两件重要的事情:一是断奶,二是上学。我是官渡滩断奶最晚的人,也是上学最早的人。上了学,断了奶,能暂时离开母亲了。一个周末,姑姑和姑父来接我去茶园。

母亲把我抱到姑父肩膀上打马马肩儿——一个小孩子,骑坐在大人的肩膀上,被驮着行走,我们那里,叫打马马肩儿。"打马马肩儿"这说法,真形象啊,犹如骑着一匹马——我骑在姑父的肩膀上,抱着他的额头,他一路"咿呀——哦""咿呀——哦"的,健步如飞,像是一匹愉快的骏马在山间驰骋。秋收后的庄稼地从我们身旁连绵后退,草木低矮,路在姑父脚下,风从我的耳畔吹过。我满面清凉,嘴里呜呜叫着:"骑马啦——骑马啦——"

我们上了关口,翻过四官坡,又上滴水岩,到了小岗,就遇见荞子开花。荞子开花太美了,像穷山坡穿上了花棉袄,又像云朵落到人间。荞麦种得稠,花也开得密,挤挤挨挨的,把路都遮住了。从小岗到茶园,一路荞子都在开花。姑姑、姑父带着我穿过连绵不断的荞花盛开的土地,像是乘风破浪。我脚上沾了荞花,姑姑头发上、脸上也沾了荞花。她一边走一边回过头来朝我笑。黄昏时分,我们到了姑姑家,才像是从云中落了地。

姑姑的婆母,也就是我的姑婆,拄着拐杖,颠着小脚,站在阶前,迎接我这个五岁多的王家来客,其欢喜与郑重,至今让我记忆犹新。

7

姑父说,以前,茶园方圆几十里的小山包,植满了茶树,茶园因此得名。农业学大寨那年,社里组织社员挖净茶树,砌了梯田种水稻。茶园缺水,梯田白天装太阳,晚上装月亮,水稻没种成,只得当旱地用,种苞谷、洋芋、红薯。茶园荒废了,但名字还在。茶园吃水要到四五里外的一个天坑里背,相当于地下水。有限的山林都被开垦种了粮。没有柴木,家家都砍秸秆、挖草根当柴烧。土地有限,人口却在不断增长,落到每个人头的耕地就只有七八分。茶园有种荞子的传统。八月里,苞谷掰过后,赶在下洋芋、麦种前,加种上一轮荞子。种荞不费事,把地犁翻、耙平,荞种拌上草木灰,扬撒到地上,就等着荞麦发芽、拔节、开花、结籽。到霜降时节,就能割荞子了。这多出来的一季口粮,让茶园的农人一年要从容踏实得多。

即使在灾荒年景，茶园人也少有闪失。

姑姑姑父在队里劳动，姑婆在家料理家务。日子虽然清苦，但姑姑一家仍然过得整齐干净。这跟姑婆曾经过的好日子有关。我的姑婆是坐着花轿嫁到茶园的。她是我们官渡滩第一个坐花轿出嫁的姑娘。但家族的人提到的时候，往往隐去姑婆嫁给伪乡长冉隆清做小的事实。她在茶园冉家大院度过了十多年亦奴亦妾的日子，等到她终于获得正妻的身份，冉家的田产和房屋也被没收干净了。

好日子虽然短暂，但是养出来的气度和方法还在，这是本事。这一家人干活肯吃苦，日子也过得整洁，家里家外收拾得齐齐整整，简单的瓜菜也做得细致可人。再穷也要待客，再苦也要养花。屋边栽了桃李、柑橙，院坝则种了栀子、桂花。按成分，这样的家庭往往会吃很多苦头。但一家人温和、谦逊、有礼，与人世周旋，懂得揣度忍让。这样不光让他们免受了许多苦，还在茶园获得了好名声。

姑婆的三个儿子，在艰辛的成长中各习得一门手艺。姑父的两个弟弟，一个是弹花匠，一个是捡瓦匠，就是搭着梯子上房翻捡屋瓦的那种。我的姑父，则是杀猪匠兼刨口匠。

乡村进入冬腊月，姑父背着背篼在邻近几个村子替人杀猪。他围着黑色人造革围裙，脚上套着黑色塑胶长靴，白刀子进红刀子出，一头猪收取一块钱的杀猪费，猪鬃还可以背走卖钱。逢哪家有红白喜事，主人上门恭敬延请，他又换上白围裙，套上蓝袖笼，担任宴席的主厨，成了一名刨口匠。他干活扎实，能吃苦，手艺好，为人也实在，排场、用料、分量，都替主家考虑，十分周到得体，深得主家信任。

姑父个子不高，很结实，走起路来，地皮"踢踢踏踏"作响。他举止大气从容，爱笑，笑声爽朗，说起话来声音高亢，边说话边打手势。他说话，常常夹带几个新词，那些词，有的是报上的，有的是广播里的，还有的是开会的时候干部讲的。他这样说话，在乡村寨子里就显得与众不同。他凡事又拿得起主意，讲得起道理，也担得起责任。总之，他是一个受人欢迎、逗人喜欢的可以依靠的人。

我去茶园的时候，姑父出门杀猪或者帮人刨口，就带上我。他让我打马马肩儿，让我骑坐在他的脖子上，抱着他的头，随他在坪上走村串户，威风凛凛地大口吃四方。坪上的人宽厚仁义，听说是冉家婆媳两代的娘家来客，虽然年幼，但对我也多迁就，让我跟着姑父坐席，饮食汤水格外照顾。在饥饿苦寒的成长岁月里，骑坐在姑父肩上出门吃顿好的，成了我童年最大的口福以及幸福的回忆。

姑姑织布。夏日天长，寨人都在干活儿或者午睡的时候，她在堂屋里架起机子织布。她在娘家的时候就跟着祖母学会了织布，到了茶园，有姑婆教导，手艺就更精进了，织的布紧实绵密又柔软。姑婆年轻的时候是织布里手，年纪大了，则给姑姑打下手，姑姑织布的线，是姑婆摇着纺车一根根纺出来的。姑姑织好布，就交给姑婆煮染。姑婆在锅里放上煮青或者煮蓝，把布下锅里煮过，提起来就是青布或者蓝布。

姑姑温静、平和、秀美。她不识字，但能算账。姑父杀猪挣的钱，办席挣的钱，买线的钱，卖布的钱，生产队分的粮食，苞谷、红薯、土豆、荞麦，人情世故，礼尚往来，这些账，她都记下来。她家的板壁上，用黑炭整整齐齐地画了圈儿，画了线。一个单位用一个圈儿表示，满了十，就画一条线。她用手指头点着那些圈儿和线，告诉我一家人一年的收成和支出：大春收了多少担，小春收了多少担，荞子打了多少斤，姑父杀猪挣了多少钱，刨口挣了多少钱，吃酒席随礼了多少钱、多少谷子、多少苞谷。我在学校学了点儿语文和算术，就在姑姑面前卖弄，一会儿口算一会儿心算，算出姑姑家一年大致的收入和支出。算完，又坐在阶沿上得意洋洋地背乘法口诀。姑姑见我会算账，很高兴。我做作业，姑姑给我摆小桌子，安小板凳。她坐在一边做手工，一会儿看我，一会儿看我手里的书和本子，很着迷的样子。

每到寒暑假，我就往茶园跑，不用干活，又得姑婆和姑姑的宠爱迁就，严厉的父母鞭长莫及，也责打不上。我躲在姑姑家里做起了客人。

虽然到处都是农业学大寨留下的痕迹，但天高皇帝远，茶园人得以自成一统。茶园人爱占卜，信药草。一个滂沱的雨夜，我赤脚踩着了一条蜈蚣，大脚趾被蜈蚣咬了一口，毒液进入身体的刹那，我痛得钻心，大哭起来。姑姑一把把我扯过来摁在怀里，扳起我的脚趾，找到蜈蚣咬处嘬啜，又吐。在她的嘬吐之间，我的疼痛减轻了。在灯下一看，脚一点儿也没红肿。姑父冒雨去屋后扯来鸡矢藤，在嘴里嚼融，调上酒，糊在伤口上，一股清凉从伤口进入，弥漫了脚背，疼痛消失了。姑姑又撕了片干净的布片把我的脚包上。

夜里姑姑把我抱到她床上，把我包了草药的脚用枕头垫起来。表弟再明黏着姑姑不肯入睡。他一遍又一遍地问姑姑："你把哥哥脚上的虫毒吸进嘴里，会不会毒死？会不会毒死？"他每问一遍，姑姑就微笑着答"不会"。直到他问乏了，才在姑父手臂上睡了过去。

第二天早晨醒来，我全然忘记头晚的惊心动魄，又跟茶园的孩子一起疯玩了。

8

表弟冉明生下来就斜视。姑姑姑父小心翼翼地照顾着冉明,又心惊胆战地怀上了表妹小红。妹妹落地时,在一家人的注视下,湿漉漉的眼睛像一朵花缓缓绽开,露出两粒黑亮的眸子。几天后,那双眼睛就转得灵巧又生动。姑姑姑父这才安下心来。他们想不到,在以后的很多年里,我的妹妹因为这双会说话的大眼睛,一次又一次在命运里浮沉,历尽人世沧桑。

霜降过后,割了苦荞,挖了红薯,茶园就进入冬闲了。这时候,寨里的人就忙着准备嫁娶、立新屋、给老人打材子。寨子里天天响起"乒乒乓乓"的敲打的声音。

那年白露刚过,苦荞刚割下,还没来得及抡起连枷打荞,姑父就出事了。

后来人们说起姑父出事,都以为坏就坏在他太聪明。那时候,远近寨子漆家具,都用桐油混合生漆熬炼。小河供销社桐油三块钱一斤,而贵州沿河的供销社有桐油卖,每斤两块三。姑父看漆匠烧起大锅熬漆,再红一刷子绿一刷子刷在柜子上、桌子上、箱笼上的时候,就走神了。

这个聪明人背起桐油桶就去了沿河沙子乡，在供销社打了八十斤桐油，告诉店员"腊月要嫁妹妹"，趁着月黑风高背回茶园，以每斤两块八的价格卖给制作嫁妆的人家。

一斤桐油便宜两毛钱，还送货上门，油又好，卖油的人又是那么好的一个人。一时间，漆家具的人都暗地里找姑父买桐油。

本来卖油的人偷偷摸摸，买油的人也小心翼翼。但不知道怎么了，事情还是败露了。

姑父因投机倒把罪被判了三年。那是1979年，第一部《中华人民共和国刑法》颁布，规定了投机倒把罪。姑父是新中国第一批犯投机倒把罪的罪犯。

9

八月秋收后，再收一轮荞子，相当于秋收被延长，收成也增长了。荞子有花荞和苦荞两种。花荞色白、味平，也叫白荞。苦荞色黑，味苦涩。那些年不知怎么了，花荞老长虫，苦荞苦，虫都不吃。于是家家都种苦荞。苦荞打下来，一粒粒饱满结实，很对得起坪上的黑脸种荞人。种荞轻省，办荞食却费力又费神。苦荞晒干，先放石碓里舂去皮，回风簸里簸去壳，剩淡绿晶莹的荞米。这时候，就上锅把荞米炒熟，上石磨磨成面，用细面筛筛过，做成荞面，这才算半成品。苦荞难吃，但姑姑总有办法让苦荞不苦。她把苦荞面跟麦面、苞谷面混在一起，擀成荞面条，摊在大箩箕里晾干，吃的时候，抓一把下锅，也权当面条了。我屡屡上茶园吃到的鸡蛋面条，其实就是麦面掺了苦荞面做成的面条。他们家还做一种荞搅团，把红薯蒸熟去皮，捣烂，混上苦荞面揉匀，一半苦荞，一半红薯，捏成团上锅蒸，苦味儿就没了，红薯的甜香中掺着荞麦的清凉，算是美味了。最难的时候，有一年荞子减产，荞面也没多余的，姑姑就把南瓜叶切碎，搓融，拌在荞搅团里，连菜也省了。

姑父离家那年，我恰好考上双河中学。星期天我起得很早，先把牛赶到山上喂饱，哥哥姐姐还在帮着母亲干活儿，我就单独出发上茶园。

我一去，就帮姑姑家干活儿。最初的时候，只能提着篮子在收割后的地里缮苞谷、麦穗、谷穗。入冬犁地时，铧犁犁开冻土，去冬没挖净的洋芋就被翻出来。我提着撮箕，跟一群茶园的孩子一起，跟在牛屁股后面缮洋芋，手比哪个都快。隆冬到来时，我背着背篼上山耙草根，回来烧锅。

没多久，我就拿上农具，找到姑姑劳动的队里，帮着干她的那一份活儿。种苞谷、割麦子、栽洋芋、挖红薯、割苦荞，一个农民全部的耕种，我都是那三年去茶园在姑姑身旁学会的。最初，我干起来僵手僵脚，只当给她做个帮手。没过多久，就成了手脚麻利的好把式。我熟知她们那里的每一片地，每一道土埂，认识坪上的每一户人家。到寒暑假，我大半个假期都待在姑姑家。白天帮忙干活儿，夜里坐在灯下吃晚饭，跟这一家老的老、小的小坐在油灯下"呼哧呼哧"地喝荞麦面汤，我把稠的端给姑婆，把稀的留给自己，像是这家的长子。

表弟冉明和表妹小红也上了学。我带着姐弟写作业，给他们讲功课，考他们背诵。表弟被寨上孩子欺负了，我冲出门就为他出头。茶园的人都温厚、慈良，不跟我计较，还夸我："这么小一个娃儿，远天远路赶过来帮衬嬢嬢，王家仁义，仁义。"

冬天的夜晚，我跟这一家子偎在火铺上熬夜。姑婆眼睛不好了，手却闲不下来，在火铺上搓麻绳，剥花生。她有一肚子龙门阵。姑姑手里做着针线活，听到有趣处，也忍不住笑着插话。姑婆说，她那双小脚，从跨出花轿落地那天起，就没沾过泥土，只在家里纺线、织布、绣花。那时候，冉家威风八面，田产从赤土一直绵延到五堆，家里有十几个长年，五六个佣人。姑公出门骑马、挎枪，身后跟着好几个随侍。每年打下的荞子堆成小山，家里开了酒坊酿苦荞酒，一上茶园，老远都闻得到冉家的酒香。

姑姑缝好了一只鞋，咬断线头，抬起头来跟姑婆打趣："啷个不把好日子留点儿给我呢？"

姑婆说："土地分给贫下中农了嘛，酒坊也交到社里了嘛。"

姑姑又埋下头飞针走线，过一会儿，才轻轻叹了口气，说："亏大了嘛！"

"不亏，"姑婆说，"人活下来了，就不亏。"

姑姑又笑着打趣："冉家的富日子，我连影子都没见过。"

"比我这代强啦！"姑婆说，"你公公就是饿死的，启平这一代，没人饿死。"姑婆摸着她的小脚说："我一双小脚，把三个娃儿平平安安拖大成人，没人敢说我不中用了。"

姑姑也摆她小时候的龙门阵。她说，她七岁那年，跟着祖母去贵州黑獭堡卖布。买布的那户人家，钱不够，就用一堆红薯抵了布钱。母女俩背不动那么多红薯，祖母就把姑姑留下，住在那户人家，吃那堆红薯。自己背着一篓红薯回了家。那对夫妇仁义，对她也和善。她独自吃了几天红薯，就允许她上桌跟一家人一起吃饭。她伶俐、乖巧，也帮着那家做些家务。那家有三个儿子，最大的那个砍柴，第二个放羊，最小的拖着鼻涕，还在吃奶。砍柴的那个处处帮衬照顾她，放羊的那个却处处作弄她。两兄弟常常为此打架。三个月后，祖母再去黑獭堡接她回家，结果那户人家不放人。要留下给那个放羊的老二当童养媳。我的祖母不许，拼着命把女儿接回了家。

姑姑说，她有兄弟姐妹九个，中间六个都走了，只留下打头的那个和落末的两个。我的祖父去世不久，祖母和我父亲就把二叔送给贵州沿河洪渡岩万家，可日子还是过不下去。"嬢嬢您，"她管姑婆叫嬢嬢，"把家里剩下的十斤苦荞藏在一个小包袱里，悄悄送到官渡滩。那年头，送一把苦荞的，都是救命恩人。要不是那包苦荞，说不定我们王家也饿死人了。"

姑婆笑着说："生死有命，几斤苦荞，也就填一时肚子。哪有那么神？"

姑姑说，您老对我们王家有恩，我大就要我来您跟前报恩呢。

她抽出鞋底上的线，笑着说，我就是您花十斤苦荞买来的儿媳妇哪。

姑婆笑笑说，没那十斤苦荞，你也要来。

姑姑就不说话了。

姑婆像是想起了什么，说："我们王家两代姑娘都嫁到茶园。到了下一代，"她看看我，"你姐姐王珍，怕是不愿意上来了哦。"

姑姑咬断鞋上的线头,说:"茶园这么苦,您还想王珍也来受这份苦?莫说她爹妈,就是我都不许!您也是王家的人,您还嫌我们王家做得不够吗?"

姑婆含蓄地说:"不愿意嫁上来,也可以上来娶嘛。亲戚还是不能断的。"说完,看看我,又看看小红。妹妹小红正耍着姑婆手上的银手镯,她还小,听不懂姑婆的话。我却不好意思了。

姑姑说:"您老就别操心啦。天地这么大,各有各的路。非得把人家扭在一路?"

于是姑婆就不说话了,她颠着小脚下了火铺,提了半篮刺炭添进火塘里,又在炭火上烤了几个苦荞粑。我们都兴奋起来。表弟冉明和冉建开始在火铺上打闹。我用手护着,不让他俩摔到火塘里。

姑婆说,她的公公活着的时候,是个农民,忙时种地,闲时做点布匹买卖。他挑着担子在上一个寨子挨家挨户收购布匹,又挑到下一个寨子走村串户卖布,赚的那点儿差价,不过是渣渣钱。谁想到积少成多,人又刻薄自己,舍不得吃舍不得穿,专用来置办田产家业,几十年下来,竟给后人积累了嘟大的家业,一辈子顺风顺水、平平安安,从没听人说有哪里不对头。做买卖是自古有之的事情，到了我们启平这里，就投机倒把犯罪了。

她说，她的启平没得错，是世道错了。

姑姑听着很安慰。这么说来，她的男人是好人，没有犯罪，只是受了冤枉。对她来说，一个受委屈的男人，比一个坏男人让人心安。

姑父服刑的第一年，姑姑带着表妹小红到垫江的东印茶场探监。姑父在茶场给茶树施肥、培土，人又黑又瘦，但性情仍然开阔爽朗，没被监狱生活摧残得失去人形。姑姑想到在茶园的土地上劳作一年，并不比劳改农场的犯人过得轻松，心里就得到些安慰。

上初二的时候，学校开了生物课，老师讲遗传，说到近亲结婚会导致后代残疾。我想到冉明，抽了一口冷气。周末去姑姑家，告诉了她这事。她惊叫起来："这怎么可能？是我怀冉明的时候，你姑爷往墙上钉了钉子！"

姑婆也不信。她老人家坚定地认为是墙上那枚钉子作祟。在我们那里，怀孕期间不能钉钉子、不能移动家具、不能拣瓦。

我翻开书，指着书页上的图画，一字一句讲给姑姑听。她看了书页，又看着我，眼里一片茫然，不知道该信还是不该信,最后叹了口气。

荞花谢过,苦荞熟了。茶园的人赶在霜降前把苦荞收完。苦荞割下来,在地头束成捆,扎在高背架上背回家,立在晒场上晾干,才铺在坝上,人们抡着连枷,进进退退打苦荞。收割后的土地像褪下了花棉袄,露出贫苦疲惫的棕黄色。我去队里帮着姑姑割苦荞,姑姑用高脚背架背着巨大的荞垛。山一样的荞垛压迫着我的姑姑,她那么小,那么弱,身子几乎躬到了地上。她人看不见了,那荞垛像长了脚,在坪上趔趔趄趄往家移。

姑父在垫江茶场劳改的三年,也是我去茶园最勤的三年。茶园是我的另一所学校。它与山下那所双河中学一起,共同完成了我童年和少年的教育。那是关于劳动的教育,关于苦难和忍耐的教育,也是关于爱的教育。

1982年,姑父刑满释放时,我恰好初中毕业。

10

在我认识的人中,姑姑和姑父才是真正的佳偶。

他俩都在幼年失父。我的姑姑由寡母和长兄养大,姑父则帮着寡母拉扯两个弟弟。他俩都没什么文化。姑父念过初小，姑姑没上过一天学。但两人都十分聪慧，事事无师自通。姑姑纺线、织布、裁剪、绣花，所有女红无所不能、无所不精。下田栽秧、播种、收割，比谁都能干，也比谁都能吃苦。再窘迫的日子，都被她拾掇得洁净清亮。她苦的时候，不温不火；乐的时候，也是不温不火。我的姑父学什么会什么。他当过劁猪匠、杀猪匠、兽医，也当过刨口匠。他从垫江茶场劳改释放，带回来的东西，除了一身病痛，还有一门手艺——种茶。

他回来的时候是1982年。那是不平凡的一年。那一年，农村实行家庭联产承包责任制，每家每户种自己的地，吃饭是不成问题了。姑父又在自家的小山丘种了一小片茶树，严格按照在农场学到的种茶技术给茶树上肥、培土、剪枝。清明前两天，人们看到姑姑跟姑父在茶园采茶。刚种下的茶树只有开花的土豆那么高。两人一个蹲在茶树那边，一个蹲在这边，中间隔着一条茶垄，一边采茶，一边小声说话。

明前茶娇贵，茶叶采下后，姑姑跟姑父熬夜炒制好，第二天早晨，姑父就到小河场卖茶。新茶三块钱一斤，居然没人舍得买。姑父不以为意，乐呵呵拎回家，慷慨地四处赠送，剩下的留着待客，自己不怎么喝茶。

表妹和表弟慢慢长大，陆陆续续上学了。姑婆身体也不错,头脑清楚,耳聪目明。姑父在农场落下的病痛,在姑姑的悉心照料下,也在慢慢地恢复。日子平静、安宁,那是那个家庭的黄金时段。

我十五岁那年,家里给我说了一门亲事。春节,父亲带我去未婚妻家拜年,我上厕所不小心掉进了粪坑,觉得没面子,很沮丧,就坚决地毁了亲事。我的父母很着急。恰好我舅舅的女儿老五长大了,父母一商议,就打算到舅舅家提亲。

掉粪坑的事,让我一连好多天都蔫蔫的,闷闷不乐,对亲事,我一律没了心情。一听说又要给我提亲,对象还是我的表妹,当场就把碗"咣当"一声砸到地上。父亲本来为上一门亲事被我搞黄了,正生气,现在看见我还砸碗,更是怒不可遏,操起扁担就要打我。

我拔腿就往姑姑家跑。在姑姑家里,我一边吃面一边控诉,又气又恨。姑父听我说完,叹口气,对姑姑说:"这娃儿是长了翅膀的,以后会有出息。你跟大和大嫂说说,莫在近处开亲,把娃儿捆住了。"

第二天,姑姑送我回官渡滩。她跟父亲说,这门亲事,她不许。不为别的,就为两个娃儿是姑表亲。她说,天宽路长,这娃儿哪里找不着个媳妇,硬要在近亲里找。她说:"你看我的冉明……"说了半句，后面半句，被她咽下去了。

然而父亲不以为然。他说那小子——他指着我——米箩不蹲蹲糠箩，怪哪个？还不抓紧噻，怕连糠箩都没了。再说，古理就是这样，舅家的女儿不交把孃孃，交把谁？你不也这样？

姑姑就是在那一刻哭出来的。她眼泪不住地往外冒，她一声不响地用手背抹，抹也抹不赢。母亲想劝她，却不知道怎么劝。她抹着泪，看着我的父亲，说："大，你把我交把哪里，我就认哪里。这是我的命，我不怨哪个。你莫照原样害王伟。这个细娃儿，你害他，就是拿刀剜我的心……"

多年后，我的父亲忆及当时情景，仍然动容。他说他没见哪个孃孃疼侄儿疼到这样。他说："仁义！"他看着我，一字一顿地说："王伟，孃孃对你仁义，厚待你。你给我记住，有恩不报，人皮难背！你也要讲仁义！"

开亲的事就这样放下了。

11

母亲活着的时候常说，你们孃孃这样的仁义，实在难找。顾了我的儿子，又顾我孙子，仁义。

1988年，我的哥哥到烟厂开大车，嫂嫂也离开酉阳去了广州打工。哥哥带信回来，让母亲去县城把两个孩子接回官渡滩带。

母亲一个人背不了两个，又带信给姑姑，让她一起去县城接孩子。

那一年，王一三岁，王翼两岁。但两岁的孩子比三岁的孩子肚子大，鼓得像皮球，小屁股瓣儿只剩两道褶皱，屁缝儿不停拉黄水。拉了好多天，脖子又细又长，耷在肩膀上，气息悠悠的，连哭声都弱得像小猫儿。

那时候，父亲在外面做手艺，母亲一个人在家，要上坡劳动，一个人种一家人的地，还要喂牲口，带孙子。姑嫂俩就约定，一人领一个孩子回家带。母亲怀里抱着病恹恹的王翼，姑姑牵着王一，坐班车到了铜西。下车后母亲忽然提出，让姑姑把病孩子王翼背到茶园，她自己带王一回官渡滩。

姑姑惊呆了。她说："大嫂，这是你的孙子。我只是姑婆。二毛病成这个样子，我不敢带走。"

母亲说："我家里，就我一个人，要上坡做活路，又要喂牲口，还要带孙子……二毛这个样子，我怕是带不出来……"母亲说着流了泪，"你比我年轻，家里有你跟启平两个大人，又有三个娃儿，你家人气旺……茶园离医院也近，娃儿有个什么,你跟启平抱着朝医院跑,也来得及……"

有时候我想,我的姑姑和姑父,简直就是为收留我们而存在的。当晚,姑父就请了村里的医生上门来,给娃儿掐穴位、推拿。姑姑整夜给孩子换拉黄水的草纸,坐在床边,看着气悠悠的孩子,不敢入睡。姑父也不睡,整夜陪姑姑守着孩子。

寨子的人都说,王淑云胆子大,王家娃儿灯焰这么弱(我们那里的说法,指生命力弱),她也敢接手。如果把人家的娃儿带丢了,怎么给王家办交割?

后来她说,当时她也很害怕。但有姑父在,她安心了些。她跟姑父背着王翼去小河场上看医生,又请人挃(zhuā)背篼神,占卜结果并无凶兆,才放了心。

哥哥每次出车,交了货,就在当地寻医问药,带回一包包的草药,跟母亲一起,背着王一,提着草药,送到茶园。姑姑对那些草药十分虔诚。她细细地煎熬,草药的气味笼罩着整个庭院。头道药熬好,母亲忧心忡忡地给王翼喂了药,哥哥抱着王翼在院坝里游走一会儿,才带着王一离开。不知道是哪方郎中发挥了威力,还是姑姑姑父的虔诚感动了老天,总之,王翼拉稀的次数渐渐减少,鼓胀的肚子也慢慢消了下去。姑姑每天把茶罐坐在火塘边,小心翼翼熬米羹,她用羹匙滗起浮面的米油,轻轻吹凉,一勺勺地喂孩子喝下。两个月后,孩子的脸终于有了点儿血色,小屁股也圆起来。大家都松了口气。

等王翼积了点儿元气,姑父外出杀猪或者是办席,就带上他了。我多么感谢这位乡村杀猪匠兼刨口匠啊,他背着背篼,让王翼骑坐在他的脖子上打马马肩儿。王翼跟着姑公走村串户吃四方。若主家是杀猪,这孩子则跟着姑公吃顿猪肝、猪腰子。茶园的人良善,王翼爱吃猪尾巴,每次杀猪,都把猪尾巴割下来,送给姑父带回家炖给孩子吃。若主家是办席,他则能吃到乡村的全席。吃完席,主家还要把席面没上完的肉菜、豆腐装上一些,让姑父带回家。

第二年开春,王翼已经长得圆圆胖胖、精精神神了。姑父用木板给他做了辆架子车,锯了棕树干做四只轮子。不到三岁的孩子骑坐在木板车上,从姑姑家的院坝沿着坡道骑滑到房前的大路上,一路冲一路喊:"王师傅来了!王师傅来了!"

12

我工作后第一次回家,攒的工资全都给家人买了礼物。

给父亲的是一瓶沱牌大曲、一条黔龙牌香烟;给母亲的是一件红色开司米开衫;给姐姐的是一条花格围巾;给哥哥的是一包宜居茶;给侄子王一和王翼一人一顶绿色解放军帽,外加一把玩具枪。

听说我回家了,姑姑姑父也下山来了。他们看我穿着灰色制服,戴着大盘帽,肩章又硬挺又明亮。姑父很高兴,说:"国家干部就是不一样,看起洋盘,派头好。"

姑姑喜滋滋看着我,摸摸我的衣服,说:"小伙子更好看了。"

父亲坐在火铺上,拆了我买的香烟,一人发一支,说这是王伟用工资买的。吃饭时,父亲大声吆喝母亲:"把王伟用工资买的酒拿出来喝。"吃完饭,又吩咐姐姐,把我用工资买给哥哥的茶叶也拿出来泡了,高调得很。他得意地说:"老幺给他妈他姐都买了衣服。这娃儿不光有孝心,还有爱心,连两个侄子都放在心头的。"

姑姑当时正拿调羹给王翼喂饭,听到父亲的话,转过头来看了我一眼,眼睛里闪过不易察觉的微妙神色。

母亲使了个眼色,把我叫到里屋,问我:"给孃孃姑爷买东西了吗?"

我说给家人买东西,刚好把钱花完了。再说,他们是亲戚。

母亲教训我的话，我至今都记得。这位一贯沉默寡言的人声色俱厉，让我不寒而栗。

她说："需要人家的时候，就把人家当家人。把人家好处得了，人家就是亲戚了！"

我无言以对。想了想，说："我过年的时候给孃孃也买一件衣服。给姑爷也买一条烟。"

母亲不高兴地说："人家现在就在你眼皮底下，你还想推到过年！去！把我的衣服给孃孃！"

我只好拿着红毛衣出来，捧给姑姑，说，这是我给孃孃买的。

姑姑惊得站了起来。她可能从来没接受过别人的礼物。她连连摆手，说不要不要，穿衣服是父母才有的福分呢，当姑姑的哪受得起！

父亲发话了。父亲说："孃孃姑爷是少有的仁义，待我几个娃儿，不比父母差。娃儿孝敬父母和孃孃，也不分彼此。这衣服，就是他孝敬孃孃的。孃孃穿上，穿上。"

父亲一言九鼎，姑姑只好把衣服穿上，那神色又惊喜又羞赧。母亲高大，她个子娇小，红毛衣穿在她身上，明显又大又长。她的眼里有一丝疑虑闪过。我看在眼里，心里颤了一下。最后，姑姑脱下毛衣，递给母亲，说："王伟给我买衣服买大了。还是大嫂穿吧。大嫂个子高大，穿上合适。"

她说得那么柔和、合理，不易辩驳。我说不出话来。我们都敏感地意识到，这是我们关系的一个重大转折。粗心的人不会觉察，但这转折毕竟来了。

13

我工作非常努力，也非常能吃苦。不到半年，我就从所里调进县局工作。局里分了宿舍，我在城里就算是有安身之处了。一安顿好，我就把王一接到城里，送他到机关幼儿园上学。每天早上，我把孩子洗好、穿好，做好早餐，陪他吃完，就送他上幼儿园。幼儿园离局里只隔着一条马路。有时候王一在幼儿园尿裤子了，老师就打电话到办公室，让我送裤子过去。那时候，我一个人对接黔江地区财政局的会计事务科，还负责财政科研、会计函授站、会计学会等事务性工作，忙得八只脚都跑不开堂，还要给电大、职高的学生上课。有时候老师打电话过来，我忙不过来，王一就穿着尿湿的裤子一直到放学。第二天送孩子上学的时候，老师就站在幼儿园门口大声批评我。

有一次，老师又打电话让送裤子过去，我实在脱不开身，就把裤子交给局里一位姑娘，请她帮我送过去。那位姑娘把裤子送到幼儿园，给孩子换上，又带回脏裤子，在单位的洗手池洗好，用衣架撑开晾在锅炉边。下班的时候我过去，见裤子已经干了。

那位姑娘大学学的是数学，聪明善良、善解人意，性格又温柔委婉。有时候幼儿园放学，我没空，她就代我去幼儿园接王一。她把孩子带到她办公室，买了糕点哄孩子，等我下班时，才把孩子带过来交给我。有一次我下班到姑娘办公室，见她正在本子上画羊，教王一数数，一只羊，两只羊，三只羊……她画得那么仔细，一边画一边柔和地说："看，这是王一的羊，这是幺爸的羊，我们来看，一共有多少只羊？"

王一抬起头看着那姑娘说："我幺爸不放羊了。我们家都不放羊了。"

那姑娘"哦"一声，说不对呀，你幺爸现在还在放羊呢。那只羊，就是你。说着，手在王一的脸蛋上抚摸了一下。

就是她对孩子的抚摸，让我的心暖暖地颤了一下。

过了半年，那位姑娘带我见她的父母和家人。姑娘的母亲照例问起我额上的伤疤。我如实相告，最后，还告诉她，我二十一岁，从官渡滩到县里工作，还带着小侄子到县里幼儿园上学。您的女儿——我指指那位姑娘——经常帮我接送孩子、照料孩子,幸亏有她。那位母亲有些意外。我继续说,我的工作十分辛苦、十分忙碌,但我十分愉快。有人说我傻,有人说我脑子有毛病,还有人说我骨子里是个农民,只会干活儿不会享受。我笑了笑,接着对这位母亲说:"没人知道在繁忙的工作中我能得到那么多乐趣。也没人知道,一个农民家庭出生的人,能有这么一份工作,多么地来之不易,我是多么地珍惜。"

这位母亲"哦"了一声,看了看她的女儿。她女儿朝她笑笑。她就明白了。做父亲的爽朗地说:"很好,年轻人。"他开阔爽朗地说,"很好!"

多年后,我对这对慈父母提起第一次上他们家的情形,他们也记忆犹新。

我问:"爸爸妈妈当年怎么那么信任我呢?"

岳母笑着说:"是上幼儿园那孩子帮了你的忙。"

岳父则说:"是你眼里的光吸引了我。"

我是多么感谢这对慈父母啊。我经常想起岳父说的:"一个人眼里有光。那光,跟家境、阶层无关,甚至跟知识也无关。"

我跟他们的女儿结婚了。我们在县城举行了简单的婚礼。我的姑姑姑父也赶来参加婚礼。我的母亲在婚礼上因为激动而显得局促紧张,她不知道怎么说话,也不大会向女方家的客人问候致谢。姑姑站出来,代表男方的长辈招呼客人和亲戚,谦逊有礼、周到大方。

婚礼结束后,岳父告诉我,你孃孃不简单。

我问岳父何以见得?

他答:"她眼里有很特别的光亮。"

我告诉他,参加我们的婚礼,是她第三次进县城。第一次是到城里看守所看望姑父,第二次是去城里接生病的王翼。

岳父听完,叹道:"有的人被命运蒙蔽了。即使这样,生活也没能遮蔽他们内心的光芒。"

14

哥哥不开车了。他先是做苞谷籽生意,后来又开苗圃养花木卖。苗圃请了十几个人,父亲也过去帮着搞管理,生意越做越大,侄子们也长大了。姐姐的几个孩子也陆续上了大学。我的女儿春雨出生后,我跟李虹从县里调到地区,又从地区调到市里,最后从重庆分别调到部里工作。

父亲得意地说:"我们家都是朝上走的。"

姑姑姑父听了，不接他的话。

我每次工作调动后，都会接父母和姑姑姑父一同过去看看，住一段时间。起先，我在地区、市里，姑姑姑父还会一同去，小住几天。后来到了北京，再邀请，姑姑就以种种理由婉拒了。

我懂得这种微妙，就不再邀请他们了。只是每次回老家，会买丰富的礼物去看望他们，再送上红包。

母亲跟姑姑，都没上过一天学，不识一个字。母亲高大、敦厚，寡言少语。姑姑小巧、伶俐、机敏，会说话，说话也总能说到人的心坎上。有一回，姑姑跟我说，我母亲像个活菩萨。在我们那里，活菩萨是骂人的。但是她说，福气恰恰就在活菩萨那里，说得少，手脚慢，是积福的。福就在那个"慢"字上。

离得远，见面不容易，我就给她买了一部手机，把我的电话号码存上去。我有空的时候就跟姑姑打电话。她周到、细致、聪明，多久的事情都记得清清楚楚，理得顺顺展展，说得利利落落，还是总能说到人的心坎上。她的声音隔着几千公里传到我耳边，语气明媚、清亮、温柔。

表弟冉明和表妹小红念完小学就不上学了。冉建念完初中，也不肯再念下去了。姑姑很伤心，说姑公是读过书的，姑父也是读书的好材料,不过是没遇到好时代。家传不差嘛,这几个细娃儿,怎么硬是念不下去呢?但姑婆护短,姑婆说几个孙娃儿活蹦乱跳的,多认几个字、少认几个字有么事?

姑姑说,妹妹小红去东莞打工了。先是在电子元件厂,又去玩具厂,后来又去了鞋厂。三脚猫一个,在哪里都待不长。从小被姑父娇惯着,吃不得苦。不吃苦看怎么过?

我的母亲给我下了任务,不让妹妹在外面下力吃苦,要我给她在北京找工作。我说,要不,让妹妹来北京?

她说,那就要搬盘你了呀!

她不识字,但每次我的电话打过去,她接通,第一句话就是:"王伟呀!"

我逗她:"孃孃说不识字,倒认得我的名字。"

她说:"每次这两个字一现,你的声音就出来了。时间长了,像认人认样貌一样了。"

然而数字她认得。给母亲买衣服的时候,也会给她买。她看着吊牌上打的四位数,又高兴又不安,再打电话过去的时候,她就话里有话地套问,买衣服花了这么多钱,你这个月还剩多少?够不够吃饭?

我每年都要回几趟老家,跟姑姑姑父都会见面。她家里有大事,像姑婆去世、弟弟妹妹结婚这些,我也会专程回去吊贺。跟这些大事相关的小事，她也会给我打电话。

姑婆去世了。这位雍容大气的老太太算是享了几天福才辞世的。她去世时穿的老衣，是大时代来临前就与姑公的老衣一起置办好的。那时候，他们都以为到此为止，不能进入新的社会。姑公一生慈悲、善良，在周围行善积德，以至于解放时躲过了枪子儿，茶园人连对他的批斗也是敷衍了事。于是老衣好好放着。哪晓得1961年的灾荒，高大壮实的姑公没撑得下，先穿了奢华的老衣匆匆走了，留下姑婆和她那一整套老衣，继续活了下来。姑姑在电话里说，姑婆的老衣齐整、周全、讲究，是大户人家才穿得起的。她感叹，姑婆一生受苦，只有死才死得像个大富人家的女子。

我就说不止，姑婆的开头和结尾都是大富人家。

有段时间，电视里不断播报有人贪污了，腐化了，被抓了，她就很紧张，又不好跟我的父母商量，就打我电话。她在电话里兜兜转转地问我每个月的工资有多少，都怎么花的，平素都跟哪些人来往，单位的女子多不多，那些女子精怪不？我听了不得要领，李虹倒是明白了。她说，嬢嬢这是担心你呢。

我就十分愉快地笑了。

姑姑听到我的笑声，像是很安心，也十分愉快地笑了。

那些年一直在路上，四处辗转，心比天高。静下来的时候，才发现，姑姑姑父老了。表弟冉明的斜视不见好转。当母亲的，若孩子身上有点儿疼，自己心里就一直有根刺，脸上的笑容也总掺着凄凉的意味。我的母亲和姐姐四处张罗，给冉明提亲，但总没有合适的姻缘，冉明干脆也去了东莞。没过多久，老三冉建也去了东莞。

有一天，姑姑打电话：妹妹小红来北京了。她说："这孩子真的过来搬盘你们了。"

我赶紧把妹妹接到家里，安顿她住下，马上给她找工作。那时候，我已经调到出版社工作。出版社下面有个酒店，我就托经理给妹妹安排个事儿做。一到妹妹休息的日子，我们就开车去接妹妹来家，吃顿好的，陪她四处逛逛，又开车送她回酒店。

直到这时，我才真正关注我的这位妹妹。她长得漂亮，性格也很温柔，十分羞涩。她只上完小学，不会说普通话，也不大听得懂普通话。她在酒店前台工作，一边比画一边用小河话跟客人交流，急得满脸通红，客人还是不得要领。于是换到客房部。在客房部当服务员也不行。于是又联系出版社的书库当保管员。书库保管在进货、发货时，是需要清点、核算并做记录的。妹妹算不好账，记录也不准确，出了几次差错后，连仓库保管也做不下去了。我就托一位朋友在他的公司给妹妹找份事儿做。

那段时间，我每给妹妹做一件针尖儿大的事，姑姑都会打电话过来道谢，末了十分抱歉地说，拖累我了。我就笑，我只有这么一个妹妹，如果不为她做点事，我心头空落得很呢。

过了不到一个月，妹妹在朋友的公司又不肯做了。她可能觉得结婚才是最好的工作，于是我们就替她打点好行装，送她回老家。

妹妹嫁得早，离得也早。她带着儿子回到茶园时，才二十三岁，儿子一岁多。没过多久，她把儿子往姑姑姑父面前一丢，又出门打工了。不知道这个妹妹走了哪些地方，吃了多少苦，这以后，再打电话，姑姑就有些沉默。直到有一天，她在电话里说，小红还是去了广东，跟她哥哥冉明一起打工了。

这样，姑姑的三个孩子都去了广东。他们都在那个南方省份里安顿下来，一边打工，一边等待着姻缘。

不知道怎么了，我也替姑姑姑父松了口气。

在广东，兄妹仨都下苦力，挣了点血汗钱，各自回来。妹妹又嫁了个人家。冉明娶上了媳妇。冉建也找到了女朋友，那姑娘的家就在离县城不远的板溪王家河，比茶园条件好，那家又没有儿子，于是，冉建就入赘到那户人家。

15

2012年，侄子王一结婚。我回官渡滩接姑姑进城参加婚礼。那次我开车，走的是沿江公路，车过龚滩、沿岩，路过彭水县。我一路走一路给姑姑介绍窗外的景致。路过一所中学时，我指着学校的牌子告诉她："这是著名的鹿角中学。"我看见姑姑愣了一下，忽然像晕车的样子，就要吐，她捂着嘴，嘴里发出难受的声音。我开到山弯一处宽阔处，把车停下。她下车，蹲在排水沟边就呕吐起来。她吐得很厉害，呕吐的声音像要把喉咙划破。我把水递给她，她喝了一口，又喷射出来。她不停呕吐，吐到绝望；眼泪汪汪地看着我。

我扶她上车，安顿她坐好，开了一会儿，才问她："樊老师是鹿角中学的吗？"

天长路远，那天在车上，她给我讲起那位樊老师。

她说，这么多年过去了，以为早就忘记了。哪晓得你把我带到这里来。她说那所学校的名字，就像刺扎进心口，一辈子想拔也拔不出来。

她说，樊老师是岩鹰头一户人家的亲戚，来官渡滩吃酒，在酒席上看见了她，回去后，就托亲戚上门来做媒。

她说她当时像被雷打一样呆住了。她不相信那么好的樊老师，会欢喜她。媒人问了我的祖母和母亲，婆媳都很高兴，末了都说，要庠胜答应了才算数。

她说，那段时间，父亲一直在外面做事情，很久不回家。那中间，樊老师去过几次。樊老师帮着她带王琦，拿粉笔头在院坝的石板上写简单的字教王琦认字，那认真的样子让她很欢喜，她蹲在一边看入了神。她为自己不识字感到羞惭。他就笑着说，虽然不识字，但强过好多识字的人。他说话的时候，露出一口白牙齿。他说，要是她想识字，他就教她。

她说，她要等把侄子带大，才能考虑婚嫁。

他说没关系，正好也可以多点时间谈谈爱情。

她问爱情是什么？

他说，爱情就是欢喜。我欢喜你，你也欢喜我。

"我欢喜你，你也欢喜我。"那话像符咒一样勾住了她的魂。

有一次，樊老师来，带来两绞鲜红的羊毛线。他说："不能只会做鞋子，当教师家属，要学会打毛线衣。打毛衣才高级。"那两绞羊毛线红艳艳的，捧在手里，照得眼睛都花了，人也眩晕了。她想，这是真的吗？

谷子黄了。每到这时候，我的父亲无论走多远，都要赶回来挞谷子。父亲回来，祖母就跟他提起樊老师提亲的事情。

她说，你老汉当时就跳起来了。你老汉说，"茶园冉家跟我们王家，是老亲老戚。这路亲戚不能断在我们这一辈，要续上。嬢嬢下来提亲了吗？表哥不松口，表妹不许走，这是古理"。

她说，我没办法，就去找你祖母哭诉。你祖母，这个家是庠胜当家。家有家规，由庠胜说了算，她不好参言。一句话就撇得干干净净。

她说，那时候天天跟你老汉吵架。吵来吵去，也没得解交的（没得解决办法），想毛了，就跟你老汉说，要跳河，要上吊，反正不想活了。

你老汉说："死也给我死到茶园去！"

"其实，哪舍得死呢？樊老师还等着我回话呢。

"你妈也不敢劝，就让我到当门坝你书香嬢嬢家躲了几天。你老汉打听到了我的下落，就找人带信给我，说老躲在别人家里也不是个办法，让我回家，有话好商量。说再啷个，也是骨肉至亲，未必还要整人？

"我信了，拎着包袱兴冲冲回了家。

"你老汉一见我，长叹一声，说：'妹，不是我逼你。茶园冉家对我们有恩。灾荒年辰，家家都饿死了人。我们嬢嬢颠着小脚，半夜三更送了十几斤苦荞下来，救了我们的命。这是大仁大义！灾荒啷个狠，我家没抛撒（丢失）一个人。有恩不报，人皮难背！'

"我说，我欢喜樊老师。

"你老汉就问我：'不是那十几斤苦荞，怕你那小命儿早就没了。也可能，我这老命也没了。是欢喜大，还是恩情大？'"

她不哭也不闹了。

她托媒人带话，请樊老师来官渡滩。她给樊老师做了一顿好饭，她坐在一旁目不转睛地看着他吃完，收拾好碗筷，就从柜子里取出一双黑色灯芯绒布鞋，那是她跟樊老师认识后，夜夜背着家人悄悄在灯下做好的。那鞋子鞋样周正，针脚整齐密实，鞋背上的黑炮钉也钉得端正大方。这鞋原是准备等樊家上门认亲时，作为订亲的回礼送给樊老师的。现在，她把布鞋取出来，郑重地递给樊老师，说："走四方，行千里。"说着，眼泪就涌了出来。

那天，樊老师是抱着两绞红色的羊毛线离开官渡滩的。他出门的时候，人们见他把鲜红的毛线捂在胸口，身子向前屈了下去，像被人打断了脊梁。

16

王一结婚后不久,二侄子王翼也结婚。就是那个小时候患了病,被姑姑姑父治疗调理的孩子。姑姑姑父来重庆参加婚礼,很高兴。婚宴上,侄子侄媳为姑婆姑公敬酒,以谢养育之恩和救命之恩。王翼说去茶园,是他的重生之路。两个孩子十分恳切,父母也很动情,姑姑眼里含了热泪。

我对姑姑的眼泪印象极深。

我们家有个传统,一家人无论平时多忙,离得多远,到了年节和父母的生日,都要赶回官渡滩老家跟父母团聚。

哥哥的两个儿子都结婚生子,三儿子也快长大成人。姐姐姐夫也儿孙绕膝了。这个大家庭有二十多口人,逢年过节,一大家人回官渡滩,又有亲戚走动,不光住不下,家里连摆饭桌都没地方了。哥哥就和我商量在老屋旁边起个楼房,一家人回来,再加上人来客往,才安顿得下。

哥哥请人做了设计,完整保留了老屋,新屋依着坡势次第而上,坡下一层,是停车场,以及大厨房和大餐厅。坡上与院坝齐平建三层楼,全用作房间。新楼工程虽然大,但不显山不露水,看起来,就像是老屋的护卫。工程预算二百多万。这在农房修建中，不算小的了。工程全部由哥哥出资修建。为了省钱，哥哥用的是小包，就是自己买材料，请工程队施工。

哥哥一家常年在重庆主城，我更是鞭长莫及。于是就商量着请个监工，就是甲方代表。父亲说他自己盯着就是。其时他年近八十，哪行？外人也请不了，附近几个寨子懂行的人都上工地撑板、轧钢筋、和灰浆挣大钱了，哪个看得起做监工这点儿面面钱？

于是就想到姑父。记不起最初是谁先想到姑父的。一提出来，大家都觉得合适，再没有比姑父更合适的了。那些年，我们家的人东一个西一个跑得散、隔得远，家里有事儿都指靠不上。姑姑姑父还不算老，还使得起力。他们一直在茶园，离我家不近不远，不声不响，平时不咸不淡。我们只要有事，就想到他们。他们总是在那里，他们一直在那里，好像一直专门等待我们召唤。

姑父当即应允。他说，这是王家的好事。外人都要帮，更何况是大哥大嫂家里的事。我们老了，亲戚这样亲，花钱又这么多，按说我们有钱都该凑点儿钱的。只怪孃孃姑爷穷。说出力呢，也是把老骨头了，只要你们不嫌弃，我就在这里打个闲杂，算是凑个热闹吧。

他把话说得这么妥帖，说得我们都觉得不请他就不对，反而不觉得欠他人情。

姑父就背着背篼来了。背篼里除了简单的日用品、换洗衣物，还有罗盘、皮尺、算盘、水平仪。姑姑也跟着他来了。王家要盖楼了，她也很高兴。哥哥在桂花树下铺开图纸，比画着告诉姑父这是什么，那是什么，这里该怎样，那里该怎样。姑父拿个小本本在旁边仔细记着，密密麻麻写了好几页。这栋还没影子的小楼，他已了然于胸。姑姑在一旁边看边听，像是也明白了，不住地点头。

姑父其时已经七十三岁了。他在县城的建筑工地下过苦力，人聪明，工程的事情好多他都懂。在实操中，还有些不明白的，他就问包工头。遇到跟施工方意见不统一的，就用手机跟哥哥在电话里细细商量，再不厌其烦地跟工人解释，软中带硬地提要求，虽然脸上一直带着笑，但滴水不漏。工人们都服他，包工头跟他也十分友好。起初父亲站在院坝里，按以往的经验对工人发号施令，但完全不得要领。工人们也愉快地跟他开玩笑。没过多久，他就甩手不管了，只是每天像个小孩子一样，兴奋地看着工人忙碌，殷勤地端茶送水。

姑父身兼多职：项目管理、监理、甲方代表、财务。施工方说了一个数据，他得用算盘打一次才认账。他的算盘打得飞快，这得益于他童年上小学练就的扎实的童子功。他同时也是一名建筑工人，一名搬运工人。遇到送材料上门，工人忙不过来，他就躬下肩背沙子、扛水泥、拖钢筋，满身泥灰，像个好不容易找到工作因而十分珍惜、十分敬业的老打工仔。

父亲说，官渡滩谁家也没有这样实诚的亲戚了，这是我们王家的福气。

不光是建筑监工的事。我们都不在家，姑父事事负责任，事事为我们家着想。起初，几个工人在我家吃饭。母亲年纪大了，哥哥就请了个乡邻来家做饭，每月付工资。没过几天，姑父就悄悄跟父亲说不用花这冤枉钱，再说，请的人也未必有他的手艺好。莫忘记了，他本身就是个刨口匠呢。于是，父母及工人的一日三餐，就由他负责了。哥哥说也行，但说好了，厨师钱另算。姑父说，一家人怎么说两家话呢。再说，监工的工钱已经出得够高的了，比寨里的人出门撑板、轧钢筋都挣得多。再另外说钱，就不厚道了。如果不是看亲戚的面子，哪家老板肯给一个半劳力的老头子出这么高的工钱呢？

他说得那么恳切，又那么合乎情理，让人不好再说什么。

于是姑父监工兼厨师。每天快到做饭的时候，他就摘下沾满泥灰的围裙，系上白围裙，套上白袖笼，上灶做饭，母亲则在一旁给他打下手。不到一个钟头，味道又好又实惠的一桌饭菜就上桌了。

姑姑偶尔也下山，帮着母亲料理打扫，也帮姑父做饭。遇上汽车拉材料，她也帮着从梯坎下搬材料上院坝。房子是春节前开的工。第二年三月，楼的主体工程完工了。这时候，院坝里茉莉开了。往年茉莉开花的时候，母亲会仔细地摘了花朵，铺在晒席上晒干，放到姑姑带来的茶叶里，给父亲做茉莉花茶。那年，院坝施工，满地尘灰，一树洁白的茉莉花整天蒙着灰尘，香气也没了。母亲说，可惜今年的茉莉花了。

土建完工后，该做附属工程，给楼梯、阳台安装栏杆了。姑姑又下山来了。父母和姑姑姑父站在院子里，看着小楼侍立在老屋旁，像低调谦逊的儿子垂手立在威严的老父身旁。父亲很满意，很得意。他顺手一指，就把客厅旁边一个房间划给了姑姑姑父。他说："淑云，启平，你们对王家有恩。王家忘不了你们。房子修好，你俩搬过来。这个家是我们的，也有你们的份儿。我跟你们嫂子有干的吃，就不能让你们吃稀的。让儿孙们自己去蹦跶，我们四个老的偎起养老。不拖累他们，不拖累他们。"

姑父说，老了老了，不过是凑个热闹，使不上什么力，哪敢来占房子。

父亲又大手一挥说："他们几个都是孃孃背大的，孝敬孃孃姑爷是应该的。"

姑姑温柔地说:"大,你的好心我们领了。好日子好福气是你们的。各是各的命。你们在你们的命里享福,我们在我们的命里劳碌。这才是正道理。"

四位老人站在院坝里,互相说着客气话,但心里还是高兴的。

没安装栏杆的阳台只是一块台板。父亲指着十几张台板打趣道:"像从喉咙里伸出来的舌头,伸起等吞口。"

姑父说,过两天,阳台栏杆安装好,就好看了。栏杆已经订好了,就是厂家来不及送货。

姑姑说:"启平,这新楼没安装栏杆,上上下下,进进出出,要下细哦!眼睛要看清楚了才下脚哦。"

姑父说晓得。

17

那段时间,我上眼皮一直跳,没来由地心慌。我给哥哥打电话:"家里都好吧?"

哥哥说都好着呢。

我又问:"孃孃姑爷他们呢?"

哥哥说,也挺好。姑爷实在能干得很,那些工人都服他。

工程进展也顺利，过两天就安装栏杆了。

2017年6月2日中午，我正在午睡，手机响了。我一看屏幕上是哥哥的名字，脑子里"咣当"一下。事情来了。

哥哥在电话里简短地说，姑父在新房子三楼的阳台上指挥工人装栏杆，后退时脚踏了空，摔到院坝里。还没送到医院，人就走了。

我的心也像预制板破了，碎片不住往下坠。

过了好一会儿，我才想起问，嬢嬢呢，她还好吧？

"她知道了，反应正常。"哥哥说。

我当即订机票回家。下了飞机，先去官渡滩看父母。母亲因为惊惶、恐惧和悲伤，已经坐不住，倒床了。父亲在床边坐着，一句话不说。姐姐在劝慰母亲，自己却不住流泪。

我宽慰了二老几句，让姐姐继续留在家里陪着二老，就朝茶园姑姑家赶。

车到茶园，远远就听到丧锣在响，村口的高杆上飘着丧幡。

我走进姑姑家，见院坝里搭起了丧棚。姑父的棺木停在席棚里。按我们老家的风俗，死在外面的人是不能进堂屋的。姑姑的两个孙子蹲在棺前的大铁锅前烧纸钱。几个先生身着道袍,坐在棺前,敲着锣,"咿咿呀呀"地唱着丧歌。我的哥哥木木地坐在棺前沉着头。屋边已经垒起了临时的柴灶,架了锅,亲邻们忙碌着准备丧席。姑父的弟弟——我们喊三爷——在现场安排事务,嗓子已经说不出话来了。两个表弟披麻戴孝,在院坝里默默地忙碌着。不幸来得如此突然,他们来不及反应,茫然中接受了命运,人却已经麻木了。在那些人中间,姑姑镇定自若,平静地跟前来吊唁的亲朋和村邻打招呼、道辛苦,张罗着落座、吃茶,又不断跟帮忙的人交代。

哥哥看见了我,站起身朝我走过来。我们看着姑姑,我问哥哥:"她一直这样吗?"

哥哥说:"从姑爷进院坝,大半天了,她一直这样,一滴眼泪都没流。恰恰是这样,让我最不放心。还有那两个老表,他们一句责备的话、赔偿的话都不说。这比打我还难受。"

遗像里的姑父怎么看也不像会死的人。在纸钱香烛烟火的缭绕中,他开怀笑着,十分乐天的样子,仿佛还听得到笑出金属般的爽朗声音。我喊了声"姑爷",眼泪就涌了出来。我深深地跪伏下去,泣不成声。哥哥也陪我跪下来。

姑姑走过来了。她蹲下来,一手拉着哥哥,一手拉着我。我冲动地抱住她的肩膀,叫她:"孃孃!"

她把我的手抓紧，又把我的手贴到她脸颊上。末了，是她抓住我的肩，对我说："你看姑爷他笑眯眯的样子，我现在都还听得到他哈哈的笑声。你说，他这个时候，是想看你们哭，还是想看你们笑？"

我难过极了。

乡间的葬礼要到天黑时才热闹起来。吊孝的亲友们带着歌队，陆续到来，一进村就响起悲伤的锣鼓。我们那里的葬礼，跳丧、挽灵，是重头戏。在乡间，一个人活到六十岁，就算圆满了。他的死去，就像瓜熟蒂落一样自然。歌队敲锣打鼓，在灵堂绕着棺木且歌且舞，以乐志哀，完成对亡者的追念。离去的人入土为安，留下的人平静地活下去，这是山地土家族人达观自然的生命观的体现。人人都自然、顺命。但姑父是非正常死亡，且为了亲戚殒命，就带着深重的悲伤。孝子孝孙披麻戴孝，在灵前白压压跪了一大片。每一轮跳丧结束，他们就伏地痛哭，直到第二轮跳丧开始，他们才立起身来，站在灵前。

然而妹妹小红的痛哭一直停不下来。姑姑一直在旁边陪着她，把她搂住，又是劝又是哄。几位女性亲戚也帮着劝，小红的哭声才慢慢停下来。

父亲是在第三轮跳丧结束时到达的。作为冉家婆媳两代的娘家至亲,他算是葬礼上最重要的客人。他带着一支人数齐全的歌队,由王一王翼左右搀扶着走上院坝。他的到来,让葬礼的气氛更加凝重。他手一挥,制止了歌队的锣鼓唢呐。院子里顿时静了下来,人们让开一条道。我要上前去搀他,他手一摆制止了我。我看着他径直走到姑父棺前,叫了一声"启平",就哽咽了。

姑姑就是那一刻失控的。她从棺木前立起身,梦游似的走到父亲面前,怔怔看着父亲,叫了一声"大",就扑倒在父亲脚下,痛哭起来。她抱住父亲的腿,边哭边把额头往父亲膝上撞。父亲咬着嘴唇,任由姑姑撞,一动不动。那是自姑父出事后,姑姑第一次哭出来。她哭得撕心裂肺,哭得肝肠寸断。院坝里的女人也都抽泣起来。

父亲老泪纵横。他一定难受极了。他转过头去对冉明、冉建说:"明、建,你哥俩拿把斧头,把我这把老骨头劈了吧!我这把老骨头交给你哥俩,你俩把我劈了吧!"

两个表弟手里端着托盘站在棺前,木然看着父亲,悲哀已经让他们不能回答了。

哥哥说:"爹!这是我们的事情,跟您老人家没关系。"

父亲指着哥哥喝道:"你把嘴巴给我闭起!没你说话的地方!"他用手指指着我们兄弟俩和两个外甥,说:"你们给我听着！从今天起，孃孃就由你们养老。这个家庭，只要有用得着我们的地方，你们谁敢推，我拿斧头砍谁！"

我们都应声喏喏。

乡村农历五月，年轻人都出门打工，留家的在地里忙了一天，也都疲累了，平时都睡得早。因为姑姑一家的好人缘，也因为姑父的非正常死亡，留家的人，无论远近都来了。大家守在姑父灵前，说起姑父生前的好，都不胜唏嘘。看见我们家的人在场，又欲言又止。

夜里到了三更，锣鼓停了。道士先生也睡了。夜晚安静下来。寨人和亲戚们守在姑父棺前，一边烧纸钱，一边谈论亡人旧事。大家都念姑父的好，说他聪明，说他能干，又说起他一辈子辛苦，苦了自家苦亲戚，都说他是少见的仁义。姑父在照片上乐呵呵地，像是都听到了，开心得要笑出声来。

我站起来，走到院边。月亮圆了，起得迟，半夜才当顶。茶园远远近近的浅丘，排布在月色里，圆和、温软。风里都听得到万物生长的声音。几十里地的苞谷正在月光下"咔嚓咔嚓"拔节，奋力向上生长。那无数的苞谷啊，它们是否知道有一个兄弟今日跌倒，再也爬不起来了？

这时候，姑父的弟弟——我们叫三爷的——叫我们过去说话。王一、王翼不放心，要跟我们去，被哥哥摆手制止了。

我跟哥哥恭敬地坐在三爷家桌前。

"有子替得父。"三爷开门见山地说,"庠胜哥年纪大了,我就不劳烦他。"

我赶紧说:"三爷,我们对不起姑爷,对不起孃孃,对不起他们一家。您老无论怎么安排,我们都落实。"

哥哥补充道:"该拿钱拿钱,该出力出力。绝不打折扣。三爷您尽管提要求。"

三爷冷笑一声:"拿钱?如果是为钱,我就不劳请你哥俩了。我的亲哥哥,早上还好说好笑的,过中午人就没了。你说,这是钱的事吗?"

我心里一沉:"那您的意思是?"

三爷长叹一声说:"人都没了,我还能有什么意思?你们听着,你们家,几十年来,对我大哥大嫂好,我是看在眼里的。我大哥一辈子对你们家巴心巴肠,我心里也是有数的。但巴心巴肠的人没好下场。这是他的命。"

我悲哀得说不出话。

三爷的眼泪忽然涌了出来:"不然,我不会放过你们!"

他仰起脖子,像是要把眼泪倒回眼眶里。过了会儿,他说:"你孃孃疼你们,把你老汉当父亲敬,把你们当儿子亲。十指连着心啊,我懂。我大嫂她,"他哽咽了,"往后,心头再痛,都不肯呻唤一声了。"

这时,表弟冉建进屋来。他对三爷说:"三爷,我妈说了,有什么话,由她来跟大舅说。你就不要拗难两个哥哥。"

三爷站起身来,抹掉眼泪,大声朝我跟哥哥说:"王琦王伟,这就是你们孃孃!还有哪里有这么好的人!"他不让我们答话,就转向冉建说:"黄泉路上无怨鬼,来生还是多福人!建,你老汉福往西方,福兮乐兮!"

18

父亲说,最初的那一个月,他夜里不能入睡,一闭上眼睛就见姑父站在他面前,系着洋围裙,手里抱只罗盘,笑吟吟地叫他:"大啊!"母亲倒一次也没梦见过姑父。她不止一次地哭着说,启平不像妹夫,像亲弟弟。她问:"他不肯来托梦,他在那边好过不?"

奇怪的是,离去的是姑父,我想到的却是姑姑。只要闲下来,满脑子都是姑姑。想到姑父把我放在肩上打马马肩儿,她在一旁大喊:"小心点儿,莫把细娃儿弄落下来!"姑父出门杀猪回来,她站在阶前,从姑父肩上卸下背篼,又把热茶递上去。她在灯下擀荞面条,下到锅里,锅里热气腾腾,在她的脸上投下忽明忽暗的光影。我们吃荞面条，她吃苦荞粑，一个人坐在灯影外，一块一块掰下来，放嘴里慢慢嚼，她微微皱了眉，那样子不像在吃苦荞粑，像是在吃苦。她躬着身子背牛草、背麦秸、背荞稞、背苞谷秆，她那么小，草捆巨大，遮盖了她，草捆像长了脚在大地上行走。苦荞开花时节，我去茶园，她穿过一大片荞地，到老场上来接我。荞麦开花真是乡村的盛典，深秋的天空是铅灰色的，大地寒凉，厚绒绒、粉嘟嘟的荞花铺陈在大地上，遍地都是洁白宽阔的哀伤。姑姑从荞花深处走来，一边走一边喊我的名字。荞花洁白、柔软。她走在荞花中，像腾云驾雾，脱离了尘世的泥泞与悲伤。年轻时她想嫁给一位斯文干净的教书匠，最后却安于做一名杀猪匠兼刨口匠、劳改犯、泥水匠的妻子。不，这都奢侈了。最后，她成了一名未亡人。

我想给她打电话，但是又不敢。我小心翼翼地把电话打给表弟冉明，问孃孃好些了吗？仿佛过问的是姑姑一个人的病痛，而不是为死去的姑父，以及姑父的离去带给这个家庭的巨大悲哀。

冉明说还好。他语气抑郁，说姑姑每顿能吃小半碗饭，还在安慰小红。小红像是垮了。

再回到茶园，是姑父的"毕七"。才一个多月，苞谷就高过了人，苞谷秆头顶散了穗，腰间结实的苞谷棒子嘴上也蔫了须。快黄昏了，落霞照进苞谷林，梭镖样的苞谷叶"喊喊喳喳"喧哗不已。风吹来时，苞谷林涌过浓绿的潮声。风停了，苞谷身子立了正，翠绿泼辣梭镖样的叶子还在不住"喊喊喳喳"哗响。最能体现大地澎湃、磅礴的，除了河流，就是苞谷。那真是大地喷涌啊！晚霞中，有蜻蜓高高低低地飞，蝉声此起彼伏，长一声，短一声。

姑姑坐在阶沿边抹嫩苞谷，膝盖上搁个小塑料盆，埋着头，一粒粒抠嫩苞谷籽，她抠得很慢，很小心，像生怕把嫩苞谷籽掐碎，又像舍不得把手里的苞谷抹完。她就是找个事情占手，混时间。她已瘦得脱了形，像被风吹掉了一圈儿。听见我叫她，她抬起头，愣了一下，才把小盆放在地上，两手扶着膝盖，费劲地站起来。她眼巴巴地看着我，手足无措的样子，又愣了一会儿，才看着我，清凉地笑了。

我请了几天假，准备陪她几天。她平静地给表弟一家和我做饭，收拾家里。这个家没有姑父的笑声、说话声和脚步声了，显得格外冷清。姑姑和表弟一家也不怎么说话。我跟他们说话，帮着做家务，夸张地想努力弄出些喧闹和嘈杂。姑姑看在眼里，也不多言。第二天早晨，她做了早饭，陪我吃过，说："吃了饭，去望望你妈老汉，就回北京去上班。"

她说，人要朝前看，道理我懂，你不要担心我。

她说，这句话跟你老汉也说说。让他也要朝前看。

19

姑父出事后的那一年，姑姑不敢回官渡滩，怕踏进那个院坝，跟我家就中断了走动。王翼的女儿出生后，哥哥一大家子带着婴儿回官渡滩看望老祖。那是家里的大事，我也回去了。趁父母和亲戚们围着那婴儿逗玩，我跟哥哥带着王翼开车去了茶园。

我告诉姑姑，她养大的王翼给她添曾侄孙女了，我们想接她去家，接受那个曾侄孙女喊老祖。她低着头不说话，王翼上前又哄又撒娇，过了好一会儿，才答应了。她进房间磨磨蹭蹭地换衣服，耽搁了很久，才走出来，跟我们上了车。

一路上，我们跟她说话，说起小时候上茶园，她对我的种种好，对王翼的好，说起我的种种糗事，又说王翼的糗事。她想笑，没笑出来。我的笑也被噎回去了。我又说到妹妹小红，说到小红的儿子和冉明的女儿，本来是想逗她高兴，她还是沉默。我也闭了嘴。

车到关口的时候，她才说："你莫担心我。该哪个还哪个，我不得出错。"

下了车，上了院坝，母亲率众儿孙在家门口迎接姑姑。大家簇拥着她走上院坝，她朝新楼看了一眼，眼泪就流出来。侄媳抱着婴儿迎了出来，依着孩子叫"老祖"，说您老祖添曾孙了哦，把婴儿递到她面前。她像有些不好意思，抹了泪，目光落在那粉嘟嘟的婴儿身上，怔怔地。进了屋坐下，她抱过那婴儿，仔细地看着，慢慢地，脸上就漾起了微笑，那笑温良、慈祥，让人落泪。她从衣襟里摸出一个红包，揣进婴儿的襁褓，柔声说："我们王家添丁进口，家又旺了。我欢喜呢。"

我这才放下心来。

晚辈们花团锦簇围在父母和姑姑的身边，闹哄哄的。不一会儿，姑姑就悄悄出了屋，坐在院坝的桂花树下，背朝着老屋和新楼的方向，看着河对岸出神。黄昏的夕照，给她的背影镀上一道金边。她的白发在风中飘，像明亮的银线。我帮着做家务，进进出出的，看见她以一个姿势坐了很久。我想叫醒她，请她进屋跟一家人坐在一起。

嫂子阻止了我。嫂子说,让她就那样坐一会儿吧。

20

我们那里有个说法——孝子有三年不顺,是说父母离世三年内,会遇到些坎坷,经受些磨难。我们让冉明请道士先生做了特别的法事,父亲又单独为姑父祈愿,祈求他保佑两家的儿女。

接下来,姑姑一家还是没能摆脱这古老的谶语。

2017年年底,猪肉涨价,涨得离谱。一时间,大家都一哄而上搞生猪养殖。两位表弟也摩拳擦掌,提着打工挣来的血汗钱披挂上阵了。冉明投资了三十万,建了养猪场。冉建在他上门的地方——王家河水库边的山里建了牛场,投资了八十万。

开局都良好,都欣欣向荣。

我知道这事的时候,兄弟俩的养殖场已经建好,牲畜也进了圈。他俩在深圳打工的钱,全都投了进去,各自又贷了一大笔钱。

我给冉建打电话:"你们怎么不先跟我商量一下?"

"放心吧,哥!"冉建意气风发,"几十年难遇这样的行情,这养的哪是黄牛嘛,分明是金牛!"

姑姑也给我打电话,说了兄弟俩养殖的事,忧心忡忡。她不相信人间的好运能平白无故地落到儿女们的身上。

我说:"孃孃,以后家里有这样大的投资,要记得先跟我商量。事情不光看一步,还要看两步。"

她答应了,欲言又止。

非洲猪瘟就是那一年来的。冉明的猪长到百来斤一头,一夜之间就死了一大半,没死的也被县上的执法大队拿电枪打死,连同死猪埋进三米深的地里。那几天冉明在院里进出,悲伤又愤怒,脚步"呼哧呼哧"的,像要把地皮跺穿,眼里的火能把斜对面的人点燃。没过多久,又听说小河镇上的小户差不多全军覆没,连县里的都未能幸免,就平静了,认为这是运。命不可抗,运也不可抗的。

非洲猪瘟不传染牛。但养牛的冉建运气比冉明更霉。冉建的牛养到半大,环保部门上门了。王家河水库承担下游龙麻大坝饮用水供给,水源地方圆三公里不准养殖。政府关闭了冉建的牛场,投资八十多万的牛场,只赔偿了二十万。赔偿款下来那天,冉建提着砖头去镇上砸人,结果手一软,砖头掉下去砸了自己的脚。

据说他们当初都曾想到向我求助，央求姑姑给我打电话，找我借钱，或者让我给县上的领导打招呼，关闭养殖场时网开一面，至少在补偿上高靠些，也减轻点儿损失。不知姑姑是碍于面子，还是怕我为难，她的答复是："要打你们自己打。"她是想把这决定交给她的儿子们的。结果儿子们的理解是：她拒绝了，她不管他们了。

那段日子，我久滞不前的仕途忽然现出一线曙光。我像冬眠多年的昆虫瞬间被激活，又像飞蛾扑火一样不顾一切地朝着那希望奔赴，眼里心里都是那把明晃晃的椅子，别的什么都顾不上了。冉建打来电话向我求助这事我是记得的。我甚至记得冉建在电话里的声音，像王家河的芭茅一样被秋风吹得飘悠悠的，单薄，无助。冉建说，哥，你一定要帮帮我。你打个电话，他们准会给面子。谁会不给哥面子？他说，哥，那是八十万哪。

我说，我晓得了。

作为一名环保干部，水源地不准养殖，这是底线，我知道不可违。同时也顾及自己的前程，在这节骨眼儿上，哪怕一根头发丝都不能来搅我的局。这时候我必须谨慎又谨慎，静候佳音。我把兄弟俩的事情草草托付给我的哥哥，让他找县里的朋友帮忙，在赔偿标准上浮动浮动，减轻表弟的损失。安排好，我又一心一意等我的好运降临。

没过多久，提拔结果出来，我又落空了。消息出来的那天，我彻底沉静了。我一个人坐在六楼的办公室，透过落地窗朝窗外看。夕阳像个巨大的蛋黄悬在北京灰蒙蒙的上空，要落不落的。整座城市浸在漫漫黄沙里，上不上、下不下。我就是在那一刻想到故土、想到亲人的，在那一刻，想到了姑姑。我想到她时常担心我工作太忙伤了身体，又担心有人奉迎我把我拉下水，还担心有异性跟我走得太近惹我犯错误。她总是担心我这样担心我那样，而在他的两个儿子遭遇厄运时，她夜夜流着眼泪不能入睡，却不肯给远在北京的侄子打一个求助的电话。

那一刻，我想，姑姑你再也不用为我担心了。

21

冉明的猪场全军覆没后，村委会动了恻隐之心，安排冉明管电。像是苦难终于有了尽头，姑姑安下心来。她把我们给她的钱拿出来，两个弟弟一家一半，让他们凑起还借款。那点钱实在是杯水车薪。她就自我安慰："蚀财免灾。"

然而蚀得那么多，灾祸却没免得了。

先是冉明在检修线路时，电闸被不知情的人不慎合上，冉明的两根手指头被烧没了。

姑姑白天悉心照料着受伤的冉明，却不敢看那断指。没想到祸不单行，两个月后，冉建的妻子骑摩托车在王家河水库的乡路上出了车祸，把一个赶集的路人撞成了植物人。

姑姑完全蒙了。她不明白一个骑摩托车的穷苦人怎么会摊上这么大的灾祸。儿媳长期在对方家里照顾伤者，她带上孙子去那户人家探望。在一个破败的屋子里，那个不幸的人闭着眼睛躺在床上，全身上下只剩下吞咽和排泄的能力。她忍不住落了泪。她把我们给她的钱掏出来，塞给那人的妻子。回去的时候，她一路想了又想，却想不明白——厄运怎么专找受苦的人。

车祸事故协调下来，冉建赔偿五十万元。

据说那段日子姑姑每晚都不能入睡。表兄弟让她打电话找我和哥哥借钱。她后来说她也动过这个念头，因为除了我跟哥哥，这世上她再也指望不上别的什么人了。但数目太大了，放谁头上都难，她开不了口。于是，她去了官渡滩，想请我的母亲替她开口。一进门，就见父亲在发火，雷公火闪的，像要吃人。母亲在一边抹着眼泪不说话。一问，才知道我辞了公职，成了打工仔，与她的冉明冉建冉小红无二了。于是，借钱的话，就咽下了。

22

我年近半百才辞去公职，赤手空拳，个中甘苦，唯有自知。我四处奔波，一年费的力，比以前三年都多。笨鸟先飞，笨鸟早飞，我白天工作，一天当三天拼。早晚都在学习，经常通宵达旦。陌生的领域，事事从头开始，我像一只蜘蛛，在空茫的人世奋力编织一张网，以期把自己挂在网中央。

如果有一段时间没打电话给她，她就不安了，让冉明拨通我的电话，说要跟我说两句。她每次打电话，都像是命运专门为我准备的锦囊妙计。急难时我打开，解了心中许多困惑。开头总是那句话："孃孃说两句话你不要嫌难听。"

我说我正等着听呢。

有一次，我飞三个钟头，到一个偏远省份，求见省厅一位领导。我在厅长门外走廊里等候两个钟头后，却被告知，厅长马上外出办事，没空听我汇报。离开那栋办公楼时我自嘲地说："今不如昔，人心不古啊！"

她说："古语说得好，在官三日人问我，离官三日我问人。这世道就这样啊，这世道不是为难你一个人。"

我说晓得。

为了项目上一个小小的枝节，我奔波到半夜，才停歇下来。严冬时节我去了青海的一个小县，白雪覆盖，严重的高原反应让我头痛欲裂，半夜里被送到医院吸氧。那是一段拼命的日子。高强度的工作，巨大的压力，早起照镜子，见两鬓已斑白，头顶也秃了一圈儿。在青海工作时因心脏受损留在脸颊上的青痕，也更黑了。一位亲戚跟我见过面后，回去对人说："王伟打工一年，老了五岁。"

她打电话过来说："孃孃讲两句话你不要嫌难听。"

我笑道："我正等着您讲呢。"

电话那边好一会儿都没声音。我忐忑了，问她："您倒是说话呀！我听着呢。"

她在电话里又沉默了一会儿，才说："挣得多，花的人也多。"语气闷闷的。我说："花的人多，挣得就多呀！"

她说："这样说来，挣得再多有什么用？你挣得少，花钱处就少。细细算起来，挣多挣少不是一样吗？"

我愉快地笑着说："听孃孃的话，我少挣钱，娘儿母子热热乎乎的够吃够穿就是了。"

她就笑了。笑后，又有些惆怅地说："唉，听得见声音，看不见人样。"

我给她买了一部智能手机，让妹妹小红的儿子教会了她打视频电话。

她收到手机后的第一个电话，就是打给我的。电话打过来的时候，我正躺在医院的病床上，全身接满检测仪器，肩上还披挂着动态监测仪。我因为过度劳累晕倒在地，住进医院，虚弱、疲惫，像一个溺水者。

她看见我，声音就变了。直到我反反复复向她保证，没什么事，只是太累了，过几天就好了。她想说话，却说不出来，一时也不知道怎么挂断电话，只眼巴巴地看着我，眼泪流个不止。

从此，我再给她钱，她就不肯要了。

23

姑父离世，再加上表兄弟们的磨难和厄运，让她迅速衰老了，疾病也缠上了她。她比父亲小十三岁，却过早地患了肺气肿、冠心病。每年春天，倒春寒来临，数病齐发，她撑不住，就倒了床。医药费是笔不小的开支。她怕花钱，怕拖累小的，熬着不肯去医院。我把我的医保卡送给她。她坚决不要，我告诉她，我有两张医保卡，用不了，就分她一张。她才犹犹豫豫地收下了。起初,她生病了还是硬撑着,舍不得刷卡买药,到年底我一查,卡上的钱动得极少。我就给她打电话,说卡上的钱没花完,到年底剩下的,国家就会收回去。她又急又气,后来竟气得直哭,好像那几千块钱被她疏忽大意弄丢了。

每次给她钱,她跟我们打架似的推来搡去,不肯收下。她那么需要钱。每一分钱都需要——孙子上学,房屋整修,冉明、冉建亏损和赔款,冉明疗伤,她自己治病——家里那么大的洞,多少钱都填补不了。她却羞于接受。我们的生活,无不浸透着她的恩情,都跟她最初的艰辛哺育有关。我们记得这个,她却忘记了。每次她手里捏着我们强塞给她的一点儿钱,把感激的好话说尽,最后嗫嗫嚅嚅,局促又羞愧的样子,让人心酸。

哥哥嫂嫂和两个侄子侄媳每次去,也是又买东西又拿钱的,比我们拿得多。她悄悄攒着,觉得欠了很大的人情。我们走的时候,她把这家给的钱,用红包包着,塞给那家的孩子。把那家给的钱,又用红包包着,给这家的孩子。她一辈子都在给予,像流水一样自然,对获得却那么羞怯和不安,而从不会思量这世上到底谁在亏欠着谁。我们给予的那么微不足道,而她,却像被巨大的恩惠笼罩,迫使她倾其所有回报我们,还生怕与我们的生活不匹配。我们坚决地拒绝。她手里捏着红包，可怜兮兮地站在那里，整个人像被遗弃了。那羞惭又落寞的样子，让人难过。

我要了她的银行账户，每月定期定额往她的账户上打一笔钱，保障她的日常生活、吃穿用度和人情往来，让她避免了每次拿钱的尴尬。我还跟她约定，不准提钱的事情。但她做不到，像不提钱，就忘恩负义一样。

她养了二十几只鸡，一心一意地侍候鸡们生蛋。捡了蛋，埋在豆子里，把装豆子的桶贴地放置。每次我们接她去官渡滩，她就把装鸡蛋的坛子直接抱到车上。坛子里装着三百个鸡蛋，哥哥家两百个，姐姐家一百个。她很想匀一百个鸡蛋，让我带到北京，给李虹和春雨吃。我告诉她，飞机上不许带鸡蛋。她就叹口气，很遗憾的样子。后来，她听说我在园子里养了鸡，鸡生了蛋，才安心了。

她用苞谷、红薯、萝卜、青菜养了两头猪，她的三个儿女分一头，我家三个侄儿女分一头。冬月里杀猪后，每天在火铺上烧柏树枝熏腊肉，分送给孩子们。

她耐心地伺候那一小片茶林。每年清明前，她就细细地掐了嫩叶，燃豆萁炒好茶，让冉明给她的侄儿侄女和侄孙们，一家一包，快递出去。老家的茶很烈，喝了常常整夜失眠，但又贪念新茶的芳香，夜半三更我辗转反侧，失眠让我在深夜里反反复复想一些事情。

我原以为，赎罪于我们，是漫长的劳役，我们的内心永不安宁。哪晓得最终，却成了她漫长的劳役，她也不得心安。

我的母亲离世时，她哭得非常伤心。我知道，其中有一大半哭的是姑父。她哭得极沉痛，以至于有亲戚不得不丢下我们，转过去劝慰她。葬礼结束，她留在我家帮忙收拾、料理后续事务。我们离家时，她站在院门口看我们乘车离开，我习惯性地看后视镜，见她在院边朝我摇摇手。

母亲去世后，姑姑每星期来官渡滩住一两天，给父亲做饭，陪他说话，给他拆洗衣被，把要穿的衣服找出来一样一样地摆在他床边。每次住一两天就得回去。我给她打电话，看见她坐在我家的桂花树下。她说，父亲抱怨腿脚酸软，夜里忽冷忽热，睡不安稳，皮肤瘙痒，被他抓破了皮，满腿是血。她心疼了。

过了一会儿，她在电话里跟我说："自己家里也有孙子、有牲口、有菜地需要照料。住一两天就得回去。要是你姑爷还在，就能来陪你老汉了。可惜——"她那句话听得我肝痛，"可惜你姑爷他没得这个福气。"

24

年轻的时候,她被长兄嫁到茶园,在那里领受了命运给她的所有苦果,包括我们家给她的。她一律算在命运的头上,对我们不说半个字。姑父遇难后,我跟哥哥想把她移回这个家庭,跟我们在一起。有好几年,我跟哥哥请父亲和她去北京,住在我家里,或者住在重庆哥哥家里。如果不习惯,住一段时间回去也可以。她都婉言谢绝了。她柔声说道,土里长的,地上跑的,都离不得人呢。

去年,她同意来北京了。因为,我的父亲答应来北京住一段时间。

有客人来家,陪父亲说话,善意地奉承他。姑姑静静坐在父亲身旁,脸上始终浮着谦恭温和的微笑。她仔细观察客人的脸色,又观察李虹的脸色,不怎么说话。朋友给父亲带了红包和礼物,也不忘给她一份。她就坚决拒绝,说她只是亲戚,怎好让你们破费。父亲豪迈地说:"有我的,就有我妹的。"推辞不过,只得收下。客人前脚离家,她就把红包交给李虹。李虹劝她,好话说尽,她只得收下,但离京回家时,她把钱悄悄留在了我家。

清晨,李虹上班,父亲在表哥表嫂的陪同下出去散步了。

我在园子里整理花草，姑姑蹲在水边出神。那是一小段流水，水流清澈玲珑，水中央有一两块岩石，水流过，像丝帛被划破。水边长了青翠的菖蒲。姑姑像不敢相信那水是真的，我看到她把手插进水里，清凉的水流从她的指缝流过，过了好一会儿，才把手抽出来，叹了口气。

我叫她："嬢嬢。"

她像被惊醒，回头应了一声，朝我笑笑。

我说："嬢嬢，妈在的时候跟我说起过，当初，老汉不把你分给樊老师，害了你一辈子。"

她把流水边的杂草拔起来，挽成结，轻轻放在旁边的桂花树下。她脸上的表情是平静的，语气也是淡淡的："早过去了。人各有命。你老汉也说过，命不是他派的，是天命。天命难违。"

她说，她听了那句话，就死了心，嫁给了姑父。生子、种地，喂猪，帮着杀猪匠姑父杀猪、卖肉。农忙的季节，她跟姑父一起，回官渡滩帮着我的母亲干农活儿。若父亲在家，她看都不看他一眼。两家的孩子们一天天长大了。老人也老了。她先是送走了她的母亲，也就是我的祖母，后又送走了她的婆母，也就是我的姑奶奶。岩鹰头离官渡滩和茶园都不远，有认识的人忍不住想跟她提起樊老师，刚起话头，她扭头就走了。

她说，好多年后，她又见到樊老师。

她说，那时候，冉明冉建小红都长大了。那年，苦荞刚打完，她跟姑父去小岗场卖猪肉。两人一人一头，把一扇猪肉从姑父的背箧里抬出来，摆在案板上。她在收拾背箧，姑父拿砍刀在磨刀棒上"嚓嚓嚓"地来回蹭，爽朗地招呼赶场的人："买肉啦！买肉啦！今早刚杀的新鲜猪肉啦！自家种的苞谷红薯慢慢喂出的肥猪啦！"这时候，一个人在肉案前停了步，抬起头来，是多年不见的樊老师。

我的善良聪明的杀猪匠姑父端着杯子就去场镇头的饭店找开水喝了，剩下姑姑跟樊老师隔着肉案立着。她抬头看见樊老师的鬓角起了些白霜。多少年过去了啊。她顿了一会儿，大方泼辣地招呼樊老师道："割块肉回去给细娃儿炒着吃吧——有几个细娃儿了？"樊老师说一个。问你家几个？她说有三个。接下来樊老师就不知说什么了，只是隔着肉案望着她。她抡起刀就要给樊老师割肉。樊老师急了，连说"不要，不要！"抬起手来阻拦，最后白皙斯文的手就按在了她的长满茧子、开满麻皴子的手上。她羞愧得浑身一震，迅速抽回手，缩回衣袋里。这时候，我的姑父端着茶水回来了，他抓过刀，"咔嚓"一声，砍下一块肉，要递给樊老师。樊老师推辞着，语无伦次地道了谢，逃也似的走了。她从姑父手里拿过刀,埋着头细细地从后腿肉里剔出大骨,等她把大骨剔净,握在手里,抬起头,见小小的小岗场已经齐场了,人潮如涌,她往人群里望了又望,望不见樊老师的身影。

就见了那一次。后来再也没见过了。后来,你带我坐车经过他的学校。不晓得他还在那里不。说完,又笑了笑。

我问了一句话:"孃孃,你恨我老汉吗?"

她说不恨。她说,一个人心上举个"恨"字,走不了路。再说,大跟她是亲骨肉,你在心头恨,他就在心头疼。何苦呢?一辈子都过去了。

她想了想,又说:"如果你老汉不把我分到茶园,我就没有冉明冉建冉小红。你说,我啷个恨得起来呢?"

25

第二天是周末。李虹陪着父亲去学校看望姐姐的孙子,表哥开车,表嫂也同行。一家人吵吵嚷嚷出了门。

园子里静下来了。姑姑跟我坐在桌边,她又望着那段流水出神。

我说:"孃孃。"

她答:"嗯。"

我说:"昨晚跟李虹商量了,我们希望你跟父亲就住我们家。你在这园子里种菜、喂鸡,烧柴火做饭吃,跟老家,也没两样。父亲跟你有个头疼脑热的,上医院也方便。你的外孙向可如果愿意,往后也可以来北京找个事做,家里也住得下。"

她说:"你跟李虹仁义,心意我领了。但哪能这样拖累你们呢?好日子是你们的。各是各的藤,各有各的瓜。我一个亲戚插进来,我过得不安心,你们也过得不安生。"

她又说:"你们的心思,我都懂。你们过得好,我盘养的儿女没出息。你们对我再好,我领受起来,像是偷来的,内心羞愧。"

我不说话。她看着我,很慢地说:"我没盘养你,到头来,享的还是你的福,吃你的,穿你的,花你的,家里大小难事都找你。连孙子都来拖累你。欠你这么大的情,不晓得啷个才还得清……"

我笑着说:"你把我当成你的儿子,我跟孃孃就是一根藤上的瓜,就不说欠情还情的事了。"

她看着我,泪水涌了出来:"要是没有你,这日子啷个过得下去?"

我问:"孃孃,你记得小时候,你背大了王家几个孩子吗?你记得你如何疼我吗?"

她说:"那不过是下力的事情。孃孃没本事,只有下力。下再大的力,都不及你动动手指头帮的忙大。"

这话让我差点儿落泪。

26

春节到了。哥哥、姐姐和我三家成员悉数回到官渡滩。我去茶园把姑姑接回官渡滩。

家里很热闹。父亲被一大群小辈簇拥,姑姑陪伴在他身边,既是长辈,又是客人,她的欢喜、客气和自然,都十分有分寸。她对哥哥三儿子的女朋友和我女儿春雨的男朋友格外爱怜,又把王翼的二女儿搂在怀里很久。她抱着那小孩子,跟我的姐姐、嫂子和李虹坐在火塘边聊天。那时候,春雨已经收到了硕士研究生的录取通知书,春节后就出国,正准备入学资料。闲下来的时候,她就下楼来,坐在一旁,静静地听着长辈们聊天。姑姑、姐姐、春雨,还有姑姑怀里抱着的王翼的女儿,王家四代女儿坐在一起,让人格外感动。

姑姑说起她小时候背侄儿女的事情。

姑姑说,王珍生下来瘦,但妈的奶水养人,不出几个月,就吃得又白又胖。

这时候，姑姑怀里的小孩把手指伸进姑姑嘴里撩舌头玩。姑姑吮了一下，舌头把那小指头轻轻顶出来。

姑姑说，王琦小时候又调皮又逗人爱。他站在背篼里，看人顺眼的时候，就朝人家甜眯眯地笑。看不顺眼的时候，就朝人家吐口水。

"得罪了好多人啊！天天给人赔礼道歉。"姑姑笑着说。

大家就一齐看着哥哥笑。

姑姑说："那时候多亏了王珍。才四五岁，就帮着我带王琦。"

姐姐由衷地说："小时候，生活真苦。没想到后来享弟弟们的福。"她说，"我真的幸运，没像孃孃那样，为后家拖累。"

姑姑淡淡笑着，说："啷个是拖累呢？我后家家大、族大，我也跟着沾光，享后家的福呢。"

大家就说享什么福哦，我们都是托孃孃的福。

这时候，姑姑慢慢地说，我这一辈子，啥都认了，就只怨一事——我大不送我读书。

大家就看父亲。其时，父亲怀里抱着王翼三岁多的大女儿，那小孩子正奶声奶气地教老祖玩手机，父亲兴致勃勃地在小孩子的指导下，认真地在手机上划着。姑姑忽然提高了声音："大！你听到没？我这一辈子，啥都认了，啥都不怨，就怨你不送我读书！"

父亲转过头来，茫然地看着我们，又看了看姑姑，像是什么都没听到，又低下头，在小姑娘的指导下在手机屏幕上笨拙地划拨。

姑姑说："大！我那时候小，不懂事，你哄我，说姑娘家读书没得用。把侄儿女背大了，好日子就来了。"

父亲转过头来朝我们笑笑，指了指手机，又指指小孩子，说道："这细娃儿样样都会呀！"

大家就不说话了。

姑姑朝父亲大声喊道："大！你说，一个人不读书，好日子从哪里来？"父亲又转过头来朝她看了看，莫名其妙地，像是不知道她在说什么。

姑姑看着我们，悲伤地说："他听不见！这句话我一辈子都没说出口。今天第一次说，他就听不见！"

姐姐问姑姑："你不恨老汉把你分到茶园？"

姑姑说不恨。她说，我恨的是一辈子没读过书。

过了一会儿，她说，一个人读了书，才算睁开了眼睛。读了书，报恩也好，还情也好，不用像我这么苦。

大家不知道说什么好。春雨的男朋友端了些吃的过来，分送给长辈们。几代女性又聊起这孩子，李虹说他还有一个上小学的弟弟,也蛮精灵可爱的。这时候,我的父亲忽然转过头来,说:"让小伙子到王家上门。"他说,"春雨是孙辈中的独女儿,不能外嫁到别人家去受苦。让那小伙子到王家上门。"

大家笑了,只有姑姑笑不出来。

27

大年初四那天,哥哥一大家子浩浩荡荡回了重庆。姐姐也跟她的儿女们去了重庆。李虹跟春雨、春雨的男朋友回了北京。热闹像潮水一样到来,又像潮水一样退去。家里恢复了寂寥,父亲首先落寞下来,在火铺一角默默坐着,不说话。

母亲去世后,父亲一个人住在官渡滩老屋里。我们先后请了好几个人陪伴照顾他,给他做饭。没过多久,他就把人打发走了。他的理由五花八门,但我们都明白,核心只有一条:心疼我们的钱。他一个人住在家里,饿了就泡碗方便面,或者蒸些红薯土豆,对付半天。他膝关节疼痛,身子内热,腿抽筋,肚子上的皮肤瘙痒。他夜里睡不着,醒来时,坐在床上,像个小孩子一样抱怨嘀咕。

我一个人又上了茶园。一路上忧心忡忡,百感交集。多少年来,我们这一家,有困难就上茶园。茶园对于我们,到底是什么呢?

那是我参加工作后,跟姑姑待得最久的一次,跟她说话最多的一次。那天,姑姑家也很清静,表弟表妹们带着孩子走亲戚了,只有姑姑跟我在家。我们坐在火塘边,姑姑给我煮了鸡蛋醪糟,给我烤了油香,我一边吃一边跟姑姑聊天,聊幼年我到茶园吃面,聊我被蜈蚣咬了,姑姑用嘴嘬出虫毒。聊表弟小时候聪明顽皮,聊表妹漂亮。聊我年轻时屡屡受挫的婚事,聊哥哥的孩子们和我的女儿,再聊到表弟表妹们的生意和生活。姑姑最挂念的,是表弟冉明和表妹的儿子。哥哥把冉明请到公司工作,好给他买全额社保。表妹的儿子也到哥哥的公司工作了一段时间,不太适应。我跟哥哥商量,派这孩子到我一个朋友那里学习新的技能。到时候学成回来,由我们两家出资开一个店,由那孩子来打理。"到时候,那孩子就是老板了。"姑姑就安心了。我们闲话说了很久,烤油香吃了一个又一个,还在不停地说。

我不知道怎么才能把想说的话说出口。

姑姑说:"你一来,我就晓得你要说什么。我也晓得你不好开口。我们家这一代,就剩下我大跟我了。你姐王珍的儿媳妇怀孕了,你姐又要到重庆照顾她。我大没人照看。这时节,除了我,还有哪个?"

她卖掉了家里养的二十几只鸡,收拾好园子里的菜蔬。在我离家前一晚,她背着背筐到了官渡滩,住了下来。父亲住的是新楼的房间。然而姑姑不肯住新楼,我就跟她在老房子里给她收拾了房间。她说:"大,你有事就叫我。"

我离家回京那天早晨,父亲很低落,坐在火铺边不看我一眼。姑姑送我出门,立在院门口,看着我上了车,说:"你放心。"

我坐上汽车开出家门,看见她在远远地朝我招手。

28

许多年来,我从一个城市,到另一个城市,其中,遇到过一些跟姑姑年纪相仿的女性。她们有的是我的老师,有的是领导和同事,有的是朋友,还有的是工作上的伙伴,以及因为其他原因偶然遇见的人。她们穿戴齐整,相貌洁净,聪明干练且善解人意,长着一副好心肠,一心一意要对你好。她们跟你细声细气地说话,声音清澈又明媚。她们看着你的时候,眼睛像要看到你的心里去。这时候,我就忍不住想到我的姑姑,不由自主地拿姑姑跟她们比较,为姑姑做一番假设。如果我的姑姑出生时，能有起码的温饱，她童年的小脊背不必背负一个又一个侄儿侄女；如果她在该上学的时候上了学，念了书，识了字，也许，她能通过考学或者参军、招干，或者其他偶然的机缘——谁能说呢？在那个时代，常常有非常偶然的机缘——她得以进入城市，成为一个城里人；她有一份工作，有一个令人称羡的家庭，不愁吃穿，儿女争气；丈夫受过良好的教育，她穿着整齐，言谈举止优雅、端庄，体面，受人尊敬。

或者，她们也像我姑姑那样，生在我们那个地方，中国西南山地的一个小小的贫穷的寨子，又恰好与我的姑姑同龄。她们跟我姑姑一样，在土地上度过了坎坷又漫长的一生。无休无止的劳苦和疲惫摧残了她们。她们老得皱皱巴巴，皱纹和眼神里藏着泥土的表情。苦荞开花的深秋时节，在某个萧瑟的午后，她们坐在院门口的石凳上，疲惫、茫然，风把荞花吹起，她们花白的头上落了些荞花。

这样的假设惊心动魄。

有一年端午回老家，我跟哥哥去茶园看姑姑。在路上我跟哥哥说起，如果姑姑念了书，生活在城市，她跟我们周围的好些女性比起来，都不逊色。哥哥说，这样的假设没得意思得。他说，你能假设我们留在官渡滩，就像他——他指着河边披着蓑衣放牛的一位老人说——就像他那样吗？我们不必这样假设和比较。没得意思得。

乡村的人都有亲戚。这些乡村亲戚在别人需要的时候，总是悄无声息地出现在我们面前。辛苦过后，又客气地、谦恭地默默退回自己的生活。如果我们再一次需要，他们又会不顾一切地，倾其所有地给予我们，而对我们的点滴回报如沐深恩。

一个过于善良的人，注定会成为别人生活里的一份牺牲。有一次，父亲说我姑姑小时候，有人给她测过八字，说她命中旺亲不旺族。我听了不禁怅然。这世上哪有仅凭生辰八字就给别人带来好运和福气的事？这么多年来，她像水母一样温暖、包围着的，是像海绵一样吸取他们水分和血液的人。人生漫长，我们辛苦劳碌，种瓜得瓜，种豆得豆，不过是另有一些人腐朽在我们的根下。

在我的一生中，除了我的母亲，还有几位女性也曾经养育过我，并参与构建了我的命运，形成我情感和性格的底色。她们是我的姑姑、我的姐姐、我的妻子，以及我在年轻时短暂爱过的人。她们天性善良，像水母一样忍耐、包容。因为她们的缘故，我的性情中也另有温软和松弛的一面。受她们的影响，长期以来，我吃朴素的饭食，衣服不破不更新。自己种菜蔬、瓜果，喂鸡、养鱼。周末在院子洗车。我肠胃清素，四肢劳累，内心平静。每天走路，向遇到的每一个人微笑。我尽心尽力地帮扶兄姐，提携子侄。尤其是近几年，因为年龄的缘故，我越来越多地对遇到的人和事怀着温情：遭受火灾的村邻，靠打工挣学费和生活费的大学生，微信朋友转发"水滴筹"患病的陌生人，创业初期遇到困境的青年。我尽自己所能做一些事情，那些事情很小，我并不认为是通常意义上的帮扶与善举。不过是活在人世，有机会与刚好遇到的人相互拉扯，并肩同行。

我们家族这四代都只有一个女儿，我的姑婆，我的姑姑，我的姐姐，以及我的女儿。是的，我只有一个女儿，没有儿子。我从来没想过要一个儿子。年轻时也没想过。从某种意义上说，我宁愿我的女儿是独养女儿，这样，她就不必成为姐妹，成为姑姑和姨妈，为亲戚呕心沥血、吐尽蚕丝，而后，被亲戚感恩、被铭记，甚至被负疚。不，我不许我的女儿这样。我希望她从小到大，只需要一心一意爱自己，结婚后一心一意爱丈夫，生育后一心一意爱儿女，而不必在家族的河流里，做一个引领者，一个浮渡者，一个牺牲者。如果一定要有亲戚关系，我希望她是女儿，是妹妹，是被疼爱、被保护的那一个。

我的姑婆有一只银手镯，那是她曾经的富裕生活里硕果仅存的一件宝贝。她历尽艰辛,把这件宝贝留了下来,说是要给王家的女儿一代代传下去。当然后来,这只手镯由姑婆传给了我的姑姑。我姐姐结婚的时候,姑姑把这只手镯送给了姐姐。姐姐年轻的时候,有时候也拿出来戴戴,照照镜子,又褪下来放进箱子里。后来,就再也没拿出来过。她的丈夫和孩子们给她买了不少首饰,她对这个年老的传家宝没什么兴趣,并且从未想到,要把它传给我的女儿春雨。

就这样吧。这样才是最好的。

29

官渡滩的老家安装了摄像头。一有空闲,我就会在手机APP上看姑姑和老父亲,不胜感慨。几十年过去了,这对兄妹经历了无数悲欢苦乐,最后,他们聚在官渡滩老屋里,像最初一样。这时候,长兄不再如父,成了一个任性的、脆弱的、孤独的小孩儿。他睡不好觉,常常半夜醒过来,坐在床沿抽烟,抽了一会儿,又在黑暗里嘀咕,有时候,他会突然抽泣起来。每当这时候,我看见姑姑披衣到父亲的房间,百般劝慰。她拍着他的肩背,耐心、温和地哄他,像母亲在哄儿子。

白天,兄妹俩喜欢久久地坐在院坝里。父亲总是两肘支在栏杆上,长久地眺望群山。姑姑则背靠栏杆,望着老屋和新屋。兄妹俩会那样坐很久,两人各有各的往事,各有各的念想。

摄像头的拾音功能很强大,隔着几千公里,兄妹俩的声音会清晰地传到我的耳边。

我看见父亲向她回过头,满脸困惑,像从一场沉梦中醒过来。

他问,父亲去世的时候,你记得不?

她也在她的沉梦中。父亲的问话,把她惊醒过来。她想了想,说,我那时还小,怎么记得到?

父亲嗫嗫嚅嚅地说,那年下好大的雪。

她"哦"了一声,两人不再说话,又朝着各自方向转过身。

过了好一会儿,姑姑接上父亲的话说:"接二哥回来的时节,坝子里也垫了好厚的雪。两个哥哥走上院坝,身上披着雪。我当时欢喜死了。"

父亲说:"也幸亏把庠星接回来了。要不回来,妈也活不下去了。"

她就不说话了。

过了一会儿,父亲又转过身来,说:"玉香经常说,她过门那天，箱子里装了好多粑粑过来，悄悄塞给你。你吃得小肚子胀鼓鼓的。玉香说你小时候逗人欢喜得很，不像妹，像个女儿。"

她就不说话了。

又过了一会儿，她又说："给新大嫂端洗脸水得了喜钱，悄悄藏了起来，等用来买嫁妆。拿到场上，才晓得那点儿钱，啥嫁妆都买不上。大嫂又凑上些，给我扯布做了件新衣裳。娶嫂子没穿上的新衣服，后来穿上了。"

父亲说："庠星和你差不多一样大，小时候，一个一声不吭，一个叽叽喳喳，官渡滩的人就说，这哪像两兄妹？"

她就笑了，说："你跟我们，也不像兄妹，你像爹。"

父亲就不说话了。许多年过去了。这中间，经历了多少悲欢苦乐啊！最初，在这个院子里，长兄像慈父一样抚养着妹妹。那时候，长兄每天从自己的坡上劳动回来，妹妹跌跌撞撞、奶声奶气地扑过去，像是向父亲投奔。几十年岁月长啊，那些来到他们中间的人和事，有的已经退场，有的也去了远方。剩下这对兄妹，留在这个院子里，像是潮水退去，留在沙洲上的两条鱼，又一次相濡以沫。

像从未经历中间的几十年。像祖父离世时，他第一次像父亲一样把她搂在怀里。那时候，她两岁，他十五岁。

后记

这些文字，写于2021—2023年，源于对先母的伤悼。我从事出版工作近二十年，这是第一次自己操持文字，在专业以外，为故土和亲人写一本书。

我的故乡在渝东南武陵山区一个小小的土家族寨子。我在这里出生、长大，小时候放牛、砍柴、扈鱼、种地、剥树皮吃，赤脚跑步到离村庄七八里的村小念书。后来我赤足朝外奔跑，从乡里到县里，又从县里到地区、到市里，后来到了北京。从物理距离上看，我离故乡越来越远。但在几十年漂泊岁月中，我一直保持老家的生活习惯，又因为陪伴和看望父母，我回乡频繁。故乡跟我在情感上从未须臾分离。回到故乡，我还能像一个庄稼汉熟练地耕种劳作。站在董河边，每天的流水都是新的，身后的草木庄稼一年四季青黄枯荣。人活着，亦感觉不到衰老。

2021年1月，先母辞世，时间忽然断裂，我仿佛一脚踏空，跌落时间的悬崖。等重新站起来，流水去了老远，我留在董河边，成了一个茫然人，故乡在我眼里，换了一种颜色，苍黄了。在这苍黄中，故事成了往事，亲人成了故人。马尔克斯在《百年孤独》开篇写道："万物皆有生命，只是需要唤起它们的灵性。"我粗疏鲁钝，是故乡以哀恸震撼了我，唤醒了我这鲁钝者的灵性。埋在岁月尘埃里的沧桑人事忽然涌了出来。我想我必须在此刻写出来。再不写，往后就没有勇气了。

第一篇文章《大地上的母亲》写成，我在微信朋友圈连载一月有余，受到朋友们亲切的慰藉和温暖的鼓励。我沉浸在对女性的爱戴和伤怀中。那段时间由于封控，外出不便，妻子上班，女儿上学，我有许多时间独自留在家里。我开始写我的姑姑。

我写姑姑时，常常含着泪水。我以沉痛之心，重涉时间河流，探究乡土中国，书写相互喂养、相互体恤、衰荣与共的亲人，在历史的羁绊和现实的碾压下，在破碎卑微的人生中，是怎样超越悲恸与苦难，在爱与原谅，在奉献和牺牲中，完成对灵魂的救赎的。尤其是，在艰辛困苦的生活碾压下，姑姑作为一位女性，半个世纪以来心之殿堂秘密供奉的爱情。

我期望通过这部作品的写作，最终获得灵魂的安妥。

然而没有。

先母离世后，父亲就独自住在官渡老家。为看望照料父亲，我回乡更勤密了。每次回家，给父亲做了简单的饭菜吃过，就陪他聊天。我们聊到先亲、长辈、族人和村邻。那些人和事，有的我在幼年见过，有的还没等到我出生，踽踽跚跚地迎上去，就早早消逝在时间的长河里了，许多年后，经由慈父提及，再从时光的深处现出来。我想，我的笔不能错过他们了。我分别以风物为意象，完成了对祖母、外祖母、叔叔、哥哥、姐姐等一众血亲的群像塑造，它们既是乡村物事又是乡亲宿命，既是人间草木又是生死哀愁。我把它们集在一起，并以寨子的名字为它们命名为《官渡》。

写完这三篇文章，我决定写我的父亲。

在中国家族家庭中，父亲一直是最重要的角色，父子支撑了整个家族的权力结构。父子关系又是复杂的，我们那里农村的父子关系，有的是互不待见的仇敌，有的是"上阵父子兵"的同盟。在家庭里，父亲是绝对的权威，专制、粗暴，父子之间少有温情表达。儿子会挨很多打骂。这是我们那里最正常不过的父子关系。我的父亲坚韧、专制、强硬、仁义，他倾尽一生的努力，把儿女从贫瘠的西南乡村度送去更广阔的天地与更美好的生活，其志之坚，其情之深，其义之真，一位平凡的父亲被生活逼成一部传奇。

写完第四篇文章《父亲是一棵树》，2023年秋天来了。

这本书的写作，一半源于我的记忆，另一半源于亲人的讲述。我无意虚构，我只想老老实实记录那些来到我生命里的人，曾经发生过的事情，他们曾经经历过的命运，写他们在时代的碾压下，与颠簸的命运抗争、和解，每个人都被生生逼成了一部传奇。

我不按讲故事的方法，设计一个合适的环境来安放人物，在这个环境里铺排情节，推进故事。当我准备书写时，在我心里，首先铺展开的是官渡那片土地，土地上流淌的河流，生长的草木，活着的亲人。我只要准备提笔书写，他们的情感和命运，他们的疲惫和忍耐，困苦和欢乐，还有希冀，伴随河水流淌，来到我的心里。

从这个意义上来说，这本书，它一直在那里。它由我的故乡官渡那片土地，官渡的时间、河流、草木、庄稼、四季，以及那片土地上的每一个亲人共同成就。只等有一天,一个人活到年过半百,因为哀恸,内心被撕裂和激发,于是,在一个又一个夜晚、一段又一段旅途中,敲击键盘,替他们把那本书一字一句敲打出来。

这本书于2024年初出版。我的恩师——原国家环境保护总局局长、党组书记,中国气候变化事务特使解振华先生以《有故乡的人是幸福的》为题作序;我的挚友、老乡,著名军旅诗人丁小炜先生以《疼痛的家族秘史 温情的生命献歌》为题作序。我曾经的同事、朋友,哈尔滨出版社总编辑颜楠女士作为特约编辑,为本书把关,改正了许多字词句方面的问题。

有读者说这本书真诚写作,直指人心,催人泪下,被誉为"超级催泪弹"。

有人说这是"写给故乡的一封情书"。对于故乡以及活在故乡的人,"情书"实在太轻量了。我愿意把这本书当作我的颂词,也是挽歌,献给生命,献给土地,献给活着,献给逝去和未逝的爱情,献给历尽艰辛仍然努力活着、爱着的人,献给如大地之大,又如尘埃之轻的亲人。

有人说,读这本书,看到了武陵山区的人间生活。这确实是"在人间"的一种。感谢故乡与我共同完成这场叙述。感谢故乡对我的灵魂喂养和慰藉教育。感谢先母，感谢父亲，感谢姑姑。

出版半年，重庆出版社提议以平装本再版《大地与尘埃》，对此我不胜感激。此次再版，章节上作了一些调整，增加了老照片。书的装帧设计更具年轻化特色，更具质感和时尚。希望它能得到更多年轻朋友的阅读与喜欢。

世事变了，一切都在朝前走。因为母亲长眠于大地，如今，我对大地上长出的每一株草木，都有兄弟般的情义。此刻，我的故乡官渡，春天已经来临，春风一夜绿了董河两岸。我的老父亲依旧沉默，他坐在屋前的桂花树下，长久地眺望董河对岸的远山。《大地与尘埃》

他一字一句地读过，最初老泪纵横，后来沉默不语。他从未想到他会因为儿子偶然的写作出现在一本书上。他承认这本书对他比钱财和房产更重要。他担心有一天即使离去，书还在，他还会随那些文字活在一页又一页纸上——他认为那是让人害臊的事情。

姑姑三天两头从茶园下来照顾他。这对老年兄妹少有交谈。关于人生，他们已经没有多余的话。而我，顺着流水行走多年，从未离场，也从未失散。河流教给我流逝是世间最根本的事情。在一切流逝中留下来的，必定经历了千辛万苦。

王新程

1990年，我们一家跟二叔一家在官渡滩堂屋前照的大合影。母亲穿着蓝布衫，包着绸帕，当时只有53岁，但看起来已经很老了。自那以后，我就每年在城里的商场给父母买一两套衣服。

我跟兄弟姐妹们站在最后一排，当时怎么留那么长的头发呢？

2001年,我调到北京工作。第二年,父母前来看望,在方庄留影。那是母亲第一次到北京。

2021年1月21日，*母亲辞世。*

也许要再过三年，五年，十年，甚至更久，她坟墓上的新土变旧，墓碑上的名字变旧，成为时间的一部分，我才会相信她真的离去。

河流带来上游的影子和气息,从村里流过,把两岸的疲惫和梦想映进水里,又流到下一个地方。一个地方如果有河流,就不是孤立的,它跟上下就是贯通的,这个村庄,就跟广阔大地上的万事万物有了联系。

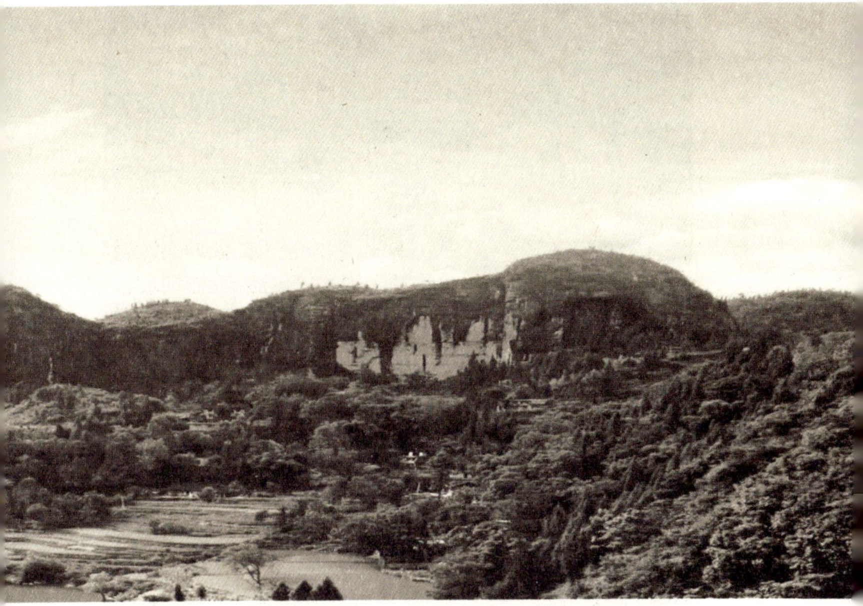

我的父亲坚韧、专制、强硬、仁义，他倾尽一生的努力，把儿女从贫瘠的西南乡村送去更广阔的天地与更美好的生活，其志之坚，其情之深，其义之真，一位平凡的父亲被生活逼成一部传奇。

我写姑姑时，常常含着泪水。我以沉痛之心，重涉时间河流，探究乡土中国，书写相互喂养、相互体恤、衰荣与共的亲人，在历史的羁绊和现实的碾压下，在破碎卑微的人生中，是怎样超越悲恸与苦难，在爱与原谅，在奉献和牺牲中，完成对灵魂的救赎的。

我十岁时从黎家村小毕业,考入区重点中学——双河中学,初一时在学校留影。这是我人生中第一张照片。